# 弊《へい》社《しゃ》より誘拐のお知らせ

木宮条太郎



祥伝社文庫

# 目次

# プロローグ

部屋は薄暗い。パソコンのスピーカーから秋田訛《なま》りが聞こえてきた。

『へば、いくべ。今週の秋田っこニュース』

男は椅子《いす》の背にもたれた。流れているのは、秋田ローカルのインターネットラジオ。現地の雰囲気が手に取るように伝わってくる。

『さっき商店街さ行ったんだども、どこもかしこも親父達ばかりでよ。なんでも、この週末、港近くの秋田パルプで集会があんだと。引退したＯＢ達が、わざわざ出て来てるつう話だべ。もう大揉《おおも》めの雰囲気、プンプンだハ』

耳を傾《かたむ》けつつ、男は胸の内でつぶやいた。大揉め？　それでいい。

『皆、知ってっか？　昔、ここに奥羽《おうう》製紙つう立派な会社があってよ、ぶっ潰《つぶ》れて二つの会社に分かれたんだと。一つが秋田パルプ、もう一つは千葉サプライつう会社。この二社、今、また一緒になろうとしてんだハ。んだども、賛成反対で侃々諤々《かんかんがくがく》。んだもんで、千葉側の偉《え》れえ人が乗り込んで来るっつう話だべ』

男は身を起こして、机を見やった。机には千葉と秋田の地図。それぞれに、標的となる会社の社名ロゴが貼り付けてある。まずは、千葉の地図へと目をやった。

『千葉サプライ』

次いで、秋田の地図に目をやる。

『秋田パルプ』

四十年の時を経《へ》て、二社は今、再び一つになろうとしている。名付けて、事業統合プロジェクト。だが、簡単にはいくまい。なぜなら、これから両社にとって予期せぬ『事件』が起きるのだから。

間違いなく、関係者は右往左往《うおうさおう》するだろう。統合話など吹き飛ぶ。いや、吹き飛ばす。

そして……男は二つの地図を手に取った。秋田の奥羽《おうう》市と千葉の千葉湾岸《わんがん》市——直線距離にして四百七十キロ程ある。その間の移動ともなれば、事を起こすのは難しくない。

『んだもんで、久々の大賑《おおにぎ》わいだハ』

ラジオの番組は続いていた。

『商店街にとっては、揉め事も悪くね。皆、騒ぐだけ騒いで、金、落としていってけれ。こんなごと言うたば、叱《しか》られっか？　おっかね、おっかね。ここまでにしどかねえと。また来週。したらな』

パソコンの電源を切る。男は地図を手に椅子から立ち上がった。

# お知らせの一　始まりはいつも唐突《とうとつ》

1

千葉サプライ　管理本部フロア　昼12時30分

高層階のオフィスに春めく日ざし。ああ、よだれが出る。

岡野健太郎《おかのけんたろう》は自席にうつ伏し、うたた寝をしていた。

「岡野、起きてくれ」

肩を揺すられ、うたた寝中断。顔を上げると、同期の沢上《さわかみ》が険しい表情で机に手をついていた。同期と言っても、沢上は経営企画室長、自分は実質ヒラ。上司と部下ほども違っている。

岡野はしどろもどろになりつつ言い訳した。

「いや、寝てないよ。目をつむっとっただけ。目をつむって、仕事に思いをはせ……」

「今日は土曜出勤、もう正午を回ってる。何をしてたっていい。けど、そんなことは、どうでもいいんだ。ちょっと来てくれ」

腕を取られて立ち上がった。そのまま引きずられて、フロア隅へ。港の見える窓際まで来ると、ようやく沢上は足を止め、こちらを向いた。

「予定が知りたい。今日と明日、空いてるか？」

「酷《こく》な質問やで。三十六歳の独り身。やることなんかあるかいな。アパートに帰ったら、風呂入って、レンタルビデオを見る。それが予定よ」

沢上は「よかった」とつぶやく。周囲を見回し、身を寄せてきた。

「頼みたいことがある。これから、秋田に飛んでほしい」

「秋田って、東北の秋田？　支社も営業所も無いけど」

「奥羽市に秋田パルプがある。知ってるだろ、当社と秋田パルプとのプロジェクト」

曖昧《あいまい》に「まあな」と答えた。本当はよく知らない。会社の重要プロジェクトなど、自分には関係ないのだから。

だが、いきなり、沢上はとんでもないことを言い出した。

「明日、秋田の現地で、その説明会がある。議事進行を取り仕切ってほしい。開始予定は朝の十時、相手は秋田パルプのＯＢ会。今夜は現地で前泊してくれ」

かない。そんな難しいこと、自分にできるわけないではない
か。そんな思いが通じたらしい、沢上は説明を追加した。

「岡野なら、顔見知りのOBが何人かいるだろ。秋田パルプに出向してたから。だから、頼みたい。ちょっと荒れそうな雰囲気になってきてるんだ」

「出向って……随分《ずいぶん》と前の話やで。親しかったのは数人。しかも、頑固者《がんこもの》ばかり。俺が行ったところで、意見を変えるような人達と違うけど」

「今のメンバーだけより安心できる。今回の説明役は前島《まえじま》常務なんだ。その補佐として財務部の若手が、数人、現地に行ってる。で、議事進行は財務部の若林《わかばやし》君。となれば、想像つくだろ」

「つかんよ。まったく」

「前島常務は銀行出身。よく紋切り調の受け答えになって、相手の感情を逆撫《さかな》ですることがある。若林君はまだ入社四年目。こういう場の経験も無い。余計に事態を悪化させてしまうかもしれない」

厳《いか》めしい顔付きの常務と、頼りなげな若林が頭に浮かんできた。沢上の心配も分からないではない。

「けど、相手はOBなんやろ。言わせるだけ言わせて、放っておけば？」

「普通なら、そうする。でも、今回は、そうもいかない」

沢上は唾《つば》を飲み込む。言葉を続けた。

「OB達は社員持株会でコツコツ貯めた秋田パルプの株を持っている。一人一人の株数は大したことないんだけど、寄せ集めると——株主として断トツの一位になるんだ。しかも、OB間の結束は、都会では考えられないほど強い。OB会として方針が出れば、多くのOBが従うだろうな。反対声明なんて出されれば最悪だ。間違いなく、このプロジェクトは潰《つぶ》れる」

「状況は分かった。分かったけど……俺が行くっちゅうのも、どうなんやろ」

岡野は通路の部署案内板を見やった。

『千葉サプライ　内部統制室』

自分が所属する内部統制室は、本来、規定違反などをチェックする部署なのだ。企画係である自分は席にいるものの、他の室員は常に出張。業務チェックのため、全国の支店を駆けずり回っている。今回のような話には、関わりが無い部署と言っていい。むろん、災害時などでは危機管理も担当するから、時には、現地に出向くこともある。だが、さすがに、これは……。

「場違いやろ？　しかも、俺の肩書きは主任。実質、ヒラやで」

「OBに感情的になられて、その場で決裂——これだけは何としても避けなくちゃならない。今の状況に対応できそうなのは、岡野だけなんだ。既《すで》に社長の了解は取ってある。出張中の内部統制室長にも電話をして、話を通しておいた。岡野らしく、やってくれればいい」

岡野はため息をついた。既に外堀は埋まっているらしい。

「俺がやっても荒れるかもしれんで。いや、却《かえ》って、無茶苦茶になるかも」

「もし、まずい雰囲気になったら、名誉顧問に話を振ってくれ。名誉顧問は二社の過去を肌で知っている。その言葉となれば、秋田パルプのOB達も聞かざるをえない」

「え、名誉顧問？」

思いもしない言葉だった。

「あの人、完全に引退したよね。昨年の夏に」

「ああ、当社の『名誉顧問』は、名称の通り名誉称号。仕事は無いし、当然、報酬も無い。もう、ただの人だ」

「しかも、年も八十超えとるやろ。そやのに、秋田までって……そうか、今の社長は名誉顧問の息子。息子である社長に頼み込まれて仕方なく、というわけか」

「いや、経緯は逆。言い出したのは、秋田パルプOB会の方なんだ。『説明会に名誉顧問を出席させろ』って。名誉顧問なら昔も今も分かっているから。さすがに社長は渋っていた。けど、断れば、話がこじれる危険性がある。仕方なく、無理を承知で、行ってもらうことになった」

異例中の異例ばかりではないか。隠居した人を遠方、かつ、荒れそうな前線へと担《かつ》ぎ出す。そして、門外漢の自分が議事進行を担当。普通では考えられない。

「あの、そこまでせんといかんくらい……荒れそうやの？」

「会場準備をしてる若手から報告が来た。裏手に古い建物の寄合所があって、OB会の主なメンバーが集まってる。酒が入ってるようで、段々、歯止めがきかなくなってきてるみたいなんだ。会場にまで怒鳴り声が聞こえてくるらしい。『千葉サプライなんぞ叩き出せ』なんて声まで」

「報告って、若林やろ。ビビって、大げさに言うとるだけと違うの？」

「いや、手伝いの市川《いちかわ》君からも同じ報告が来た。だから、間違いない」

「市川？　IR担当の市川里佳子《りかこ》か？」

IRとはインベスター・リレーションズの略。財務に関わる専門的な広報を担当する。となれば、会計や会社法に詳しくなくてはならず、かつ、海千山千《うみせんやません》のメディアともうまく付き合わねばならない。つまり、冷静な計算とお愛想《あいそ》が、同時に求められる難しい仕事なのだ。確かに、里佳子にはピッタリな仕事なのであるが……。

「いくら、お前の部下とはいえ、まずいやろ。市川は若林と同期、入社四年目やで。酔った親父は若林には絡《から》まんやろうけど、市川には」

途中で言葉を飲んだ。脳裏に里佳子の姿が浮かんでくる。細身でスタイリッシュ。短めの髪をかき上げつつ、テキパキと仕事をこなしていく。何度見とれたか分からない。が、そんな外観とは裏腹、裏表無く物を言い、物怖《ものお》じするところが無い。ということは……酔った親父達の酒の肴《さかな》にピッタリではないか。

「心配ない。結局、彼女が一番落ち着いている。仕事柄、こういった場に、彼女は誰よりも慣れてるから。それに、実はこの話」

沢上の視線が真正面から向かってきた。

「彼女の発案なんだ。『岡野さんに来てもらうなんて、どうですか』って。俺も思いつかなかった。確かに、よく考えてみれば、岡野ほどの適役はいない」

沢上が目の前で深々と頭を下げた。

「頼む。岡野しかいないんだ」

「やめてくれ。大げさな」

が、沢上はまだ頭を上げようとしない。

「知らんよ、どうなっても。できるだけのことは、やってみるけど」

頭をかく。岡野は再びため息をついた。

## 2

秋田県　奥羽市郊外　ビジネスホテル　夜9時

秋田は遠い。さすがに疲れた。

岡野はネクタイを緩《ゆる》めて、ベッドに腰を下ろした。

向かいの壁には薄いシミ。寂《さび》れた安ホテルではあるが、取りあえず寝場所は確保した。

あとは……。

「明日のバス便やな」

ここは奥羽市の郊外。一方、秋田パルプは街中に近い港地区にあり、ここからはバスで行かねばならない。明日の段取りを考えた。移動時間を考えると、朝八時にはバスに乗り……。

ノックの音がした。

「誰やろ?」

自分がここにいることは数人しか知らない。怪訝《けげん》に思いつつドアを開ける。そのとたん、「わあ」と明るい声が飛んできた。

「来ちゃったんだ、ケンタロー」

心臓の鼓動が一気に跳ね上がった。里佳子ではないか。慌《あわ》てて廊下を見回し、誰もいないのを確認する。ドアを閉めた。

「こんな所で、ケンタローはまずいやろ」

「はい、はい。人前では『岡野主任』だったよね。でも、もう部屋に入っちゃった。なら、いいよね」

里佳子は笑いつつ、壁際のテーブルに鞄《かばん》を置く。そして、おどけるように肩をすくめ「よく来たもんだ」と言った。

「こんな状況の所へ。どうなっても知らないよ」

「知らないよって、お前が沢上に言うたんやろ？　岡野を寄越《よこ》せって」

「私が室長に？　そうそう、言った、言った。だって、フロアで一番暇《ひま》そうなの、ケンタローなんだもの。でも、半分は冗談だったんだけどな。沢上室長、まともに受け取っちゃったんだ」

誇《ほこ》らしげな気持ちが砕《くだ》け散る。顔をしかめると、里佳子は「そんな顔しないで」と笑った。

「感謝してるって。若林君なんか泣いてたから。『ああ、ボクの代わりに岡野さんが殴《なぐ》られてくれるんだ』って」

「そんなに、荒れとるの？」

「明日の会場は秋田パルプの大講堂。その裏手に『寄合所』って名前の古い建物があって、そこにOB達が集まってる。何でも、OB会常務理事の吉岡《よしおか》って人が、呼び集めたんだって」

「吉岡の親父が？」

岡野は首をかしげた。出向していた頃、吉岡の親父には随分と世話になった。が、調整役タイプの人で、扇動《せんどう》するような人ではなかったのだが。

「まあ、時間がたてば人も変わるか。で、集まって何をしとるの、親父達？」

「よく分からない。ただ、時々、乱暴な声が会場に聞こえてくる。若林くん、脱出ルート探してた。『逃げ道あるかな』って」

里佳子は若林の口まねをして、また笑った。そして、鞄へと手をやる。「見て」と言いつつ何か取り出した。日本酒の五合瓶《ごうびん》だ。

「秋田の銘酒《めいしゅ》、大吟醸《だいぎんじょう》『なまはげの恋』。千葉じゃ手に入らないのよ」

酒瓶のラベルには、秋田の郷土神なまはげ。鬼のような様相で胡座《あぐら》をかき、手酌《てじゃく》で飲んでいる。なまはげは秋田娘を思い浮かべ、真っ赤な顔になっていた。

「ケンタローにも飲ませてあげようと思って、持ってきたの。一口飲んだら、別世界に行っちゃうから。お酒に弱いケンタローでも、絶対、違いは分かる」

里佳子は紙コップを取り出し、日本酒を注《つ》いでいく。勧《すす》められるがまま、紙コップを手に取り飲んでみた。味の違いは分からない。一方、里佳子は狭いテーブルから広いベッドへと移動。シーツの上に酒瓶と紙コップ、更には、おつまみを何袋も並べ、自ら酒席をセットした。小声で「よし」とつぶやくと腰を下ろし、手酌で一口飲む。そして、「この上もなく幸せ」といった表情を浮かべ、淡《あわ》い唇《くちびる》の間から「ああ」と声を漏《も》らした。

なんて、声を出すんだ。

慌てて目をそらした。まずい、却って不自然かもしれない。かといって、どこに目をやれば……壁際の椅子《いす》が目に留まった。慌てて、それを引き寄せる。跨《また》がるようにして椅子に座り、大きく息をついた。

まだ、胸が早鐘のように打っている。

「どうしたの、ケンタロー」

「そんなこと本人が言うか……いや、その、単に落ち着かんだけや。むろん、仕事のことでやで。まさか、吉岡の親父まで騒いどるとはな」

「大詰めになって、いろんな感情が湧《わ》いてきたんじゃないの。秋田パルプと千葉サプライ、四十年の確執《かくしつ》があるからねえ」

「四十年の確執？　何、それ」

里佳子が怪訝そうにこちらを見る。少し間を置いて「もしかして」と言った。

「何も知らずに、ここに来たの?」

「いきなり秋田に行けと言われた。で、来た。それだけやがな」

「でも、昔、秋田パルプに出向してたよね。その時、人事部から説明されたんじゃないの?」

「されたで。『昔から付き合いのある会社ですよ』って。そもそも四十年前って、俺はまだ生まれとらん頃やがな。そんな昔のこと、人事部も説明してくれんよ」

里佳子は再び「よし」とつぶやくと、一気に紙コップを傾《かたむ》けた。立ち上がって、両頬《りようほお》を叩く。そして、壁際のテーブルへ。鞄に手をやり、また何か取り出した。

千葉サプライのIR用パンフレットだ。

「私が説明してあげる。知らなくても議事進行はできるけど、皆が感情的になってる理由が分からないもの」

里佳子はパンフレットを手にして戻ってきた。つまみの袋を奥へと移動させ、パンフレットを広げる。そして、再びベッドに陣取った。自分は椅子に跨がったままベッド際へと移動する。里佳子の手元をのぞき込んだ。

開かれたページには、セピア色の写真がある。川面《かわも》に木材が浮いていた。

「古そうな写真やな」

「明治初期の写真だからね。この川は今も、明日の会場近くを流れてる」

「ということは、秋田パルプの写真……いや、これって、千葉サプライのパンフレットやったよな。そやのに、なんで」

里佳子は大仰《おおぎょう》に咳払《せきばら》い。いきなり、講談師のような口調で語り始めた。

「この写真は奥羽製紙。創業たどれば江戸時代、奥羽一の材木問屋《どんや》。そんな名門が傾いたのは四十年前のこと。安い輸入品、大手の圧迫。経営、傾き、リストラへ」

里佳子は膝を三度叩いて調子を取る。「ところがどっこい」と言った。

「悲しき名門、プライドが邪魔をする。リストラは失敗続き。そこに大不況がやって来た。仕入代金も支払えない。ああ、哀《あわ》れ。追い詰められて、会社解体」

「会社解体？」

里佳子は口調を戻し「そう」と答えた。

「黒字部門と赤字部門を分離することにしたの。黒字の製造部門から生まれたのが秋田パルプ。赤字の営業部門から生まれたのが千葉サプライ。奥羽製紙は千葉に小さな倉庫を持ってたからね、そこを本社ということにして、赤字部門の社員を全員移しちゃったの。だから、当時は圧倒的に秋田パルプが上」

千葉サプライが『リストラから生まれた』ことぐらいは知っている。が、詳しいことまでは知らなかった。半世紀近くも昔の話となれば、目の前の仕事に関わってくることは、まず無い。昔の社史に興味を持つ社員など、ほとんどいないだろう。

「さすがIR担当や。よう知っとるな。けど、千葉サプライも新会社として発足《ほっそく》したんやろ。ということは、それなりの期待があって……」

「いや、まったく無し。会社の設立は銀行と商社の都合だから。リストラを一気にやると、損が出すぎるでしょ。で、赤字部門を別会社にして切り離しただけ」

里佳子は「ええと」とつぶやきつつ、パンフレットをめくった。そして、間に挟んでいた資料を取り出し、パンフレットの横に置く。古い新聞のコピーだ。

『損失の先送り――新会社は破綻必至《はたんひっし》』

「世間の見方はこんな感じ。単なる時間稼ぎ、いずれ潰れるってね。初代社長は銀行から来た人だったんだけど、ほとんど出社してなかったみたい。潰れたら、元の職場に戻ればいいだけだもんね」

里佳子は再びパンフレットをめくった。白黒写真だ。漁村らしき荒れ地に簡素なプレハブが建っている。これが当時の千葉サプライらしい。

「でも、社員には、戻る所なんて無い。で、当時、現場をまとめていた二人が動いた。それが本部長の小柴《こしば》さんと営業部長の脇田《わきた》さん」

「小柴さんっちゅうのは、今の名誉顧問のことやな?」

「そう。脇田さんは亡くなった副社長。二人は相談して賭けに出たの。元名門製紙会社という看板、捨てちゃった。で、産業素材なら何でも扱う方針に切り替え。建設資材、電材、産業用センサーの輸入まで。当時は無謀と言われたみたいだけど、ちょうど時代は日本の経済成長期。事業は順調に推移して、数年で黒字化。名ばかりの社長は退任、二人がそれぞれ社長と副社長になった」

「なるほど。で、現在に至るっちゅうわけやな」

「まあ、山あり谷ありだったけどね。千葉サプライの事業展開って独特なのよ。事業がある程度成功すると、すぐに売っちゃうの。それを元手に新しい分野へ進出。どんどん変わっていって、今は環境素材の製造部門まで持ってる。一方、秋田パルプの方はあまり変わってなくてね。第三者が見ると、今の二社はこんな感じ」

里佳子は資料をめくった。市販の会社概要が貼り付けてある。

『千葉サプライ――機能紙の分野で圧倒的シェアを持つ素材商社。環境技術の主要特許を有し、水処理膜素材の自社生産も。東証二部上場、元奥羽製紙系』

機能紙とは、滅菌《めっきん》紙や不燃紙など、特殊な機能を持たせた紙のこと。「紙」と名前が付いていても、化学繊維《せんい》や金属繊維から作られることもある。千葉サプライの機能紙取扱高はトップ――と、ここまでは自社の話だから、理解はできる。だが、資料の下の方には、幾《いく》つもの数値が並んでいて、こちらの意味は分からない。おそらく財務関係の数値なのだろう。

里佳子はまた資料をめくった。

『秋田パルプ――中堅《ちゆうけん》製紙メーカー。多角化を図《はか》るも進まず、ここ数年は伸び悩み。生き残りを賭け、提携先を模索《もさく》中。東証二部上場、元奥羽製紙系』

先程と同じく資料の下の方に、幾つもの数値が並んでいる。これまた詳細は分からない。だが、見当はつく。おそらく二社には、既に圧倒的な差がある。

「いい？　本題はここから。でも、その前に」

里佳子は「勢いつけなきゃ」と言い、手酌でもう一杯。飲み終えると、いきなりパンフレットを丸める。再び講談師口調で「時は流れて四十余年」と言った。

「世代も代わり、会社解体は昔の話。国際化とやらの難しい時代がやってきた。秋田パルプは青息吐息《あおいきといき》。はあ、ベンベン」

里佳子は丸めたパンフレットで膝を叩き、リズムを取る。

「そこで出てきた事業統合プロジェクト――『また一緒になるか』。言ってはみたが、思いは複雑。今や、立場は大逆転。千葉サプライの時価総額は、なんと秋田パルプの五倍」

「何やったっけ？　時価総額って？」

「株価を基準にして計算した会社の価値のこと。こういう話ってね、『どっちが主導権を握《にぎ》るか』で、いつも揉《も》めるの。だから、客観的な基準がいる。基準の一つに『株価』とか『時価総額』とかがあるわけ」

「なるほど。となると、『一緒になる』場合、その条件は千葉サプライ側に有利となるな」

「その通り。だから、昔を知ってるOB達はおもしろくない。完全に格下の会社だった千葉サプライに、飲み込まれる形になるんだもの。でも、今後、秋田パルプ単独での生き残りは難しい。で、複雑な気持ちを抑えつつ、協議継続」

里佳子は再び手酌。一気に酒を飲み干すと、コップの底を見つめ、悲しそうに「どうして、すぐに無くなっちゃうの」とつぶやく。そして、再び瓶を手に取り、また手酌。頬は赤く染まりかけている。が、いつも、ここからが長いのだ。

「さあ、これから締めに入るからね」

「え？　まだあるんかいな」

里佳子は「当然」と即答。また講談師口調に戻った。

「どうなる、事業統合プロジェクト。まとまると思えば揉め、決裂すると思えば再開。そんなところに、東京の丸藤《まるふじ》物産が現れた。秋田パルプにささやく――『うちの方がいい条件を出しますよ』。秋田パルプは揺れる。OB達は騒ぐ。困ったもんだ」

「丸藤物産と言えば、旧財閥《ざいばつ》系の大企業やで。そんな会社が、なんで」

「二社が一緒になると、機能紙では断トツの存在になっちゃう。丸藤物産はそれが気にくわない。で、何かにつけ、茶々を入れてくるわけ。といっても、今のところは邪魔してるだけ。正式に対抗条件を出すまでは、踏ん切りつかないみたい。ということで」

里佳子は「これで終わりっ」と声を張り上げる。顔をのぞき込んできた。

「どう、分かった?」

「ああ、やっと分かった。なんでOBの親父達が感情的になっとるのか、名誉顧問が秋田まで出張《でば》る羽目になったのか。けど、肝心《かんじん》のことが分からん。ここまで揉めとるのに、やる価値あるんか?」

「私もそう思う。最近、私の仕事、この関係ばっか。手間をかけても、見せられるのは感情対立だけ。さっぱり結論が出ない。ほんと、会社って、よく分かんないところだよねえ」

そう言うと、里佳子は勢いよく紙コップをあおった。勢い余って日本酒が手の甲へ。慌てた様子で、唇を手の甲へとやる。

まるで居酒屋にいるオヤジの仕草だ。

だが、胸の動悸《どうき》が止まらない。思い返せば、あの夜もそうだった。こんな光景から二人の関係は始まったのだ。そんな思いを察したかのように、里佳子は自分の方を見た。が、すぐに壁の時計を見る。

里佳子は日本酒の瓶を手に取り、ベッドから立ち上がった。

「終バスの時間となりました。さようなら。市川里佳子は街中のホテルに帰ります。残ったつまみは、夜食としてどうぞ。ただし、日本酒は持ち帰りますので、ご了承を」

「急に、そんな」

「だって、日本酒、置いていっても、飲まないでしょ」

「いや、そういうことやのうて」

椅子に座ったまま、駄々をこねるように里佳子の腕を引いた。そのとたん、里佳子は顔をしかめる。ドスをきかせて「状況を考えろ」と言った。

「何のために、秋田まで来たのよ。優先事項はどっち？　仕事？　プライベート？」

「仕事……です」

「そうでなくっちゃ」

ため息をつきつつ手を放した。里佳子が身をかがめる。耳元に顔を寄せてきた。

「そういうところが好きなのよ」

いい香りだ。吟醸酒の香りか。それとも香水か。

思わず頬が緩む。岡野は照れ隠しにうつむいた。

3

秋田パルプ　寄合所　早朝5時50分

何人もの親父達が座敷で雑魚寝《ざこね》。鼾《いびき》がうるさい。

秋田パルプＯＢの吉岡は苦笑いして、日本酒の瓶を置いた。座敷を出て、玄関土間へ。音を立てぬよう玄関戸を開けて、庭へと出る。

庭隅で煙草《たばこ》に火を付けた。

「なして、集まったのか分がんね」

酒が無くては、話が始まらない。が、酒が入れば、趣旨を忘れてしまう。侃々諤々《かんかんがくがく》の議論は、いつの間にやら、どんちゃん騒ぎ。最後は泥酔《でいすい》して雑魚寝。まあ、予想できたことではあるが。

「いつものことだべ」

大きく息をついて、柵の向こうを見やった。港は青白い靄《もや》に包まれている。間もなく、夜は明けるだろう。あと四時間もすれば、説明会が始まる。はたして、どのような結論になるだろうか。

「誰にも分がるわけね」

吉岡は水平線を見つめつつ、煙を吐いた。

## 4

秋田パルプ　大講堂　午前11時10分

会場はほぼ満席。前島常務の声が響き渡っている。

「事業統合による影響につきましては、配布資料末尾のページを」

岡野は進行用マイクのスイッチを切った。

会場前方には会議用の長机が数脚。自分はその一番端に座っている。今のところ、説明会は順調と言っていい。予定通りにいけば、あと二十分程で終わってしまうだろう。だが、問題はある。

中央に座る常務の右隣が空いたままなのだ。名誉顧問が来ていない。

説明会が始まる前、秘書室に問い合わせてみた。が、「前泊したマンションを既に出発している。しばし待て」と回答を得たのみ。仕方なく、里佳子が裏手にある控室で待機し、追加連絡を待っている。

このままで終わるわけがない。

そもそも、名誉顧問の出席を要請してきたのはOB達なのだ。不規則発言が無いのが、却って恐い。嵐の前の静けさと言うべきか。刻一刻、緊張が高まっていく。最前列に座るOB達の顔は既に真っ赤。爆発は近い。

「では、次の表をご覧下さい。この表は統合後の人員配置について……」

「常務さん、ちと待ってくんねえか」

ついに、最前列のOBが立ち上がった。吉岡の親父だ。

「俺ァ、秋田パルプOB会常務理事、吉岡つう者だども……役人答弁みでえな話だば、もう十分だべ」

吉岡の親父は常務横の空席を指さした。

「その席、なんとした?」

あちらこちらから「んだ、んだ」と同意の声。雰囲気は一変した。

「最初に『交通の事情で遅れている』とあったきりでねえか。小柴さんは、いっていえ、いつ来なさる」

慌てて、進行用マイクのスイッチを入れる。が、先に前島常務が、いつもの調子で答えてしまった。

「ご説明内容以外のご質問につきましては、後程まとめて、お伺《うかが》いできればと。小柴に関するご質問も、その時に」

「馬鹿こぐでね。説明会は一時間半の予定。もうすぐ終わりでねえが。時間切れで済ませるつもりがや? いや、最初から出席する気は無かったってげぁ?」

常務が言葉に詰まる。

吉岡の親父は鼻息荒くこちらを向いた。

「おめえ、昔、出向でうちに来てた岡野だべ。なんぞ言え。出席予定者がよ、終わる間際になっても、顔を見せてねえんだ。議事進行役だば、なんぞ言わねえと」

もうごまかしきれない。岡野はマイクを手に取った。

「その、先程からずっと連絡を取り続けてるんですが……まだ連絡が付いてないんです。当方でも状況をつかみかねておりまして」

「なるほど。いわゆるドタキャンが。いや、トンズラが。さすがに、こんだごどは、筋が通らねえ。俺達、なめでんのが。そっちが、そんだつもりだば、こっちにも考えがある」

吉岡の親父はOB達の方を振り向いた。

「なあ、皆」

再び同意の「んだ、んだ」が湧き上がる。そして、こちらに向かって怒鳴り声が飛んできた。更には床の踏み鳴らしまで。

まずい。これでは決裂だ。なんとか収めねば。

マイクをつかんだ。と同時に、誰かが自分の横腹をつつく。脇を見やると、控室にいるはずの里佳子が、長机の下でかがみ込んでいた。その手にはメモ用紙がある。

里佳子は大仰に電話を取る仕草をし、メモ用紙を長机に置いた。

『途上、体調悪化。急きょ病院へ』

そして、身をかがめたまま控室へと戻っていく。会場は静まり返った。OB達も何か情報が入ったと気付いたらしい。

視線を感じつつ、岡野はメモ用紙を手に取った。

「ただ今、情報が入りました。小柴の件なんですが……会場へと向かう途中、突如《とつじょ》、体調を崩したようです。診察を受けるため、病院へ向かったとのことでして」

「本当が。本当のごどだなが？」

「実は前々から『体調が思わしくない』と私も耳にしておりました。ですが、皆様からのご要請でもありますし、本人も重い体を起こし、なんとか出席しようと……とはいえ、千葉から秋田、長距離の移動です。小柴の年齢につきましては、皆様もよくご存じのことかと」

言い終えて、会場を見回した。もう怒号は飛んでこない。ＯＢ達の誰もが気まずそうな顔をしている。吉岡の親父も拍子《ひょうし》抜《ぬ》けの様子で、椅子に座ってしまった。

よし、このタイミングで進行を戻すに限る。

「では、もう一度、資料のご説明を。もちろん、質疑応答の時間はたっぷりお取りしておりますので」

前島常務の淡々《たんたん》とした説明が再開。進行が元に戻ったのを確認して、マイクを隣席へ動かした。そこに座るは若林。岡野は小声で「頼む」と言った。

「交替や、若林。ちょっと控室で詳しい話を聞いてくる」

「え？　議事進行、ボク、やるんですか」

「大丈夫。まずい雰囲気になったら出てくる。いざとなったら、俺が殴られたるから」

不安げな若林を置いて席を立った。里佳子のように身をかがめて控室へ。OB達が自分を見つめているのが分かる。控室のドアノブをつかんで腰を戻した。逃げるように室内へ。

ドアが閉まると同時に、あきれたような声が飛んできた。

「役者だねえ、ケンタローは」

里佳子だった。ソファに座って肩をすくめている。

「よく言ったもんだ。『体調が思わしくないと、私も耳に』だって。居眠りばかりのケンタローが、名誉顧問の健康状態なんて、知ってるわけないのに」

「心配ない。耳にしたかどうかなんて、本人にしか分からん。事実と違ってれば、『誰かから聞いたような気が』とか言って、とぼければ済む」

岡野は控室の電話を見やった。

「そんなことより、さっきの伝言、どこからや？　秘書室か、経営企画室か」

「どうするの？」

「詳しい情報が知りたい。閉会の時に頭を下げて追加報告すれば、雰囲気も和《やわ》らぐ」

「それは無理。秘書室も経営企画室もバタバタしてるだけだから」

「詳しい病状までは必要ない。日曜なんやし、どこの救急に行ったかだけでええ。それさえ分かれば、こっちで適当に名誉顧問の謝罪コメントを作っても……」

真剣に話しているのに、里佳子はおかしそうに身を揺する。そして「やりすぎ」と言った。

「ほどほどにしとかなきゃ。本当のことは、まだ誰も分からないんだし」

本当のこと？

里佳子の顔を見つめた。次いで、手元のメモを見つめる。よくよく考えれば——このメモ、あまりにもタイミングが良すぎる。まさか、これって。

「お前が作った話か」

「わざわざメモを渡しに行けば、誰もが『緊急の連絡が入った』と思うから。そう思えば、内容が何であれ、もう疑わない。『あなた達のせいで体調不良』なんて言われれば、誰だって熱くなれないよね」

「お前ってやつは、こんな時に、こんな際どいことを」

「心配ない。体調がどうだったかなんて、本人にしか分からない。事実と違ってれば、『病院を探してるうちに落ち着いたようで』とか言って、とぼければ済む」

岡野は顔をしかめた。先程、俺が言った言葉ではないか。

「そんな顔しないの。ともかく、この場は決裂させちゃダメなのよ。その場凌《しの》ぎであっても、時間稼ぎが正解。それに、ここの人達、頑固でも根は悪くないからね。いざとなれば、ケンタローが『動転して、つい、適当なことを』とか叫んで平謝りすれば、許してくれるかもしれないし」

「お前、ひどいこと言うとるで。他人事《ひとごと》やと思うて」

「他人事じゃないよ」

里佳子は真顔で立ち上がった。

「ケンタローだから言ってんの。頑固おじさん達をなだめすかすなんて、ケンタローにしかできない。若林くんだと、オシッコちびっちゃう。ほら、早く戻って。まずい状況になれば、また言い訳になるメモ、入れたげるから」

里佳子が促《うなが》すようにドアを指さす。

取りあえず、この場は里佳子の言うようにするしかない。岡野は頭をかきながら、ドアへと向き直った。

5

千葉サプライ　社長室　夜8時50分

昼は秋田、夜は千葉。こんな忙しさは経験したことがない。

岡野は廊下で深呼吸を繰り返した。

目の前には社長室の扉。改めて手元のメモを見やった。メモには沢上の字で『岡野へ』とある。

『社長室にて打ち合わせ中。帰社次第、参加してほしい』

扉をノック。話し声が止まる。

岡野は名乗って扉を開け、室内へと足を踏み入れた。

「机に伝言メモがありましたので、来たんですが」

応接ソファには経営を司《つかさど》る面々が揃《そろ》っていた。まず、奥のソファに社長、その隣に一足先に帰社した常務。手前のソファには秘書室長と経営企画室長の沢上。こんな場に加わるのは初めてのこと。場違いに思えてならない。

社長が顔を上げた。

「すまなかったな、岡野。現地でのことは聞いた。OB達には申し訳ないことになったが、感情的決裂という最悪は避けられたんだ。よく凌いでくれた。まあ、座ってくれ」

戸惑《とまど》いながら応接ソファへ。座れと言われても、真ん中にある一人掛けソファしか空いていない。ためらいつつ、そこに腰を下ろすと、社長は「聞いてくれ」と言った。

「これから沢上が現時点で分かっている事柄を、お前に説明する。疑問に思う事があれば、その場で言ってくれ。遠慮はいらない。少しでも新しい見方がほしい」

社長は促すように沢上の方を見やる。沢上は軽くうなずき、自分の方を見た。

「今のところ、名誉顧問とは連絡が付いていない。名誉顧問は携帯嫌い。今でも自分の携帯は持ってない。だけど、自動車に電話は付いてるし、運転手の源《げん》さんは携帯を持っている。だが、どちらにかけても、つながらない。電源を切ってるのか、通話圏外なのかは分からない」

「ちょっと待った。秋田まで車で行ったんか？」

「仕方ないんだ。名誉顧問は気管支炎《きかんしえん》をこじらせたことがあって、それ以来、煙草の煙にも反応してしまう。実際、駅で咳が止まらなくなって、講演をキャンセルしたことが二度ある。だから、しゃべる必要性がある場合は、遠方でも極力、車で行くことにしてるんだ」

分かった、と返して、うなずく。沢上は説明を続けた。

「むろん、岡野と同様、現地で前泊した。秋田の男鹿《おが》に個人名義のマンションがあるんだ。今回もそこに泊まっている。男鹿市は会場のある奥羽市の隣。車なら半時間程で着く」

「そこに泊まったことは、間違いないんか」

「間違いない。今朝《けさ》の八時過ぎ、運転手の源さんから秘書室宛に『これからマンションを出る』という電話があった。ただ、それが最後だ」

「最後の連絡が朝八時。もう半日以上たっとる。警察には言うたんか」

「まだ、状況がつかみきれない。言うに言えない。だけど、調べられる範囲内のことは全て調べた。まずは事故の可能性から」

沢上は脇へと手をやる。現地の地図帳を手に取り、応接テーブルに広げた。

「調べる対象は限られる。対象地域は男鹿市から奥羽市。対象時間は最後の連絡から説明会開始頃まで。つまり、八時から十時過ぎの間。事故情報は三件あって、どれも名誉顧問には関係してなかった」

「事故以外はどうやろ。名誉顧問は本当に体調を崩して、病院に行ったんかも。で、ベッドに寝ていて意識朦朧《もうろう》、連絡が取れない。その可能性は?」

「連絡が取れないのは、名誉顧問だけじゃない。運転手の源さんもだ。となると、二人同時に、体に異変が生じたことになる。二人とも高齢とはいえ可能性は低い。けど、現地の救急病院に一通り当たってみた。該当する急患は無い。ちなみに、八時から十時過ぎの間、現地で救急出動の要請は一件も無かった」

岡野は舌を巻いた。沢上は考えられる事柄を既に検討し、潰し終えている。俺なら大騒ぎだけで終わっているだろう。

「事故でもない、急病でもない、とすると……その、あれ、何かの事件とか」

「可能性はある。だが、事件を匂わせるような動きは、今のところ一切《いっさい》無い」

「けど、一通り当たって、埒《らち》があかんのなら……」

その時、社長が割って入ってきた。

「いや、別の可能性が出てきた。お前がノックした時、ちょうど、その話をしてたところだったんだ」

そう言うと、秘書室長の方を見やる。

「もう一度、最初から頼む」

秘書室長は戸惑い気味にうなずく。説明を開始した。

「奥様を亡くされてから、ずっと名誉顧問は独り暮らし。今、その隠居宅でお手伝いなさってる方のお話なんですが……近頃、名誉顧問の様子が変だったと。昔の写真を取り出して眺《なが》めたり、古い録音テープを聴いたり。急に昔を懐《なつ》かしむ素振《そぶ》りが増えて、妙だなとお思いになったそうでして。つまり、状況を考え合わせますと……その、失踪《しっそう》の可能性が」

「どういう方ですか、そのお手伝いさんは」

割って入ったのは、前島常務だった。常務も初耳だったらしい。

「率直《そっちょく》に言って、信用できる方なんでしょうか」

「名誉顧問の古いお知り合いです。このビルの裏手、道向かいに笠原《かさはら》歯科クリニックがありますが、そこの若先生のご母堂《ぼどう》に当たられます。クリニックの開業に関しても、名誉顧問の口利《くちき》きがあったとか。そういう間柄ですので、信頼できると申し上げて良いかと」

「では、運転手は？　名誉顧問が失踪など、あまりにも考えにくい。むしろ、運転手が、何かやらかした、と考える方が」

「その件については、私からご説明を。運転を源さんにお願いしたのは、経営企画室ですから」

今度は沢上だった。

「源さんは当社設立時のメンバーで、長年、役員車の運転と庶務《しょむ》をご担当いただいてました。昔、当社の副社長だった脇田氏とは、母親違いの弟さんに当たられます。そういう経緯もあって、新人から役員まで同じ口調で話をして何ら違和感が無い——そういう方なんです。ですが、名誉顧問の引退を機に、源さんも会社をお辞めになりました」

社員なら誰でも知っている話だ。が、常務は一年半前に取引金融機関から転籍してきた人。知らないのも無理はない。

「今回の移動は長時間になります。気心が知れてる人でないとまずいと思い、名誉顧問にご意向をおききしたんです。すると、『源さんはどうしてる』という話が出まして。調べてみますと、源さんは今も週に三回、友人のタクシー会社で働いていらして、運転の腕が落ちている様子はありませんでした。ならばと、お願いした次第でして」

沢上が補足説明を終え、秘書室長を見やる。秘書室長は結論を口にした。

「秘書室でも、源さんなら最適だと思いました。ですが、今、考えてみれば……失踪パートナーとしても最適なんです。名誉顧問は元々、説明会への出席については否定的でした。秋田パルプのOB会なんて、もう、過去のしがらみだらけですし」

「そんな説明会に嫌気が差した。そして、出席を取りやめ、親しき友と旅に出た。いわば、遁世《とんせい》的な逃避行。そういうことですか」

常務の言葉に秘書室長がうなずく。沈黙が流れた。誰もしゃべろうとしない。

「まだ無理だな。外部には出せない」

沈黙を破ったのは社長だった。口調が重々しい。

「確かに、親父は……いや、名誉顧問は説明会出席に否定的だった。失踪の可能性は否定しきれない。もしそうなら、秋田パルプを足蹴《あしげ》にしたのも同然だ。事業統合どころではなくなる。スキャンダルに発展することもありうる。まずは立ち寄りそうな場所を、しらみ潰しに確認しよう。警察に相談するのは、事件性が見えてきてからでいい。どのみち、そうなってからでないと、警察も本気では動いてくれんだろう」

岡野は腕を組んだ。口で「しらみ潰しに確認」と言うのは簡単だ。が、あまりにも抽《ちゅう》象的《しょうてき》。何をどうすればいいのやら、見当もつかない。

が、沢上は即座に反応した。

「では、まずは支社、営業所、工場を当たりましょう。それに、取引先でしょうか。仕入や売上の多い順に当たっていけば効率的かと。グループ会社については出資金の多い順に当たりましょう。どちらも財務部にリストがあります。それ以外については、総務にある盆暮れの贈答品リスト、年賀状リストあたりを参考にすれば、どうでしょうか。これで、ほぼカバーできるかと」

抽象的な指示が、沢上によって手の動きに変換されていく。岡野は再び舌を巻いた。俺なら頭を抱えるだけで終わっている。

「ただ、日曜のこの時刻、連絡を入れては却って騒ぎになります。明日月曜の朝九時過ぎ、一般社員が来ない役員会議室で、一斉《いっせい》に電話かけをしてはいかがでしょうか。何人かでやれば、一時間程度で終わるはずです。ある程度事情を理解してる秘書室と財務部の若手に頼めればと思うんですが」

常務と秘書室長が顔を見合わせる。常務が「人手を出すのはいい」と言った。

「が、電話相手には何と言う」

「名誉顧問が『時間があれば寄るかも』と言って出かけた。もし、見かけたら連絡してくれ。至急連絡を取りたくて。三月の上旬、どこの会社も決算で慌ただしくしている時期です。名誉顧問の携帯嫌いは知られてますし、これまでにも似たようなことはありました。不自然というほどでもありません」

常務がうなずいてメモを取る。沢上は社長に向き直った。

「名誉顧問のプライベートなお付き合いに関しては、社長直々《じきじき》の方がよろしいかと。ご親戚関係、それにゴルフと囲碁《いご》のお付き合いがおありだったかと」

「分かった。それは、私の方でやる」

「ただ、これらの目的は、あくまで状況確認です。所在不明が続くようであれば、どこかで……」

「分かってる。みなまで言うな」

社長は大きく息をつく。全員の顔を見回し「今日はここまでに」と言った。

「ただ念のため、言っておきたい。この件に関しては、当面、この五人限りとしたい。情報の取り扱いには、重々注意してほしい」

五人？　岡野はおそるおそる口をはさんだ。

「あの、私も？　私、手伝いに現地に行っただけなんですが」

「お前の所属は内部統制室。危機管理の担当部署なんだ。むろん、危機だと認識したわけじゃない。だが、はっきりするまでは動いてくれ。頼む」

そこまで言われては拒《こば》めない。黙って頭を下げる。すると、社長はいきなり口調を変え「そうだ、岡野」と言った。

「ついでに、一つ聞かせてくれ。危機管理マニュアルには、こんな時どうすべきと書いてある。お前が整備したんだ。覚えてるだろう」

「ぴったりと来るのはありませんけど、一般論なら」

「一般論で十分だ。何とある?」

「休む時には休むべし。いざという時に備えて、体力、気力を温存。見通しの付かない時にあれこれ考えて、肝心の本番で疲れきっていては意味がないですから」

「なるほど。いい言葉だな。昼間のことといい、今日のお前は冴《さ》えてる」

社長の顔には疲れが色濃く滲《にじ》んでいる。だが、社長はその顔に笑みを浮かべた。

## 6

岡野宅アパート近隣　夜11時30分

月明かりの中、塀《へい》の上をネコが軽やかに歩いている。だが、自分の足は重い。

住宅街の路地を、岡野は自宅アパートへと向かっていた。

頭の中には社長の姿がある。

——すまなかったな。よく凌いでくれた。

打ち合わせの間、社長はずっと複雑な表情を浮かべていた。行方不明者の息子であり、組織のトップでもあり。立場上、言うに言えないことは、山のようにあるに違いない。

「つらいわな」

あんな表情で褒《ほ》められると、居たたまれなくなる。褒められるようなことは、何もしていないのだ。最悪の事態は回避できたかもしれないが、それも全て、里佳子の大胆な機転によるもの。自分はそれに従ったに過ぎない。

里佳子の姿が浮かんできた。

——ケンタローだから言ってんの。

見かけは華奢《きゃしゃ》なお嬢様。が、やることは大胆で決断も早い。多少はっきり物を言いすぎるところはあるが、裏表が無いから、言われても心地《ここち》よい。実際、社内での人気は抜群と聞いた。不思議でならない。自分には知恵も無ければ、行動力も無い。最近は外見もすっかりメタボ親父。それなのに、なぜ……。

足が止まった。

夜空を見上げる。漆黒《しっこく》の空に朧月《おぼろづき》。いつもの嫌な考えが浮かんできた。もしかすると、付き合っているなどと思っているのは、自分の方だけではないか。年上なのにオドオドとする自分を見て、里佳子はおもしろがっているだけだとすれば。

「つらいわな」

このことを考え出すと、いつも自問自答で堂々巡りになる。考えても仕方ない。顔を戻して、道の先へと向き直った。足を進めていく。路地の先にアパートが見えてきた。階段下の薄闇に、真っ赤なスクーターがある。

何度も目にした車体――里佳子愛用のスクーターではないか。

「あいつ、来とるんか」

アパートへと駆けた。階段を一段飛ばしで駆け上がる。二階の自室前へ。ドアの隙間から、部屋の明かりが漏れている。かすかに笑い声が聞こえてきた。

間違いない。里佳子だ。

ドアを乱暴に開けた。靴を脱ぎ捨て、内扉へと飛び付く。息を切らせつつ、部屋の中へ。明るい声に迎えられた。

「おかえり。遅かったねえ」

里佳子がベッドに腰掛けていた。リモコンを手にして、テレビを見ている。

「随分、待ったんだよ。こんな時に、銘酒『なまはげの恋』があったらねえ。でも、あの瓶、持って帰ったら、取られちゃって」

「そんなことより、お前、どうやって部屋に?」

「どうやってって……この間、もらったから」

里佳子はリモコンを置き、脇の鞄から何か取り出した。部屋の合い鍵だ。そうだ、先週、里佳子に鍵を渡したのだ。拒否されたらどうしようかと、オドオドしつつ。

「どうしたの、ケンタロー。そんなに驚い……」

里佳子は途中で言葉を飲み込み、「あ」とつぶやいた。顔を赤くして立ち上がる。そして、「ごめん」と頭を下げた。

「勘違いした。別に、馴《な》れ馴《な》れしく彼女面ってわけじゃないの。社長室での打ち合わせがどうなったか、知りたかっただけ。帰る」

そう言うなり、真っ赤な顔で脇を通り過ぎていく。慌てて、その肩をつかんだ。「えぇんやって」って言いつつ、胸元へと引き寄せる。が、その瞬間、邪魔するかのように携帯が鳴った。無視しても鳴り止まない。

里佳子が「鳴ってるよ」と言った。

「早く出なくちゃ」

「出んよ。こんな時に」

「出て。名誉顧問が見つかったのかも」

そうだった。身を離して、胸元から携帯を取り出す。まずい、沢上からではないか。慌てて電話に出た。

「今、どこや。名誉顧問、見つかったんか」

「まだ会社にいる。状況に変わり無し。電話したのは、そっちの話じゃなくて、明日のことなんだ。悪いけど、早めに来てくれないか」

「了解。どの道、そのつもりやったから。どこに行けばいい？」

「取りあえず、役員会議室に来てほしい。社長が来るまで、その裏手にある控室で待機してくれ。ちょっと、三人だけで打ち合わせたいことがあって」

「ということは、名誉顧問の件か」

「詳しいことは明日、話すから。ともかく頼む」

電話は切れた。どういうことか分からない。携帯を見つめつつ首をひねった。傍《かたわ》らで里佳子が肩をすくめる。「解決、遠しって感じ」と言った。

「じゃあ、私、帰るから。取りあえず、ケンタローの顔も見れたし。明日に備えて、ゆっくり休んで」

「だから、待てってて。せっかく来て……」

「この調子だと、明日はどうなるか分からない。早朝に社長と三人——ということは、内々でないと、まずい話なんでしょ。また駆けずり回ることになるかもよ」

昨晩と同じだ。里佳子が正しい。

岡野は肩を落として、ため息をついた。

# お知らせの二　ドラマにあらず

## 1

役員会議室裏　控室　朝9時20分

内扉の向こうは騒がしい。役員会議室で、何人もの若手達が電話かけをしているのだ。一方、その裏手にある控室には、自分達三人しかいない。先程から、沢上が昨晩の出来事について報告しているのだが……。

「ちょっと待った、沢上」

岡野は話に割って入った。沢上にしては要領を得ぬ話ではないか。

「要するに、こういう話やろ。深夜、『週刊ワールド経済』から電話があった。やたらと名誉顧問の状況を尋《たず》ねてくるんで、後日の面会を約束して電話を切った。夜中にかけてくんな、と言いたいところやけど、珍しい話やない。雑誌の編集なんて昼夜逆転《ちゅうや》やぞ」

「話はまだ終わってない。週刊ワールド経済には、馴染《なじ》みの編集者がいる。気になったので、彼に問い合わせてみた。すると、『思い当たるような企画は無い』と言うんだ。ただ『契約ライターが個人として活動している可能性はある。調べてみる』と言ってくれた。で、数分後、その記者本人から、電話がかかってきた」

「ほら、みい。何がおかしい」

「単刀直入に言われたよ。『それは自分じゃない。そんな電話はかけていない』って。つまり、誰か……誰かが名誉顧問の件をコソコソ調べ回ってる」

沢上は社長へと向き直った。

「申し訳ありません、すぐにご報告すべきだったかもしれません。ただ、昨晩はお休みいただいた方が良いかと思いまして。名誉顧問の件と、どう関わってくるか分かりませんし、大げさにするより三人だけで話をと」

「それでいい。判断は間違っていない」

社長は内扉を一瞥《いちべつ》した。

「岡野、電話の方はどうだ。お前が若手に指示してくれたんだろう」

「九時に開始してます。財務部三人、秘書室四人の計七名。全体のとりまとめは財務の若林。遅くとも十時過ぎには目処《めど》がつくかと」

その時、ノックも無く、内扉が乱暴に開く。誰かが飛び込んできた。

「岡野さん、大変……」

若林だった。が、社長がいるとは思わなかったらしい。社長を目にして「え」とつぶやくと、そのまま硬直してしまった。

「何しとるねん、若林。自分んところの社長見て、凍《こお》りつくなんてあるかいな。どうした？　何か手がかりあったんか」

若林は我に返って、こちらを見る。「いや、別件」と言った。

「今、携帯の方に電話があったんです。野々興《ののこう》証券の担当から。無茶苦茶、下落してますって。『何か思い当たることありますか』って」

「若林、頼むから、分かるようにしゃべって」

「あの、千葉サプライの株価のことです。野々興証券は株式とか社債の引受で付き合いがあって、メインの証券会社なので」

そのとたん、沢上が顔色を変えて立ち上がった。そして、部屋隅の端末へ。なぜ、慌てるのか分からない。怪訝《けげん》に思いつつ、岡野は沢上の背を追った。

「沢上、その端末、パルプと紙の単価を見るやつやで」

「大丈夫。切り替えれば、株価も見られる」

沢上がキーボードで何やら打ち込んでいく。その背に寄って、端末をのぞき込んだ。画面に折れ線グラフのようなものが表示されている。

「何、これ？　株価の値動きグラフか」

「ああ、一般には『株価チャート』と呼ばれてる。いろんなタイプがあるけど、これは価格を一分単位で、折れ線で結んだだけのチャート。今の時刻は九時二十分。けど、見てくれ」

沢上がチャートを指さした。スタート時点から、線は右肩下がり。おまけに、九時十五分頃に、線が途切れてしまっている。

「細かく見てみるか」

そうつぶやくと、沢上は画面隅のデータ欄を開いた。取引ごとのデータらしい。取引のたびに株価が下がっていっている。まるでカウントダウン。そして、これまた、九時十五分頃を最後にデータは途切れていた。

「どういうこと、これ？」

「株価はセリやオークションのような仕組みで値が決まる。今は売り手が多すぎて、取引が成立していない。だから、買い手が出てくるまで、どんどん値を下げていく」

「そんな。ゼロになるまで下がるんか」

「いや、一日あたりの値幅には制限があるんだ。その制限に引っ掛かれば……」

その瞬間、チャートの上部で青い文字が点滅した。

『ストップ安』

「今、下限値に到達した。『ストップ安』とは下限値のこと。今日はもう下がらない」

「ほな、明日になれば」

「また仕切り直し。でも、また値幅いっぱい下がってストップ安となる可能性はある。この状況が数日続けば、株価は紙屑《かみくず》同然の値段になってしまう。つまり、大暴落だ」

画面を見つめつつ、岡野は唾《つば》を飲み込んだ。株価は新聞に並ぶ細かな数字――その程度の認識しかなかった。こんなに生々しいものだったとは。

「問題ない」

背後からの声に振り向く。社長も画面をのぞき込んでいた。

「うちは大企業じゃないんだ。こんなこともある。たまたま大口の売りが出たんだろう。沢上、心配するな」

「社長、『たまたま』ではなく『今だから』なのかもしれません。もしかすると、名誉顧問の件が影響しているのかも」

その言葉に、社長が腕を組んだまま軽くうなる。

岡野は若林を見やった。

「若林、野々興証券に電話して頼んでや。『下落した理由、調べてちょうだい』って。向こうはプロ。何か見つけてくれるやろ」

「あの、ボクが？　そういった仕事は、普段、常務がやってて。それに、あの、ボク、他にやらなくちゃならない仕事が……」

社長が咳払《せきばら》い、若林の方を見やった。

「常務は商工会議所に行っていて、夕刻まで戻らない。常務が戻るまでに、事実確認を済ませておきたい。若林君、緊急事態なんだ。頼む」

社長の「頼む」に若林の顔が輝いた。「はい」と即答。「分かりましたっ」と叫ぶと、勢い良く一礼、撥《は》ねるように身を起こし控室を出て行く。

なんて、分かりやすいやつ。

苦笑いしつつ、岡野は目を戻した。画面は先程と変わりない。『ストップ安』の青い文字が、警告ランプのように点滅を繰り返していた。

2

社長室　夕5時30分

差し込む夕日が、手元の資料を照らしている。

岡野は顔を上げて、周囲を見回した。

社長室には、昨晩の面々に加え、新たな参加者が一人。常務の横で、若林が顔を引き攣《ひっ》らせて座っている。

「では、ええっと」

若林は額《ひたい》の汗を拭《ぬぐ》った。

「お手元の資料のことなんですけど……あの、ファックスで送られてきたんです、野々興証券から。『暴落の引き金は、たぶん、これです』って。取りあえず、読んでいただければ」

ファックス・コピーの上部には、厳《いか》めしいヨーロッパ風の紋章がある。更には『クレソンバーゼル投資顧問』という社名とロゴ。そして、タイトルには『株式格付レポート』とあった。

『本日、千葉サプライの株式格付を、以下の通り変更する。

BUY2（強い買い推奨）→SELL2（強い売り推奨）』

若林が説明を追加した。

「ええと、クレソンバーゼルはスイスに本部がある金融グループ。このレポートの主《ぬし》はグループの日本法人で、資産運用会社みたいです。今朝、ファックスでいろんな所に配信されてて」

格付レポートは、まず事業統合プロジェクトの難航について説明し、次いで昨日の説明会に触れていた。

『我々の調べによると、この重要な説明会に名誉顧問である小柴幸助《こうすけ》氏は姿を見せていない。それも、突然の欠席であったと聞く。引退した経営者を担《かつ》ぎ出すという異例。にもかかわらず、連絡無き欠席という更なる異例。同氏の健康に深刻な問題が生じた――そう考えるのは容易《ようい》である。

同氏は知る人ぞ知る名経営者であった。その昔、破綻必至の千葉サプライを立て直した手腕は、今や伝説となっている。その後も数多くの事業を育て上げ、他社へと引き継いだ。これらの事業を保有していれば、千葉サプライは巨大なる素材企業になっていたであろう。が、同氏はその道を選ばなかった。再建や創業の苦労が趣味であるかのような人物なのである。その姿は明治期の実業家、渋沢栄一《しぶさわえいいち》翁を彷彿《ほうふつ》させると言っても過言ではない。

この希有《けう》なる手腕が、事業統合を通じて現経営陣へと継承される――この観点をもって、我々はプロジェクトを評価してきた。ある意味、交渉難航をも、プラス要素として評価してきたわけである。

だが、今や、プラス要素はマイナス要素へと転化した。千葉サプライの株価は長らく同業比較で高く保たれ、『小柴プレミアム』などと呼ばれてきたが、この超過分の剝落《はくらく》はまぬがれない。また、昨日の不手際を鑑《かんが》みるに、我々は現経営陣の手腕につき、新たな疑念を持ち始めている。

短期的には強い下落バイアスがかかることになろう。また、中長期の運用においても、当面、同社を対象から外した方が無難である』

沈黙が流れた。社長は腕組みしたまま身動きしない。常務は食い入るように資料を見つめ、秘書室長はしきりに頭をかいている。そして、沢上は資料をただ黙って見つめていた。皆、無言だということは、それなりに理解できているらしい。が、自分には分からない事柄が多すぎる。

岡野は若林を見やった。

「若林、この『株式の格付』って何や。よくニュースで、国債の格付がどうたら、とか聞くけど、それみたいなもんか」

「全く別物です。国債とか社債とかの格付って、安全性の基準なんです。だから、かなり厳密で、それ専門の会社があって。世界中で通用するのは三社くらい」

「ほな、株式の格付は？」

「大手の証券会社なら、どこでもやってます。もう、それぞれ勝手に。株式の格付って『株価が上がりそうか』の寸評なんです。だから、当たるも八卦《はっけ》、当たらぬも八卦、内容もバラバラ。正反対の内容が同時に出ることも」

秘書室長が不満げな口調で言った。

「それにしても、こんな内容、いいのかい？　失礼じゃないか」

「株価を語るのって自由ですから。デマとかはだめですけど。でも、もう、いろんな人がいろんな事を言い出してます。わざと不安を煽《あお》って、下落を狙う人達も。原因不明の暴落が起こると、よくこうなるらしいです。野々興証券の担当、言ってました。『こうなると、妖怪変化《ようかいへんげ》が跋扈《ばっこ》する世界でして』って」

――誰かが名誉顧問の件をコソコソ調べ回ってる。

岡野は資料を見つめつつ腕を組んだ。例の電話も、怪しげな妖怪変化達の動きではないのか。が、今のところ、彼らが材料にしている内容は『健康上の懸念《けねん》』程度でしかない。なのに、株価は暴落。これは厳しい。

「岡野」

いきなり社長から名指しで呼ばれた。慌てて腕を解いて、社長へと向く。社長は眉間《みけん》に皺《しわ》を寄せ、険《けわ》しい表情をしていた。

「そろそろ、心づもりをしておけ。お前は内部統制室なんだから」

「へ？」

何のことか分からない。が、聞き返す間も無い。社長は顔を戻して「皆、聞いてほしい」と言った。

「名誉顧問の件については最善を尽くしたい。が、忘れてはならないことがある。名誉顧問は、その名の通り、既に引退した人。一ＯＢでしかない」

社長は全員の顔をゆっくりと見回した。

「引退した一ＯＢのために、会社の業務は止められない。各自、極力、普段と同じように仕事を続けてもらいたい。万が一にも、顧客に迷惑がかかるようなことはないように」

テーブルを囲む全員がうなずく。

「今日はここで散会としたい。私も少し……一人で考えたくて」

そう言うと、社長は目を閉じた。もう何もしゃべろうとしない。その姿を見て、常務が立ち上がった。それに続いて自分達も。全員が無言で部屋を出る。

扉が閉まった。

「まずいがな」

頭をかく。岡野は廊下を歩きつつ、一人、うなった。

結局、「心づもりをしておけ」の意味が分からないままになってしまった。今さら、尋ねには戻れない。社長は、部下は全員、沢上のように頭が回ると思っているらしい。だが、指示は明確でないと、困る部下もいるのだ、まったく。

「岡野、悪いな。面倒ばかりで」

肩を叩かれた。沢上だった。

「あの様子だと、明日には捜索願を出すことになりそうだ。けど、表沙汰《おもてざた》にはできない。しばらく岡野一人に、警察との対応を頼むことになるかもしれない」

なるほど。

足を止めて、ため息をついた。沢上が「どうした」と尋ねてくる。黙ったまま、廊下の壁へ。壁にもたれて、天井を見上げた。

「俺は……事件というもんは、もっと分かりやすいものやと思とった」

「分かりやすいもの？」

「ある日、突然、事件が舞い込む。関係者は大慌て。一悶着《ひともんちやく》のあと、皆で力を合わせて解決を目指す。ドラマやったら、だいたい、そんなもんやがな」

天井の照明が薄暗く感じられてならない。岡野は話を続けた。

「けど、現実は大違い。目の前で起こっとることが『事件なのかどうか』すら、よう分からん。もしかしたら、日常の一コマなんかも。見分けがつかんから、悩むことしかできん。つくづく、これがドラマやったらええのに、と思うわ。ドラマやったら、時計を見たらええ。自分達がどの辺におるんか、よう分かる」

沢上は「そうだな」とつぶやいた。自分の横に来て、壁にもたれる。そして、小声で「話しとくよ」と言った。

「実は、銀行に知り合いがいるんだ。内々で名誉顧問の個人口座をチェックしてもらってる。大人二人で失踪《しっそう》となれば、かなりの金が必要となる。けど、事前に、まとまった金額を下ろした痕跡《こんせき》が無い。不自然だろ」

顔を戻して、沢上を見やった。小声の話が続く。

「野宿でもしない限り、すぐに所持金は尽きるはず。となれば、どこかのATMで金を下ろすしかない。が、金を下ろせば、即座に銀行のシステムで、どこのATMを使ったか把《は》握《あく》できる。だけど、まだ何の動きも無い。金も無く、どこで何をしてるんだ。これまた不自然だろ。だけど」

沢上は小声ながら、ついに、禁断の言葉を口にした。

「誘拐《ゆうかい》だとすれば、不自然じゃない」

ああ、沢上のやつ、言うてしもうた。皆、言うのを我慢してきたのに。

「そやな。誘拐ならな」

ああ、俺まで言うてしもうた。

岡野は目をつむって、唾を飲み込んだ。

3

社長宅　夜9時30分

「え？　親父からの連絡ですか……ええ、連絡は……その、ありました、会社の方に。ですから、何卒《なにとぞ》ご心配なく」

リビングの電話を置く。社長の小柴は額の汗を拭った。

親父の所在確認のため連絡を入れた先から「どうなった？」と電話が入るようになってきた。なんとかごまかしきったが、もう、きき回ることはできない。

電話から離れソファへと戻り、崩れるように腰を下ろした。テーブルの水割りを手に取る。と同時に、妻がキッチンから戻ってきた。

「ねえ、そんなことってある」

妻は硬い表情で向かいに腰を下ろした。

「私、信じられない。お義父《とう》さんが失踪なんて」

「分からない」

グラスの氷が崩れる。音を立てた。

「良かれ悪しかれ、親父の発想は独特だ。それをこれまでは経営に生かしてきた。けど、引退してやることが無くなって……それが妙な方向へ走り出したとしたら？　失踪なんてことがあっても、おかしくない」

そう、失踪の可能性はあるのだ。そうであってほしい。スキャンダルとなっても、その方がいいに決まっている。なぜって、失踪でないとするならば……。

小柴は頭《かぶり》を振った。

だめだ、酔いが足りない。身を起こして、手をウィスキーボトルへとやる。が、先に妻がボトルを手に取った。

「飲みすぎよ。あなた、そんなに強くないんだから」

妻はボトルを抱え、そのままキッチンへと戻っていく。

一人、ソファでため息をついた。壁の時計を見つめる。連絡が取れなくなって、明日で三日目。これ以上、結論を先延ばしにはできない。

小柴は唇《くちびる》を嚙《か》んで、目をつむった。

## 4

千葉サプライ　千葉工場　深夜2時10分

ああ、デキル人になるって、つらい。

若林は深夜の千葉工場にいた。

作業の手を止めて、プレハブ事務所の壁時計を見やる。深夜残業なんて久し振り。本当は昼間に来る予定だったんだけど……。

――若林君、緊急事態なんだ、頼む。

まさか、社長から直接、仕事を頼まれるなんて。他にいっぱい社員はいるのに。もう最高。と言っても……。

「証券会社に問い合わせただけだけど」

甘い夢から覚めた。

「さあ、仕事、仕事」

会計士への資料提出期限は明日まで。工場の在庫管理が絡《から》む事柄になると、ボク一人では無理。そこで、工場にいる経理係の後輩を巻き込んだ。繰り返すけど、ボク一人では無理。だって、工場の夜って怖いんだもの。

「若林さん、もう二時ですよ、二時」

向かいに座る後輩君は手を止めて、こちらを見る。肩の凝《こ》りをほぐすように首を回した。

「どうして、昼間に来ないんですか。期限、明日だって分かってるのに」

「ごめんねえ。昼間はどうしても抜けられなくてさ。千葉サプライの命運を握《にぎ》る秘密の仕事があってね。もう大変」

「秘密の仕事?」

「そう。社長から直々《じきじき》。できるの、ボクしかいないから」

後輩君があきれたように首を振った。冗談だと思っているらしい。仕方ないよね、ボクだって信じられないんだから。

「そんなことよりさ、この資料、早く片付けちゃおうよ。たぶん、あと十五分くらいで終わるから」

「なんか、最近、こんな資料ばっかり作ってません?」

「仕方ないの。これからは『ナイブトウセイ』の時代だからね」

確かに、最近は資料作りが多くて、本当に大変。法律が変わって、社内のリスク管理が義務付けられたらしい。不正防止はむろんのこと、在庫の管理ミス、発注ミス、事務ミスの可能性まで逐次《ちくじ》チェックしろって。だから、もう至るところ、チェックだらけ。こういったチェック体制のことを『内部統制』とか呼ぶらしいんだけど、今は導入が決まったところで、誰もが手さぐり。具体的な対処法を会計士の先生に尋ねても、曖昧《あいまい》な返事しか返ってこない。そのくせ『あれ出せ、これ出せ』だもんね。

「ひどいと思いません？　今、作っている書類なんて、いわば『チェック書類のチェック』ですよ。これもだめなら、どうするんですかね」

「じゃあ、『チェック書類をチェックした書類』をチェックするって言えばいいの。大丈夫、そのうち馬鹿らしくなって、どこかで止まるから」

「へえ」

後輩君は感心したようにつぶやいた。

「若林さん、変わりましたねえ。いかにも本部の人って感じ」

「大人になったの、大人に。そんなことより早くやろうよ。無事提出できたら、接待してあげるから。そうそう、今週の金曜日、港フェスティバルがあるからさ、その時にでも……」

突然、鋭《するど》い音が部屋に鳴り響いた。電話だ。

「出て。ボク、工場のことは分からないから」

「出ないですよ。もう夜中なんですから。ほっておけば、留守番電話に切り替わります」

後輩君の言った通り、電話はすぐに鳴り止み、代わって、留守番メッセージが流れ始めた。続いて、伝言を促《うなが》す電子音。けれど、電話をかけてきた人は話し出さない。どうしたんだろ。

「切っちゃったのかな」

その瞬間、電話機から、くぐもったような声が聞こえてきた。なんだか変な声。まるで、テレビの覆面《ふくめん》インタビューのような。

『千葉サプライに告ぐ。貴社の名誉顧問である小柴氏は、我々が預かっている。現時点において、健康上の問題は生じていない。安心されたい』

後輩君が苛《いら》立《だ》って机を叩いた。電話に向かって毒づく。

「何、言ってんだ、こいつ。ヒマだろ、お前」

『日曜午前より現時点に至るまで、同氏とは連絡が取れていないはずである。このことを知りうる者は、当事者しかいない。この事実をもって、この電話がいたずらではないことは、認識できるであろう』

血《ち》の気《け》が引いていく。若林はつぶやいた。

「あの、ここ、工場の事務所なんですけど」

くぐもった声が続く。

『宣言する。これは誘拐である。従って、この電話を受けた者は、千葉サプライの然《しか》るべき部署に我々のメッセージを伝えなくてはならない』

後輩君は再び毒づいた。

「馬鹿じゃないの、こいつ。真夜中に、こんないたずら……あれ？　若林さん、どうしたんですか」

「いたずら……じゃないかも」

『我々のメッセージが然るべき部署に伝わらない場合、名誉顧問小柴氏の健康は保証されない。従って、同氏の安否は、第一に、このメッセージを最初に聞く者にかかっている。繰り返す。この電話を受けた者は、然るべき部署への通知義務がある。いかなる理由をもってしても、その責務からは逃れられない。このメッセージを通知することによってのみ、その責務から解放される』

「若林さん、まさか、さっき言ってた秘密の仕事って」

黙って、うなずいた。

『次に、その然るべき部署にて、行うべき事柄を指示する。なお、これより指示する内容については、メッセージの受領部署に遂行《すいこう》義務がある』

然るべき部署ってどこのこと？　そんな部署、うちの会社にあるの？

若林は口を半開きにしたまま、電話機を見つめ続けた。

# お知らせの三　謎は一方通行

## 1

役員会議室　朝7時50分

朝日が役員会議室テーブルを照らしている。その上には会議用のレコーダー。レコーダーからは、くぐもったような声が流れていた。

『次に、その然《しか》るべき部署にて、行うべき事柄を指示する。なお、これより指示する内容については、メッセージの受領部署に遂行義務がある』

レコーダーを見つめる全員の顔が硬くなった。

『まずは、メッセージの受領確認を行う。確認手段として、貴社のホームページを使用する。同トップページの上部にある社名を点滅させること——これがメッセージ受領のシグナルである。このシグナルを我々が確認し、かつ、然るべき時期が到来した時点で、次の指示を行う。

なお、このシグナルは、本日火曜日、夜十二時までに発信されなくてはならない。期限までに我々がこのシグナルを確認できなかった場合、我々との接触を拒絶したものとみなし、以降、貴社への連絡は行わない。また、この場合、小柴氏の健康は保証されない。同氏の健康状態に支障《ししょう》が生じるとすれば、その責任はひとえにメッセージの受領部署にある』

数秒の間、無音状態が続く。突如《とつじょ》として、電話が切れる音。録音は途切れた。

「犯人からのメッセージは以上です」

岡野はレコーダーを切った。と同時に、周囲からは安堵《あんど》の息。秘書室長が気の抜けたような声を出した。

「岡野君、ほんとに、これで終わり？　録音漏《も》れがあるんじゃ」

「音声の前後に留守番電話の音が入ってますから、漏れは無いはずです。まずは事前通告ということのようでして。具体的な要求に関しては、次の連絡を待つしかありません」

安堵の息が、ため息へと変わる。岡野は説明を続けた。

「電話は、港の企業団地にある千葉工場に掛かってきました。時刻は深夜二時過ぎ。その時、たまたま財務の若林と彼の後輩が二人で深夜残業してました」

「受けたのは二時過ぎか。かなり時間がたってしまったな」

常務が顔をしかめている。岡野は「やむをえないかと」と返した。

「若林は『名誉顧問が所在不明』ということしか知りません。然るべき部署といっても、どこに連絡すればいいのか分かりませんし、そもそも深夜ですから、どの部署とも連絡を取りようがありません。仕方なく、若林は本社の財務部まで戻り、誰かが出社して来るのを待とうとしました。ですが、夜明け近くに『このままだと、自分の責任になってしまう』と怖くなり、私個人の携帯にかけてきました。で、私から皆さんに連絡をして、朝一番、こうして集まっていただいたわけでして」

一息ついて間を取る。「若林はよくやったと思います」と続けた。

「若林がいなければ、工場の総務係が出社してからの対応となります。気付いても、いたずら電話として放置していたかもしれません。むしろ、スムーズに対応できた方ではないかと」

「それもそうだな。しかし、なんで工場なんだ」

「分かりません。ただ、はっきりした事が一つ。これは『誘拐』やということです。日曜午前から行方知れず――この事実を知りうるのは、社外では誘拐した人物だけです。もう事件性を疑う余地は無いんで、警察に通報しました。警察は今、このフロアの応接室で、若林と後輩の二人から事情聴取しています。沢上が付き添いです」

秘書室長が「警察」と声を裏返した。

「いいのかい。警察を呼んで」

「私が言った。すぐに通報しろと」

社長が直接、答えた。いつになく強い口調だった。

「犯人は警察への通報について、何も言っていない。言っていたとしても、犯人は個人にではなく、会社に連絡してきている。理路整然と対応するしかない」

秘書室長が黙り込む。社長はこちらを向いた。

「岡野、テープは警察に渡さなくていいのか」

「既に渡してあります。これはコピーでして。テープ式の古い電話機で助かりました。本体内蔵のメモリーなら、コピー一つに大騒ぎしとったかも」

「ホームページの変更には、どのくらいかかる」

「作業自体は五分程度やと思います。ただ、システム部のウェブ担当が今朝は遅番ですので、出社次第、IR担当の市川から変更の指示を出します。むろん、本当の趣旨は伝えません。単なるレイアウト変更として指示します。市川は既に待機中です」

社長が黙ってうなずく。岡野はゆっくりと室内の三人を見回した。

「こうなった以上、情報管理は更に重要になります。しばらくの間、この件に関する情報の範囲を限定したいと思ってます。具体的には、まず、ここにいらっしゃる三人――社長、常務、秘書室長。それに経営企画室の沢上と市川。内部統制室からは私。それと、これからは警察との応対で、細々《こまごま》とした作業を頼む社員が必要になります。昨日の電話かけのメンバー、それに総務部所属で災害対策チーム兼務の若手数名に、必要な事柄のみを話して協力してもらうことにします。あ、それと、若林の後輩はたまたま耳にした立場なんで、他言無用を念押しの上、このあと帰宅させます。彼自身、事情聴取を受けてる身ですので、ペラペラしゃべり回ることもないかと」

社長が再び黙ってうなずく。岡野は念押しするように続けた。

「それと、もう一つ。当社の危機管理規定によると、危機管理の事務局は内部統制室になってます。けど、私以外の社員は今、監査出張中で不在。ですので、一応、私が警察との窓口になります。沢上にも手伝ってもらいますけど。それでいいですか、社長」

「情報限定と言ったのは、お前だ。他に誰がいる」

ノックの音がした。

沢上が入ってきた。その背後に見慣れぬ男が二人いる。ベテラン風の初老の男と若手の男。どちらも地味な背広姿で、外見は社員と変わらない。だが、滲《にじ》み出る雰囲気が明らかに違う。

社長が立ち上がって歩み寄る。初老の男が身分証を取り出し「県警の柴田《しばた》です」と言った。

「お忙しいようですな。日曜日午前に行方不明、今日は火曜日で、まもなく三日目に突入します。随分と、のんびりなさっておいでで」

刑事に会社の何が分かる。岡野は即座に反論した。

「刑事さん、お言葉ですが、当社としてもギリギリの……」

社長が厳しい目で自分の方を見る。「黙ってろ」という意味らしい。社長は顔を戻すと、二人に向かって深々と頭を下げた。

「お手を煩《わずら》わせてしまい、申し訳ありません」

「皮肉ではないんですよ。失踪は初動がポイントでしてね。最初の四十八時間が勝負と、我々は考えておりまして。どこかで倒れていれば、体がそれ以上はもたない。それに現地は秋田。まだ夜は相当、冷え込みます」

「素人ながら分かります」

「ご事情はおありと思いますが、今後は我々の指示に従って動いていただきます。そうでないと、お父上の身に何が起こるか分からない。このあとで結構ですが、まず、ご用意いただきたいのは……」

「刑事さん、ちょっと、すみませんが」

岡野は話に割って入った。社長がまた目を向けてくる。が、今度は引けない。

「このあと、家族としての社長へ事情聴取いただくことは結構ですが、その他の事柄は、私、岡野にて対応させていただきます。岡野がいなければ、沢上が」

社長が制するように「岡野」と呼ぶ。だが、無視して続けた。

「会社トップとしての考え、家族一員としての考え、この二つがごっちゃになると、刑事さんもお困りになるんやないですか。私が整理した上でお伝えします。それに会社の業務は今も止まっておりません。社長が隔離されれば、仕事が回らない。むろん、必要な情報は滞《とどこお》りなくお伝えします」

「お堅いことですが、構いませんよ。ただし、我々が社長さんに直接連絡を取ろうと思えば、いつでも取れる状態にしていただきますがね。我々としても、本音を聞きたい時に、部下の前で体裁《ていさい》を気にされても困りますので」

「本音？　どういうことですか」

「決断、家族にしか言えない最後の決断ですな。急遽《きゅうきょ》、お願いする場合もありえますから」

再び室内の空気が重くなる。が、刑事の柴田は表情を緩《ゆる》めた。

「岡野さんと仰《おっしゃ》いましたかな。あなた、随分と気を回しておられるようですが、世間では、既に大騒ぎのようですよ。ご存じですか」

柴田は胸元から留守番電話のテープを取り出す。それを軽く振りつつ「こんな物が無くとも」と言った。

「騒いでる輩《やから》もいるようで。『誘拐だ』とか言ってね。ネットってやつは、実に耳が早いもんですな」

不意をつかれ、思わず「え?」と声が出る。顔が引《ひ》き攣《つ》りかけているのが分かった。

2

経営企画室　午前9時30分

「ネットで流れてる? そんな馬鹿なこと、誰が言ってるんですか」

真剣に相談しているのに、里佳子は自席に座ったまま笑っている。

岡野は周りを見回した。他の社員は朝の会議で席を外している。が、念のため声を潜め
「それがや」と言った。

「刑事なんよ。この道、何十年ちゅう顔つきの」

「きっと、その人、岡野さんの態度にカチンときたんだと思うな。それで牽制《けんせい》パンチ一発。気にするほどじゃないけど、何か一つ、見てみます?」

里佳子は職場口調でそう言うと、席を立った。フロア隅に据《す》え置かれた広報専用パソコンへと向かっていく。その背に付き従って、自分もフロア隅へ。

里佳子は専用パソコンの前に座り、小声で「たぶん」と言った。

「昨日の夕方くらいだと思います。『誘拐』なんてキーワードが流れたのは。警察にはネットの監視チームもあるそうですから、たまたま、引っ掛かったんでしょ。でも、どれも大したものじゃないです」

「お前、もしかして、警察関係者か」

「今頃気づいたんですか……と言いたいんですが、会社の風評をチェックしてくれる会社があるんです。ネット社会の口コミって、怖いんですよ。外食業界なんて、もう大変。うちなんてマシな方です」

里佳子はマウスを手に取る。画面が切り替わった。

『みんなのマネー・ジャパン』

「これって結構、有名な金融サイトなんです。当然、千葉サプライのページもあって」

説明に合わせて、画面は千葉サプライのページへ。マウスの矢印が動いていく。矢印は『口コミ』と書かれたリンクで止まった。

「いいですか。騒がないで下さいよ」

画面が切り替わった。幾つもの短い書き込みが並んでいる。千葉サプライに関する掲示板らしい。再びマウスが動いて、画面は昨夕の書き込みへ。里佳子が指さす書き込みから、順に読んでいった。

『おいしい急落、買いに出て撃沈。情報求む』

『俺もやられた。会社から何の発表も無い』

『俺は売った。下がれ。もっと下がれ』

『でも、ここの受付のヒト、すごい美人』

『千葉サプライに友人がいます。四国の工場に制服を着た人達が大勢来て、総務課長と長時間、部屋にこもっていたそうです。大きな不祥事かも』

もうキリが無い。飛ばし飛ばしで読んでいった。

『格付が大幅ダウン。クレソンバーゼルＨＰより』『無理やり引退させられたトップが腹いせに、重要な会合をドタキャン』『社内からリーク。誘拐。社員が現金準備中』『こいつはアラシ。無視しろ』『再リークあり。明日午後、駅で金銭受渡』『工場でアルバイトをしています。制服の人、私も見ました』

岡野は画面を前に頭を振った。

「あかん。頭、クラクラしてきた」

「別に、当社の書き込みに限らないです。一度火が付くと、嘘《うそ》も本当も、暴論も正論も、何もかもが一緒になって流れます。時々、本当のことが混じってたりするから、余計にやっかいなんです。たとえば、『工場に制服が来た』ってやつ。これ、本当です」

「そんな所にまで、もう警察が」

「違いますって。四国の川之江《かわのえ》工場に地元消防署が抜き打ち検査に来たんです。非常階段に空き缶のゴミ袋を置いてて、総務課長がこってり絞《しぼ》られました。それが、こんなふうになっちゃうんです。更に言えば、調子に乗って『誘拐』発言してる子、うちの社員です。匿名《とくめい》にしてるけど」

「なんで分かる？」

「この掲示板、悪質なアラシ対策として、発言者のＩＰアドレスを公開してますから。調べれば、大まかな事は簡単に分かるんです」

「あいぴーどレス？」

「ＩＰアドレス。ネット上の住所みたいなものです。この発言は九州支社のサーバーからの発信。支社に一人、ダメンコちゃんがいるんです。仕事中にネットで遊んでばかりいる子。どんなに注意しても駄目。システム部から報告が行ってると思いますけど」

確かに、そんなことがあったような気がする。

岡野は近くにあったパイプ椅子《いす》を引き寄せ、腰を落とした。まだ朝と言っていい時間。だが、既に一日分、疲れた。

「なに、ガックリきてるんですか、岡野さん」

そう言うと、里佳子は周囲を見回した。周囲に誰もいないのを確認する。顔を戻すと、いきなり「しっかりしなよ、ケンタロー」と言った。

「そもそも重要な捜査情報を、初対面の人に話すわけないでしょ。なに、ビクビクしてんのよ。いつもみたいにやればいいの。『さすが警察でんな。その調子で、よろしゅう頼んまっさ』って」

「言えるかいな。相手は本物のプロやで。真正面から、あんなこと言われてみぃ。もう、頭ん中、真っ白になってしまうがな」

「何、言ってんのよ。刑事に会計や財務が分かる？　製造管理や在庫管理が分かる？　分かるわけない。ど素人《しろうと》なんだから。こっちが捜査について、ど素人なのと同じ。そもそも職業が違う。それだけのこと」

内線が鳴った。

即座に里佳子が電話を取る。システム用語らしき単語を交えて「了解」と返すと、電話を置いた。パソコンのマウスへと手をやる。

「システム部からだった。『作業完了しました』って」

画面が瞬《またた》く。千葉サプライのホームページへと切り替わった。見慣れたページではあるが、明らかにいつもと違う所が一箇所ある。

「私のセンスって思われると、嫌だな」

ホームページの上部には『千葉サプライ』の文字。地味な社名は犯人に向けて点滅を繰り返していた。

3

社員食堂奥　倉庫部屋　午前10時30分

食堂奥の廊下は薄暗い。突き当たりのドアには、手書きの貼り紙がある。

『工事関係者以外、立入禁止』

岡野は傍らを見やり「行くで」と言った。

「資料に漏れは無いよな、沢上」

「全部、揃えてある。何度も確認した」

深呼吸してドアをノック。「どうぞ」の声と同時に、少しだけドアを開け、その隙間に身を滑り込ませる。

窓際で刑事の柴田が振り返った。

「確か、岡野さんに、沢上さんでしたね。どうぞ、お座りになって」

昨日まで、この部屋は総務部の倉庫だった。が、今は警察用の控室となっている。床には多くのコード類が散在。窓際にはワゴンがあって、その上には無線機らしき機材が幾《いく》つも置かれていた。そして、部屋の中央には大きな木製テーブル。これは警察が持ち込んだ物ではなく、倉庫の頃からあった物だろう。

柴田が席についた。テーブルを挟んで、自分達も席につく。

「ご要請のあった書類をお持ちしたんです。けど、その前に、これを」

そう言いつつ、岡野は胸元からカードを数枚取り出した。テーブルへと置く。

「当社のIDカードです。これで自由に入退館できますし、券面のIDでネットにつなぐこともできます。ちなみに、この部屋は『通信工事の作業員控室』ということにしてあります。警察の方の控室とは、まだ、大っぴらに言えませんので」

自分が言い終えると同時に、沢上が封筒をテーブルへと置いた。それをこちらへと押しやってくる。その封筒を手に取って資料を取り出し、テーブルへと置いた。

「まずは、当社の組織図です。ご指示通り、各部署の外線番号を記入してあります。このビルの部署だけではなく、全ての支社、支店、工場等の住所と電話番号も網羅《もうら》して書き込んでいます。それと」

封筒をのぞき込む。次の資料を取り出し、テーブルへと置いた。

「小柴本人に関する資料です。顔写真が一枚、全身の写真が数枚。それから、会社で把握《はあく》している経歴、家族親族等の連絡先などを一緒に綴《と》じてあります。同じ要領で運転手の分も用意しました。それと、最後に」

封筒を傾ける。出てきた資料を手に取り、テーブルへと置いた。

「行方不明となっている車の資料です。まずは車検証のコピー。それと車の外観の写真を付けてます。写真についてはスナップ写真しかありませんでした。なにやら小馬鹿にしたような写真なんですが、何卒《なにとぞ》ご容赦《ようしゃ》を」

写真には、はしたない姿の自分が写っている。車の横でガニ股になり、大口を開け小指を鼻に突っ込んでいる写真。カメラが趣味の源さんに冗談半分で撮られたものだ。まさか、警察に提出することになるとは思ってもみなかった。

柴田は「助かります」と言いつつ、頭をかいた。

「実はね、この手の犯罪における最初の仕事は、動揺する関係者をなだめすかし、落ち着いてもらうことなんですよ。ですが、これに時間を食ってしまうことが多くて」

柴田は窓際の無線機を一瞥《いちべつ》した。

「先程、社長さん宅に向かった連中から連絡がありました。極めてスムーズに機材を設置できたとのことです。到着すると、既に秘書室の方がいらして、丁重《ていちょう》な案内を受けたそうで。『のんびり』なんて発言は撤回しないといけませんな。申し訳ない」

柴田が頭を下げる。こちらも下げた。お互い姿勢を戻すと、柴田は資料を手元に引き寄せる。「残る問題は」と言った。

「再び会社宛に犯人から連絡があった場合なんですが」

沢上が組織図を指さす。説明を始めた。

「各部署の直通外線に関しては、全て録音機能付きの電話機に変えました。すぐにお渡しできるよう、旧式のテープ録音機か、メモリーが取り外しできるタイプのものに変えてあります。ただ、社員の大半は事情を知らないので、役立つかどうかは分かりません。取りあえず『最近、不審な電話が増えている。念のため録音を怠《おこた》らないように』という趣旨で、社内通達は出しておきましたが」

「一般向けの代表電話は、どうなってます?」

「代表電話の受付は、通常、総務部の社員が担当しています。ですので、数名に必要な内容のみ明かし、交替で詰めてもらうようにしました。かかってきた電話のうち、怪しげなものについては経営企画室に回すよう頼んでいます。受けるのは、私の席の電話機です」

「その経営企画室での待機はどうです。可能ですか」

沢上が言葉に詰まって、こちらを見る。岡野は代わって答えた。

「そうしたいのは山々なんですが……経営企画室という部署は、社外秘が机の上にあふれとる場所でして、万が一、不自然な情報漏れがあれば、会社は法的責任を問われます。それに、通信工事と称して、ずっと机の傍《かたわ》らで待機というのも不自然ですし。それで考えた代替案なんですが」

今度は自分が沢上を見やる。沢上が説明を引き継いだ。

「怪しい電話に関しては、その通話音声をこの部屋にも送って、お聞きいただけるようにします。指示が必要な場合は、私個人の携帯にかけて下さい。その指示を聞きつつ、話をするようにします」

「ほう、随分と凝ったことができるんですな」

「昔からある設備なんです。設置したのは民暴や総会屋などが問題になった頃ですから、もう十数年前になります。そういった電話は一人で対応しない方がいいですし、記録に残さないと、警察の方で動いていただけないこともありますから」

柴田は「なるほどね」と言い、肩をすくめた。

「結構ですよ。現時点では、我々も表立っては動きづらい。当面、それでいきましょう。それに、様々なご準備はありがたいのですが、役に立つかどうか。そもそも、どこに連絡があるか分からない。現に昨晩の電話は、何の関係もない工場宛でした。では、会社の全部署に張り付くかと言うと、それは現実的でないと言うしかありませんな」

柴田は組織図を手に取った。

「事業拠点は北海道から沖縄まで。シカゴとシンガポールにもある。工場もあれば、支社、支店、営業所、海外駐在員事務所も。その中のどこに電話があるか分からない。実にやっかいです。捜査人員を集中させるポイントが見えてこない」

今、警察に弱音を吐かれても困る。顔をしかめると、柴田は慌《あわ》てて「大丈夫ですよ」と言い、説明を追加した。

「この手の犯罪は大きな括《くく》りで言うと、『何らかのネタで脅迫《きょうはく》しつつ、要求を飲ませる』というタイプになるんですな。ネタは様々で、人質や爆発物、占拠なんて場合もある。ただし、ネタは何であれ、犯人側には弱みがある。嫌でもやらざるをえない弱みがね」

「あの、弱みって？」

「自分の要求を、相手に伝えねばなりません。つまり、わざわざ自ら犯人だと名乗り出て、連絡しなくてはならないんです。匿名一個人のままでは、犯罪目的は達成できません。そして、連絡を繰り返すうちに、必ずボロが出てくる。一方、捜査側はどうか。不特定多数と言える陣容です。『特定個人』対『不特定多数』――この構図がこの種の犯罪捜査におけるベースなんです。情報量については、こちらが圧倒的に優位になります。つまり、この優位性を利用しつつ、コミュニケーションによって犯人を絞り込んでいくというわけです。ただ、今回はどうも」

柴田が眉間《みけん》に皺《しわ》を寄せ首をひねる。岡野はテーブルに身を乗り出した。

「あの、何かまずいことが」

「まずいというか……少し気になります。犯人の接触の仕方が、どうにも分からない。何の関係も無い夜間電話へ一方的に吹き込む。そして別途、そのメッセージの受領確認を求める。常に情報の流れは一方通行です。ありがちなパターンではない」

「それは、捕まらんように、と考えとるせいやないですか」

「おそらく、そうなんでしょう。ですが、このやり方では、連絡がうまくいかない可能性があります。いたずらだと思われて放置——十分ありうることです。意図した相手に連絡が付かねば、交渉も開始できません。犯人はどうしても『犯罪が生じていること』と『自分達がその犯人であること』を連絡し、相手を納得させねばならないんです」

確かに、それはある。柴田は話を続けた。

「つまり、そんな根本的なリスクを冒《おか》してまで、犯人は表に出まいとしています。実際、これだけ時間が経過していて、犯人が無色透明な『匿名』のままというのも珍しいことでして」

突然、窓際で鋭い音が響く。

柴田は即座に立ち上がり、窓際の無線機へと駆け寄った。イヤホンをして、マイクを手に取り、聞き慣れない捜査用語を口にする。最後に「三号了解」と言い、マイクを置いた。こちらを向く。

「申し上げておいた方が良いでしょうな。行方不明になっていた車が見つかりました」

思わず声が出た。自分も沢上も。

「名誉顧問は？」「源さんは？」

「見つかったのは車だけです。誰も乗ってません。奥羽市内の県道沿いにある資材置場に放置されていたようです。説明会の会場から半時間程の所らしいですが」

「そんな所に、なんで？」「いったい、いつから？」

柴田は言いづらそうな表情を浮かべた。

「それが、昨日の夕刻、既に警察に届けられてたそうで」

唾を飲み込む。岡野は沢上と顔を見合わせた。

4

秋田パルプ敷地内　寄合所　昼12時30分
あの日以来、寄合所は社交場と化している。

吉岡は茶碗に酒を注《つ》いだ。肴《さかな》は秋田名物の漬物『燻《いぶ》りがっこ』。茶碗を傾《かたむ》けつつ、OB仲間の噂《うわさ》話に耳を傾けた。

「名誉顧問の車、見つかったって、本当のごどがや」

「本当のごどだハ。見つけたのは材木屋の鉄二《てつじ》よ。自分どこの空き地、見回ってて、シート被《かぶ》った車に気付いたんだと。めくってみたんば、これが立派な車でよ、無茶できね。違《ち》法駐車には違げえねえから、番号控えて、警察の交通課さ相談したんだど。んだら、あっという間に、こんだ騒ぎだハ」

「なして、名誉顧問、そんだ所さ車置いて、病院行ったんだべ」

「おめえ、新聞読まねえべ」

「馬鹿にすんね。おらの家だば、なんでも新聞だがや。テレビ番組も新聞、プロ野球の結果も新聞。ネットなんぞ使わね」

「そんだごど自慢すんでね。新聞の経済面のごど言ってんだ。千葉サプライの株価、しっだけ下がってる。今は落ち着いとるみでえだども、元の水準には戻らねえ。何かあったに違げえね」

　玄関戸が開く音がした。

「吉岡さん、いだすか」

　近所の駐在の声のようだ。

　吉岡は茶碗を置いて立ち上がった。まっすぐ歩いているつもりが、なぜか、右へ左へ。なんとか玄関にたどり着くと、やはり、馴染《なじ》みの駐在がいた。が、その横に見慣れぬ顔が二つある。

「本部の刑事さんだハ。あの日のごとに関して、吉岡さんから詳しい話、聞きてえって……」

　見慣れぬ男のうち一人が駐在を制し、身分証を見せた。

「ちょっとした事ですよ、おききしたいのは。ただ、ここじゃなんですから」

「どこでもいいども、俺ァ、酔ってんだハ。吐いちまうかもしんね」

「大丈夫ですよ。地元の所轄《しょかつ》署までですから」

「我慢できねえかもしんね。サイレン鳴らして、ぶっ飛ばしてけれ。パトカーだば、スピード違反になんねえべ」

茶化して言っているのに、男達は表情一つ変えない。おもしろ味のない連中だ、まったく。

座敷から皆が出てきた。誰もが心配そうな顔付きをしている。

「心配いらねぇ。刑事さんも噂話が好きってごどよ」

吉岡は揺れながら土間へと足を下ろした。

5

管理本部フロア　午後2時

三月上旬——毎年この時期、このフロアは騒がしい。決算作業に予算作業。人事異動の準備もあれば、新入社員の研修準備もある。だが、そんな騒がしささえ、どこか、のんきに見えてならない。

「皆、まだ知らんもんな」

岡野は自席へとへたり込んだ。

先程、総務部の若手達を集め、簡単に状況を説明してきた。必要最小限の事柄しか話してないが、全員、不安と戸惑いの表情を浮かべていた。当然だろう。誘拐事件対応の経験者などいないのだから。説明する側の自分でさえ……。

「もう、何がなにやら」

ため息をついて、通路向かいの経営企画室を見やった。だらしない自分とは対照的に、沢上は猛然とキーボードを叩いている。既に日常の仕事に復帰したのだろうか。いや、そうとは思えない。沢上がいるのはフロア隅、広報専用パソコンで作業しているのだから。

「何しとるんやろ？」

ゆっくりと立ち上がり、通路へと出る。境のキャビネットを軽く叩いた。

「岡野や。入りまっせ」

このフロアでは、他部署に入る前に一声かけるのが習わし。面倒だが、どこの部署も機密ばかりだから、仕方ない。経営企画の若手達が書類を裏返し、ノートパソコンの画面を少し伏せる。一段落するのを待って、フロアの奥へ。

沢上は画面と下書きを交互に見やり、何やら打ち込んでいた。その傍らへと寄る。岡野は小声で尋ねた。

「何しとんの。こんな隅っこで？」

「辻褄《つじつま》合わせ。ここなら、背後からのぞかれない。今、例の倉庫部屋の使用願と、IDカードの発行願を書いてるんだ。大した書類じゃないけど、体裁は整えておかないと」

「そんなもん、経営企画室長自らやることかいな」

「誰かに任せるわけにはいかない。内容が内容だから」

沢上の手元にある下書きをのぞき込んだ。ありもしない工事内容と、もっともらしい工事会社の名前が書いてある。

「よし。このくらいなら俺でもできる。任しとけ」

「お前が書くのはまずい。これは虚偽《きょぎ》の申請なんだ。お前は内部統制室の所属。こういったことを防ぐために、内部統制室はあるんだから」

「この状況で、そんなん、関係あるかいな」

下書きへ手を伸ばす。その時、チャイムのような音が聞こえた。

「何か鳴ったで、今。そのパソコンと違うか」

「たぶん、メールの着信音だな。一般外部からのメール。このパソコンは社内ＬＡＮにつなげてないんだ。ウィルス対策もあって、ホームページの公開アドレスは、この端末だけで受信するようにしてるから」

一般外部からのメール？

岡野は首をかしげた。千葉サプライの取引先は大半が法人で、かつ、継続的な付き合いが多い。当然、それぞれの担当部署に連絡してくる。わざわざ、公開アドレスにメールを打ってくる者と言えば……。

「そうか、個人の株主か。株価下落のクレーム。以前にもあったな」

「いや、今、そういった内容のメールは多すぎて、昨日から総務の苦情窓口係に転送してる。『株価』や『暴落』をキーワードにして、サーバーで自動転送してるんだ」

「ほな、もしかして」

言いかけた言葉を飲み込む。沢上は「確認してみる」と言い、マウスへと手をやった。

パソコン画面が瞬き、メール一覧へと切り替わる。その中に一通、新着メールがあった。

『要転送。危機管理担当部署宛』

沢上が新着メールをクリック。文面が全面に広がった。

『このメールを目にする者に告ぐ。

貴社の名誉顧問である小柴氏は我々が誘拐している。貴社の危機管理担当部署は、この事実を既に認識済みであり、この連絡を待っていたはずである。従って、このメールを最初に目にした者は、速やかに、然るべき危機管理担当部署に連絡せねばならない。この連絡義務を怠った場合、小柴氏の健康は保証されない。いたずらと誤認した場合でも免責は無い。よって、小柴氏の安否は、第一に、この連絡義務を果たすかどうかにかかっている』

文面を追いつつ、唾を飲んだ。

「おい、またやで。一方通行」「ああ、まただ」

『次に、その然るべき危機管理担当部署の諸君に告ぐ。

我々の要求は以下の二項目である。二項目を合わせて一つの要求であり、変更の余地は無い。

要求の一。金七億円の支払いを為《な》すこと。

うち、二億円分については、現金束にて用意すること。現金束は古札を使用するものとし、百万円ごとに封緘《ふうかん》すること。更に、その束を十束ごとにまとめて封緘し、一千万円の束とすること。残額の五億円を含め、支払方法については、おって指示する。なお、複数に分割しての支払いとなることを、予《あらかじ》め通知しておく。

要求の二。秋田パルプとの事業統合プロジェクトを即時中断すること。かつ、全ての提案、計画を取り下げること。

事業統合プロジェクトの断念により、大幅な資金余力が生まれることは明白である。七億円の支払いは、より容易《ようい》となろう。我々は無理な要求を行わない。

なお、繰り返すが、これら二項目の要求は、同時に満たされなくてはならない。分割は不可能である。

以上、存分に検討されたい。

検討のための時間については、十分に与えるつもりである。要求に関する回答方法については、別途、然るべき時期に指示する。

ただし、前回同様、このメッセージの受領確認を求める。現在、我々は既に貴社ホームページにおいて、社名が点滅中であることを確認している。この社名を二十四時間以内に太字へと変更すること。これをメッセージの受領シグナルとする。念のため付記するが、このシグナルはあくまでメッセージの受領確認が目的であり、要求事項を応諾《おうだく》するか否かは問わない。

なお、期限内にシグナルが確認できなかった場合、我々との接触を拒絶したものと見なし、以降、貴社への連絡は行わない。また、この場合、小柴氏の健康は一切保証されない。

真摯《しんし》に検討されることを期待する』

「くそっ。何様のつもりや」

唇《くちびる》を噛《か》んで、沢上を見やる。沢上はメールを見つめたまま動かない。その姿勢のまま、かすれ声で「岡野、プリンターを」と言った。

「これから、これを二部、印字するから。誰の目にも触れないように、プリンターから取り上げてくれ。印字が終わったら、このメールボックスはロックする」

「あの、二部って?」

「一部は社長に。もう一部はあそこ……例の通信工事の関係者……立入禁止の控室にいる人達へだ」

そう言うと、沢上は画面をクリック。背後でプリンターの音がし始める。

岡野は慌てて振り向き、プリンターへ駆け寄った。

6

社員食堂奥　警察控室　午後2時30分

柴田はメールを読んでいる。顔を上げようとしない。

岡野は固唾《かたず》を飲んで、柴田を見つめた。

隣に座る沢上も食い入るように見つめている。が、何の動きも無い。ただ時間だけがたっていく。我慢できずテーブルへと身を乗り出すと、ようやく柴田は顔を上げ「で、岡野さん」と言った。

「会社としては、どうなさるつもりですか」

「太宰への変更は、ご了承いただけ次第、やるつもりです。ここに来たのは、そのご相談のためでもあるんで」

「こちらに問題はありません。その対応は早い方がいい。で、要求の二項目に関しては？」

「すぐには……決められません。検討はこれからです。夜に関係者を集めて、協議する予定でして」

「まあ、そうでしょうな」

柴田は指先でメールを弾《はじ》いた。

「やはり、会社の方に来ましたな。しかも、似た手口で」

「今回はメールです。経路をたどれば、発信元を突き止められるんやないですか」

「技術的には可能です。ただ、経路情報は偽装できるし、世界中にある無関係のサーバーを経由させることだってできる。突き止めるのには時間がかかります。突き止めたとしても、そこが犯人の居場所とは限らない。三年前、海外で似たケースがありましてね。ようやく発信元を突き止めたと思ったら、ネット喫茶のパソコンでしたよ。それも警察署向かいのね」

柴田はメールをテーブルへと置く。胸元から手帳を取り出した。

「ただ、はっきりした事柄が一つある。今回の事件は『事業統合プロジェクトに関係している』ということです。犯人が会社に連絡してきたのも、それが背景なんでしょう。こうなると、事件が説明会の日に起こったという事実が、特別な意味を持ってきます。この説明会、いったい、どういう会合だったんです」

沢上が説明し始めた。

「現在は、基本合意に至るための事前協議段階にあります。そのために重要となる株主へのＩＲ活動の一環として……」

「沢上、俺が説明するわ」

岡野は沢上を制した。難しい経済用語に、柴田が顔をしかめつつあるのだ。自分だって、よく分かっていない。が、だからこそ、柴田が何を気にしているかが分かる。

「大ざっぱに言うと……うまくいけば『ゴー』、駄目なら『ストップ』――その場で、プロジェクトの成否が決定する節目の会やったわけです。けど、名誉顧問の欠席によって、何の盛り上がりも無く、全員が不満を抱えたまま散会した。そういう会でした」

柴田が嬉《うれ》しそうな表情で「なるほど」と言った。

「もう一つ教えてもらえますかね。どうも、私の頭に経済用語は入ってこんのですよ。『事業統合』と報じているメディアもあれば、『合併』と報じているメディアもある。どこが、どう違うんです」

沢上が説明し始めた。

「確かに、合併は最終目標の一つではありますが、独自性の維持を考えますと、持ち株会社方式による統合、事業を分離した上で合弁会社《ごうべん》を設立する方式など……」

　再び柴田が顔をしかめつつある。

　岡野は沢上を制し、「たとえますと」と言った。

「男性と女性が一緒になる——典型的な方法は結婚やと思います。けど、他にも方法はある。同棲《どうせい》、事実婚、欧米風のパートナーシップ契約なんてのも。そやけど、ことわざなどでは、代表して結婚を使いますよね。これと同じです」

　柴田がうなずいている。この路線で行けそうだ。

「これを今の状況に当てはめると、こんな感じです。今、『一緒になろう』と話し合っていますが、具体的なことはまだ何も。結婚にするのか、同棲にするのか、欧米風パートナーシップ契約にするのか、何も決めてません。ところが周りの人達は『結婚だ、結婚だ』とはやし立てている。そういう状況でして」

「では、買収というのは？」

「会社まるごと買い取るっちゅうことですから、無理強《むりじ》いの結婚といったところでしょうか。むろん、無理強いのレベルには、いろいろありますけど」

「なるほどね」

　柴田は手帳を閉じて、メールへと目を落とした。

「ついでに、お聞かせ願えませんか。あなた方がこのメールを読んだ時、犯人について、どうお感じになりますか。私には、かなり経済に詳しい人間のように思えますが」

沢上が独り言のようにつぶやいた。

「中途半端……分かった振りをしてるような。資本取引と損益取引を混同してて、家計簿的というか」

「家計簿的？」

沢上が困惑《こんわく》の表情を滲ませつつ、自分の方を見た。「お前が説明してくれ」ということらしい。だが、これはやっかいだ。自分だって、今の部署に来てから理解したのだから。

「ええと……たとえば、営業車を買って百万円、パチンコで負けて百万円。どちらも家計簿では百万円の支出です。けど、車は売ったらお金に換えられるし、活用すれば利益も生む。パチンコの負けは、お金が出ていったら、それでおしまい。同じ支出でも全然違うんで、会社の会計では全く違う取引として処理するんです」

柴田の顔をうかがった。いけそうだ。

「今回のケースに強引に当てはめますと……事業統合プロジェクトは営業車の購入、身代金はパチンコの負けといったところでしょうか。つまり、このメール、『営業車の購入をやめたら、金が余る。その分、パチンコの負けを覚悟しろ』と言うとるみたいなもんでして。どの会社でも、『営業車の購入』はスムーズに決定できます。けど、『パチンコの負けを覚悟しろ』と言われても、それを決定することは難しい。額面金額の大小だけが問題やないんです。このメール、小難しい物言いをしてるわりには、筋が通っていない。つまり、中途半端っちゅうわけで」

ざっくりとした説明に不安を覚え、沢上の方を見やる。沢上は軽くうなずいた。これでいいらしい。

胸を撫《な》で下ろして、柴田へと向き直る。岡野は「刑事さん」と問いかけた。

「刑事さんはメールの内容、どうお思いになりますか」

「そうですね、今のお話を踏まえて考えてみますと……観点は違いますが、やはり中途半端のような」

柴田はメールを指さした。

「この『身代金』の要求は、ある意味、犯罪としては当然でしょう。ですが、『事業統合を断念せよ』という要求は、どうでしょうか。しかも、二つの要求はセットだと言っている。では、二つ目の要求のために、金が手に入らなくてもいいのでしょうか。お話をお聞きする限り、プロジェクト断念によって身代金支払いが容易になるわけではないようです。とすれば、この要求は却《かえ》って、身代金の障害となりうる……いや、もしかすると」

柴田は「こちらの方」と言いつつ、再度メールを指さした。

「プロジェクトを断念させること――こちらの方が本当の狙いなのかもしれません。つまり、金銭の要求はカモフラージュ。または手間賃程度の位置づけなのかも」

考えてもみなかった。沢上もそうだったらしい。小声で「手間賃」と繰り返す。が、すぐに柴田から「断定ではありませんよ」と返ってきた。

「現段階では、あらゆる可能性について、考えなくてはなりません。初期段階における予断は、捜査を歪《ゆが》めますのでね」

そう言うと、柴田は再びメールを手に取る。そして、うなりつつ、眉間に深い皺を寄せた。

7

社長室　夜8時30分

社長室に集まった面々は昨夕と変わりない。

岡野はネクタイを緩めた。

壁時計の針の音が聞こえる。息苦しい。集まったものの、誰も話を切り出そうとしないのだ。息詰まるような沈黙が続く。

が、ついに、社長がその沈黙を破った。

「知っての通り、犯人から要求があった。『身代金』と『事業統合プロジェクトの断念』

の二つ。取りあえず、身代金についての問題点を整理し、それを共有しておきたい」

社長は視線を常務に向けた。

「夕方、お話し下さったことについて、今一度、ここでご説明いただけませんか」

「社長、しかし」

「いいんです。全員が理解していないと、正しい議論にはなりませんから」

常務は困惑の表情を浮かべ、若林の方を見やる。若林は視線を受け止めぬよう目をそらした。が、その先には、うつむく秘書室長と手帳を確認する沢上しかいない。若林の視線は二人を素通りし、自分の方へ。何がなんだか分からない。仕方ないので、自分は社長が指名した常務を見やる。

視線は一周。常務は諦《あきら》めて語り始めた。

「私は金融機関の出身で、今は当社の財務部長を兼務している。当然、犯罪捜査に関する知識など全く無い。だが、改めて考えてみると、『身代金』とは『資金の使い道』のことであって、お金であることは何も変わらない」

常務は一息ついて間を取る。説明を続けた。

「今のところ、警察は犯人を刺激せぬよう内々で捜査している。手詰まりになるまでは水面下で捜査。誘拐事件とはそんなものだ、と誰もが思っている。時には『犯人との裏取引で解決するかも』などと考えたりもする。だが、いずれ、千葉サプライは自ら公表せねばならなくなる。つまり、誘拐事件の自発的公表だ」

意味が分からない。思わず疑問が口を突いて出た。

「あの、常務、そうした方が『捜査しやすい』っちゅうことですか」

「そうじゃない。さっきも言ったが、捜査のことは、私には分からない。だが、財務のことなら分かる。ちょっと、これを見てほしい」

常務は脇に置いていた書類束を手に取る。テーブルへと置いた。

『有価証券上場規程ガイダンス』

「これは東京証券取引所の規程集。上場した会社は、この様々なルールに縛られる。分かりやすく言えば、『嘘をついてはならない』『重大な事柄を隠してはならない』『公表タイミングが遅れてもならない』――全ての人が公平に正しい情報をタイミング良く得られるようにと、考えに考え抜かれたルールが幾つも並んでいる。証券界では『適時開示』とか『ディスクロージャー』とか呼ばれる制度なんだが、これを守らせることが、取引所の社会的使命と言っていい」

「ということは……誘拐事件は隠してはならない重大な事柄というわけですか」

「いや、それは微妙なところだろうと思う。名誉顧問は既《すで》に引退している。当社の規定によれば、名誉顧問《べんぎ》とは単なる称号。役員でも職員でもない。もはや、何の権利も義務も無い。会社が便宜を図《はか》ることも無い。つまり、ある有力一ＯＢが刑事事件に巻き込まれた

――これが公表義務に抵触《ていしょく》するかどうかになる。解釈は分かれるだろう。だが、数字は違う。数字は明確で、解釈の余地が無い」

数字？

「まず、取引所に言わせると『身代金』とは何か？　間違いなく、これだ」

常務は規程集のページをめくり、蛍光《けいこう》ペンで囲われた箇所を指さした。

『災害に起因する損害、又は、業務遂行の過程で生じた損害』

「では、それがどのくらいの規模なら公表せねばならないのか。これも明確に決まっている。これだ」

常務はまたページをめくり、蛍光ペンの箇所を指さした。

『前期純利益の三〇パーセント以上』

岡野は息を飲んだ。確かに明確だ。電卓で答えは出てしまう。解釈の余地など無い。

「ほな、この項目に」

「ああ、抵触する。前期純利益の三〇・〇一パーセントだから」

常務は規程集を見つめつつ、ため息をつく。「裏目に出た」と言った。

「事業統合プロジェクトも、そろそろ大詰め。当社も身ぎれいになっておく必要があって、昨年度決算では、かなり厳しく査定した。在庫や不動産の評価損など、大きめの損を幾つか出して、会社を健全な状態にしたんだ。それが裏目に出た。例年の利益水準なら抵触しない」

　秘書室長が戸惑い気味に「あのう」と言った。

「それは……取引所が『利益が減るから身代金を払うな』と言っている、ということですか」

「そうではありません。払うなら『正しい手続きで』、払えば『公表せよ』と言ってるだけです。取引所が個々の経営判断に干渉《かんしょう》することは、まず、ありませんから」

「では、事件が解決してから公表すれば？　『事件対応に追われて、公表が遅れました』とか言い訳して」

「実は、いつ公表すべきかも、はっきりとした基準があるんです」

　常務はまた規程集をめくり、Q＆Aの一項目を指さした。

『発生した事象を認識した時点で公表して下さい』

「どんなに理屈づけしても、払ってしまえば、もう言い逃れしようがありません。その時点では、間違いなく公表義務が生じます。つまり、身代金支払いと誘拐公表はセット。

『裏取引で身代金を支払い、うやむやのうちに解決』という方法は難しいということです」

「では、そういった取引所のルールを破れば？」

「一般論ですが……組織として意図的に破ったとなると、悪質と見なされる可能性が大。最悪の場合、千葉サプライは上場廃止です」

秘書室長は黙り込んでしまった。が、自分にはまだ分からないことがある。岡野は「横からすみません」と割って入り、秘書室長に代わって質問をし始めた。

「ほな、いっそのこと、『上場廃止になってもええ』という考え方はどうですか。千葉サプライそのものが無くなるわけやないし、大きくても上場してない会社なんて、結構、ありますし」

「それも選択肢としてありうる」

常務は大きく息をつく。話を続けた。

「だが、ごく普通の株主さんの生活を考えてみてくれ。たとえば、昔から地元にいて、千葉サプライに出資し、支え続けてくれた人達やその家族。老後の蓄《たくわ》えの中心は千葉サプライの株式――そんな人も少なくない。だが、上場廃止となれば、株式の価値は落ち、換金も難しくなる。それどころか」

常務は途中で言葉を飲み込んだ。ためらうような仕草を何度か見せる。しばらくして、意を決したように「参考事例がある」と言った。

「同じ千葉にあった房総《ぼうそう》電子製版。期末に社運を左右する交渉をしていて、その最中、工場の事故でかなりの損害が発生した。だが、同社は交渉終結の日まで、公表を遅らせたんだ。細かな事情を見ていけば、情状酌量《じょうじょうしゃくりょう》の余地はあったんだが、組織的な隠蔽《いんぺい》であることは間違いない。悪質なケースとして、上場廃止に追い込まれた。だが、問題は上場廃止そのものじゃない。そのあと、この会社に何が起こったか、だ」

常務はいったん言葉を区切る。少し間を置いて話を再開した。

「地場の中堅クラスが上場廃止になると、厳しい結果になることがある。房総電子製版の場合、地元の協力会社が一斉《いっせい》に手を引きはじめた。『上場会社なら大丈夫』と、甘い条件で取引していたところが大半だったから。これと同時に、取引銀行の融資姿勢が厳しくなった。決算に絡《から》む隠蔽ほど、銀行が嫌うものは無いから。噂が噂を呼び、取引条件は次第に悪化、実際に、資金繰りが苦しくなっていく。この様子に、周囲はもう完全に逃げ腰。結局、房総電子製版は一年後、事業資金が尽きて破綻した」

沈黙が流れる。岡野は今一度、問うてみた。

「今回は人の命がかかった案件です。取りあえず取引所に相談して、譲歩《じょうほ》を引き出してみては?」

「相談はできる。ただ『お気持ちは分かりますが、法と規則に従って下さい』と言われれば、もうどうしようもない。繰り返しになるが、取引所は『払うな』とは言わない、『正しく手続きを』と言っているだけだから。彼らからすれば、千葉サプライOB一人のために、社会ルールを覆《くつがえ》していいのかという話。譲歩を引き出すのは難しい」

常務は社長の方を向いた。

「むろん、岡野の言う通り、相談は可能です。いや、いずれ、相談せざるをえなくなるでしょう。ただし、それは第三者に対し、事件について明かすことでもあります。むろん、彼らにも守秘義務はありますが、証券界は昔から、出所不明の怪奇情報が当たり前の世界。相談するならば、万が一の情報漏れも念頭に置くべきです。となれば、そのタイミングをよくよく考えないと」

社長は黙って目をつむった。再び重苦しい沈黙。誰もしゃべり出そうとしない。しばらくして、社長は目を見開くと身を起こし、沢上を見やった。

「沢上、仮に身代金を支払うとなった場合、その決定権はどこにある」

「状況と影響を考えますと……通常の社長権限を超えると考えざるをえません。つまり、役員会で支払決議をしなくてはならないかと」

社長は腕を組んで考え始めた。再三の沈黙。それが苦痛に感じられ始めた頃、ようやく社長は腕を解く。全員の顔を見回し「犯人とは何者か」と問いかけた。

「顧客ではない、仕入先でもない。株主でもないし、債権者でもない。許認可権を持つ官庁でもないし、強制力を持つ社会機関でもない。千葉サプライにとっては、ただの第三者に過ぎないんだ。そんな者が『プロジェクトを断念しろ』と言ってきた。なんだ、これは？　第三者による経営介入そのものじゃないか」

口調が熱を帯びている。

「犯人はこう言っている。二つまとめて一つの要求だと。なら、考えるまでもない。二つまとめて拒否だ。身代金のことだけ心配しても仕方ない」

「社長、結論を急ぐ必要はありません。時間はまだあります。十分に」

諌《いさ》めるように返したのは沢上だった。

「刑事さんに言われたんです。今回の事件でやっかいなのは、メッセージが一方通行であることだと。しかし、逆に考えれば、これは利点でもあります。やりとりが煩雑《はんざつ》で、やたらと時間を食う。つまり、考える時間は十分にあります。拙速《せっそく》に動く必要はありません」

「これは個人の話じゃない。会社の話だ。理路整然と結論を出すしかない。時間をかけたところで、結論は変わらない」

その言葉が聞こえなかったかのように、沢上は話を続けた。

「まずは、現金準備を急ぐことにします。古札で大金を揃《そろ》えるには、時間がかかりますから。銀行に不審がられない理由も必要です。社宅の購入資金でいかがでしょうか。五年前、似た話がありました。頑固《がんこ》な売主に『手垢《てあか》のついた札束を持ってこい』と言われ、銀行に古札束の依頼を……」

「沢上、同じ事を言わせるな」

「社長、犯人に返答しようにも、今は、その手段すら無いんです。ならば、進められる事は進めておくべきですし、それが私の仕事です。払わないと決定すれば、準備した現金は銀行に戻せばいいんです。社長の方針は理解しましたが、それは会社の椅子に座って出された方針です。ご自宅に帰られて、ゆっくりお考えになることも必要ではありませんか」

「そう、そうですわ。沢上の言う通り」

岡野はわざと気楽な口調で割って入った。本来は自分が口出しするテーマではない。だが、今は何がなんでも、口出しせねばならない。

「拒否は、いつでもできます。どうしようもなくなるまで知恵を絞って、捜査のための時間を稼ぐ。これもまた、当事者として必要なことやないかと。その間に、状況がどうなるかなんて、誰にも分からへんのやし」

「そうだな」

間髪《かんはつ》いれず、常務が賛意を示した。社長の方を見やる。

「社長、今、必要なのは、問題点の洗い出しと、いざという時のための準備です。犯人は敢《あ》えて『時間は十分に与える』と言ってきてるんですから。何も今夜、慌てて結論を出すことはない。家に帰って、少し休まれた方がいい」

言い終わるやいなや、常務は有無を言わさず立ち上がった。

「散会しよう」

他の面々も席を立った。皆、競うように社長室の扉へ。自分も立ち上がり、その背を追う。こっそり安堵の息をついた。今夜はこれでいい。むろん、何の解決策でもないが、今、急ぐことに意味は無いのだ。この状況で議論を重ねても、ろくな結論は出ない。

社長の声がかかった。

「岡野、ちょっといいか」

自分を残して、皆、廊下へと出て行く。

扉が閉まった。

扉を見つめて深呼吸。ゆっくり室内へと向き直る。社長は膝《ひざ》に肘《ひじ》をつき、うつむき加減の姿勢になっていた。その姿勢のまま動こうとしない。

かすれ声が聞こえてきた。

「お前、いくつになった」

「いつの間にやら……三十六になりました」

「俺は今年で五十一。年は離れてるが、お前とは同期だ。覚えてるか」

「忘れるわけないです。私が新入社員の時、社長は中途採用で入ってきた。当時は身元を隠してはったから、自分達にとっては兄貴分みたいなもんで……一緒に酒飲んで、一緒にクダをまいた。何回か酔って、頭もはたきました」

「答えてくれ、その頃に戻って」

社長は身動き一つしない。彫像《ちょうぞう》のような姿勢のまま、声を絞り出している。

「俺は社長として、正しいことを言っていると思うか」

「社長の好きな言葉があるやないですか。昔、副社長をされてた方の言葉でしたっけ？

『経営方針に正解は無い。ただし、正解にする方法はある』——まさしく、それやと思います。刑事事件であろうが無かろうが、それを貫かれればええんやないかと」

「では、その……もう一つ、聞かせてくれ。息子として……俺は息子として、正しいことを言っていると思うか」

返す言葉を懸命《けんめい》に探した。が、言葉が見つかる前に、社長は身を起こして天井を仰《あお》ぐ。そして「忘れてくれ」と言った。

「呼び止めて悪かった。帰っていい。ゆっくり休んでくれ」

声が震えている。が、かけるべき言葉は見つからない。

岡野は黙って一礼した。

8

管理本部フロア　夜10時

社長室から戻ると、管理本部のフロアは既に暗くなっていた。経営企画室の一画だけに明かりがついていて、誰かが壁の書類キャビネットをのぞき込んでいる。

沢上だ。

岡野は明かりへと足を進めた。境のキャビネットを指先で小突く。沢上が振り返った。胸に段ボール箱を抱えている。

「なんだ、岡野か。意外に早かったな。社長と二人、込み入った話かと思ったけど」

「俺相手に込み入った話なんかあるかいな。まあ、単なる愚痴《ぐち》みたいなもんよ。心配せんでええ」

「なら、いいんだけど。社長は『こうあるべき』と、自分で自分を縛ってしまうところがあるから」

先程の社長の姿が浮かんできた。

「なあ、なんで社長は、あそこまでプロジェクトにこだわるんやろ」

「分からない。ただ、千葉サプライは会社解体というリストラから生まれた会社。その苦境をバネにして、ここまで成長してきた。その路線の仕上げってところなんじゃないかな」

「けど、それって、別の言い方をすれば、昔を引きずっとるということやろ。現に、未《いま》だに、何でもかんでも名誉顧問に頼っとる。社内も社外も名誉顧問から離れられん」

「それはある。だけど、二社が一緒になれば、過去は本当に過去となって、全てが仕上がる。名誉顧問に頼る意識も無くなるだろう。千葉サプライは新しいステージへと進むことができる。ただ、予想外だったのは」

沢上は段ボール箱を机の上へと置く。埃《ほこり》を払った。

「相手側の秋田パルプが『名誉顧問を説明会に同席させろ』と言い出したことだよ。影響から脱却するために始めたのに、逆に、頼ることになってしまった。皮肉な話だな。社長は、もう、引くに引けない思いなのかもしれない」

沢上は大きく息をついた。箱の蓋を開け、中から何か取り出す。厚手の毛布だ。

「何すんの、その毛布で？」

「フロア中央の簡易応接で寝る。まだ夜中は結構冷えるから、毛布が無いと」

「お前、泊まる気か」

「犯人から、また、どこに電話がかかってくるか分からない。その可能性はこのフロアの外線直通が一番高い。他部署にかかってきたとしても、相談を受けるのは、ここの電話だろう。それに今夜、社長は珍しく揺れてた。明日、どんな結論が出てもおかしくない。早々にプレス発表ということになるかもしれない。なら、今夜の間に、その文案を考えとかないと」

自分が嫌になった。沢上の半分も、自分は考えていない。

「分かった。電話番は俺がやる。お前は帰れ。最近、あまり寝とらんやろ」

沢上から毛布を取り上げる。

取り返そうと、沢上は手を伸ばしてきた。が、揺らいで姿勢を崩し、机に手をつく。もう一方の手で、こめかみを押さえた。

「おい、大丈夫か」

「ちょっとクラッとしただけ。大したことない」

「あほ。大したこと、ある。お前がここで倒れたら、どうするねん。お前に代われるモンはおらんのやで」

「それは俺だけじゃない。岡野だって同じだ」

「俺の代わりなんか、なんぼでもおるがな。ともかく、電話番は俺がやる。会社で寝るとか好きなんよ。秋田パルプに出向しとった頃を思い出すわ。敷地の隅で吉岡の親父と、よう酒飲んでな。一緒に潰《つぶ》れてゴザで寝た」

沢上の表情をうかがった。まだ、引き下がりそうにない。仕方ない。俺がごとき者でも、ここは言わねばならない。

「言いたくはないけど、沢上、言うで。事件のバタバタで、皆、普段なら気を遣《つか》おうとることを忘れとる。お前には家でやることがあるやろ。お前がいないと、誰が倒れた嫁の世話をする？　心臓の病気で倒れてから、あんまり動かれへんのやろ」

「娘がいる。いろいろ手伝ってくれるようになった」

「千香《ちか》ちゃんやろ。小学五年生の女の子やん。まだまだ甘えたい盛り。そんな子に頼って、どうするねん。千香ちゃんのためにも帰らんと」

沢上は黙っていた。

「ちょっとは、俺にも格好つけさせえ。お前は職場結婚。嫁の寛子《ひろこ》は俺の元同僚でもあるんやで」

「すまん」

沢上は深々と頭を下げた。

「気を遣ってもらって、本当にすまん」

「いつもながら、大層なやっちゃ。くすぐったいわ」

毛布を少し広げた。マントのようにして背に羽織《はお》り、通路へと出る。途中で足を止めて振り返った。

「なあ、沢上。お前の嫁、もう俺のことなんか忘れとるやろうな」

「そんなことない。今でも、よく、お前の話題で盛り上がる。お前に関するネタは、昔も今も一杯あるから」

「じゃあ、事件が落ち着いたら、一度、挨拶《あいさつ》に行くか」

「それはやめてくれ。お前は元気な頃の寛子を知ってる。そのイメージのままでいてほしい。寛子だって、そう思ってる」

語気が荒い。こんな時に出す話題ではなかった。どうも俺は軽率《けいそつ》なところが直らない。毛布を背負ったまま深呼吸した。軽く一礼する。

岡野は「分かった」と返した。

「ほな、おやすみ。家に帰って仕事すんなよ。言うとかんと、お前、文案を書き始めるやろうから。そんなもん、社長が腹くくってからでええ」

沢上に背を向けた。胸の中で付け加える——たまには、ゆっくりと寝え。俺に任すのは、不安かもしれんけど。

岡野は薄闇の中へと足を踏み出した。

# お知らせの四　それぞれの夜と過去

## 1

某所某室　夜

ここは、いったい、どこなのか。

千葉サプライ名誉顧問、小柴幸助は曖昧模糊《あいまいもこ》とした意識の中を彷徨《さまよ》っていた。殺風景な小部屋にいることは分かる。簡易ベッドに寝転がされているようだ。痛くもかゆくもないが、体は重い。頭はぼんやりとしていて、考えがまとまらない。おそらく、何らかの薬が効いているのだろう。

曖昧模糊とした頭の中で、何十年も前の光景が流れていく。途切れ途切れながら、妙に生々しい。まるで、継ぎはぎだらけの映画フィルムを見ているような……。

申し訳ね。許してけれ。

どこかで、自分は頭を下げていた。そんな自分を大勢が取り囲んでいる。どの顔も険《けわ》しい。そうか、ここは……あの時の寄合所なのだ。

とめどもなく昔の光景が湧《わ》き上がってきた。生々しく身を包む。そうか。あれから四十年もたったのだ――


「申し訳ね。許してけれ」

自分は座敷の畳に手をついていた。深々と頭を下げる。

「皆の期待に応《こた》えられねえで、申し訳ね」

「ふざけんな、小柴」

荒々しい声が飛んできた。顔を上げずとも、誰かは分かる。営業部長の脇田だ。

「散々、苦労させて、結局、切り捨て。そんな馬鹿げた話あるか」

三年前、奥羽製紙は改革と称して、ありがちな目標を掲げた――営業部門の強化。だが、殿様商売の社風。誰も地を這《は》う売り込みなど、やりたがらない。東京で営業部長をやっていた脇田が、一人、気を吐いた。秋田育ちの純朴《じゅんぼく》な若手達に営業を一から叩き込んだのだ。その薫陶《くんとう》を受けた若手達が今、戦力として育ちつつある。怒るのも無理は無い。

顔を上げると、すぐ目の前に脇田がいた。いきなり胸元をつかまれる。そして、締め上げられ、揺すられた。

「いきなり管理部門から本部長としてやって来てよ、初の仕事がこれか。てめえ、いってえ、何しにきた」

その背に「やめてけれ」と声が飛ぶ。誰かが脇田に組みついた。

「全部、上の方で決まったごど。小柴さんは伝えにきただけだべ。あんだ、そんだごども分がんねえすか」

同郷の後輩、吉岡だった。脇田は手を放し、その吉岡へと向き直る。今度は吉岡の胸元をつかんだ。

「吉岡、どうして、てめえがここにいる？　てめえは製造部門の人間。秋田に残る側だろうが」

「俺ァ、従業員側の代表として、協議の場に出席してでた。こんだけ重要なごど伝えんだ。来ねえわけにはいかね」

「てめえが代表？　冗談じゃねえ。てめえも小柴も、営業現場を知らねえじゃねえか。俺達の気持ちの何が分かる」

「何が俺達の気持ちだ。悪《わ》りども言わせてもらうべ。あんだ達がもっと、しっかりしててくれれば、こんだごどになってね。状況を悪化させて、秋田から出ていぐ。お気楽なもんだべ」

「お気楽だと？」

脇田が胸元を締め上げた。が、今度は吉岡も防戦。目の前で大人二人の取っ組み合いが始まった。細身の自分には止められそうにない。

仕方ない。喉元をさすりつつ「やれ、やれ」とはやした。

「おもしれ。座敷プロレス、珍しい見せもんだハ」

二人は手を止めた。引《ひ》き攣《つ》った顔で自分を見る。

「小柴っ」「小柴さんっ」

「怒らねえでけれ。程度の差はあれ、どっちも同じだハ」

座敷に座る若手達を見回した。

「千葉に行く会社は元々赤字の営業部門。次にリストラがあれば、もう、おしめえだがや。んだども、秋田に残る会社も楽っつうわけではね。自前の営業部門を無くしてよ、今後どうやって売上げ増やすんだべ。皆、どうすべ？　これまでの仕事を変えて、別の地獄を見てえと言うんだら、別に入れ替えたって構わね。希望者いっか？」

誰も返事をしない。

「偉いさんに文句言いてえだろうども、昨日付けで、偉いさんは全員クビ。銀行と商社から来た役員に総取っ替えよ。もう文句言う相手もいねえ。皆、知ってると思うども、俺ァ、元々、管理部門の人間。説明のために、『本部長』って肩書き付けられて配属されただけのごど。何の役にも立ってね。殴って気が済むなら、殴ってけれ」

　奥の方から声が飛んできた。

「小柴さんは、これから、どうすんだ」

「俺ァ、営業の素人だども、こんでも責任者。皆と一緒に行ぐに決まってるでぁ。次のリストラでは一緒に切られるべ」

　目の前にいる二人に視線を戻した。

「取っ組み合いもいいども、ニコニコ顔でやってたんしぇ。二人のおっかね顔見てると……弱気な俺ァ、また逃げだしたくなってよ、つい腰が浮いちまうべ」

　座敷で小さな笑いが起こる。

　脇田は吉岡から手を放し、胡座《あぐら》をかいた。あきれたように首を振る。「なんでぇ、飄々《ひょうひょう》と」とつぶやいた。

「ムキになってるこっちが、馬鹿に思えてくらあ。こうなりゃ飲むしかねえ」

　脇田は胡座をかいたまま、若手達の顔を見回した。

「これが俺達の門出《かどで》なんだとよ。となりゃ、酒無しっちゅうわけにはいかんだろ。誰か、酒、買ってこい」

　座敷が一気にわく。若手数人が立ち上がり、玄関へと向かった——

何もかも懐かしい。ここから全てが始まったのだ。

曖昧模糊とした頭の中で、脇田が茶碗酒をあおっている。が、突然、その姿が揺らいだ。そして滲《にじ》む。更には、かすれ、徐々に薄まっていく。

脇田さん、待ってけれ。

薬の効きが強くなってきたらしい。小柴は深い意識の闇へと落ちていった。

2

秋田県奥羽市　車中　夜8時30分

「吉岡さん、家さ着いたど。歩けるすか?」

吉岡は助手席で体を起こした。運転席にはOB仲間の片田《かただ》。心配そうな顔付きで自分を見ている。

「心配いらね」

助手席から下りて、覚束《おぼつか》ない足取りで庭を行く。そして、玄関戸へ。威勢良く玄関戸を開けた。が、その反動でよろける。

「大丈夫だすか?」

「車に揺られて、酔いが戻ってきた。そんだけのごどよ」

やはり、年はごまかせない。上がりかまちに腰を下ろして、息を整えた。片田がゆっくりと玄関戸を閉める。また心配そうな顔付きで、のぞき込んできた。

「そんなに大変だったすか、警察の事情聴取」

「いや、寝でだ」

「寝でだ？」

「仕方あんめ。名目は『盗難車に関する様々な事情聴取』のくせに、関係ねえ事柄ばかりきいてくっから。こっちは酔いが回ってオネンネ。うつ伏して、昔の夢見でだ」

「昔の夢？」

黙ってうなずく。靴箱の上にある写真立てを見やった。そこには古びて黄ばんだ写真がある。奥羽製紙の社員として、皆一緒に働いていた頃の写真だ。小柴さんも脇田さんもまだ髪が黒い。自分など若造だ。

「昔の……昔の夢だハ」

玄関戸の向こうでエンジン音がした。

そのとたん、慌《あわ》てて片田が身を起こし、玄関戸へと向き直った。戸を少しだけ開け、隙《すき》間《ま》から外をのぞく。「まただが」と言った。

「吉岡さん、ちょっと見てけれ。田んぼの向こうさ、怪しい車あんだ。迎えに行ぐ前にも停まってだ」

立ち上がって、肩越しに外をのぞいた。確かに、田んぼの脇に白い軽トラックが停まっている。ここでの軽トラックは足同然。停めっ放しにする者などいない。

吉岡は姿勢を戻した。

「たぶん、警察の車だべ。こん辺りだば、田んぼしかね。身を隠す所、ねえから。車で見張るしかあんめ」

「張り込みっつうやつだすな。どうすべ」

「決まってるでぁ。まんず、俺ァ、こん村の防犯委員だから」

口から笑いが漏《も》れ出た。

「当然、通報すべ。『不審な車が停まってる』って」

玄関戸を閉める。吉岡は笑いをこらえつつ、携帯を取りだした。

## 3

某所某室　夜

起きているのか、眠っているのか、自分でもよく分からない。

半覚半睡《はんかくはんすい》、小柴幸助は夢を見ていた。

昔の情景が断片的に現れ、走馬燈《そうまとう》のように流れていく。生き残るために働いていた時代だ。のちに経済成長期などと呼ばれるようになった熱い時代だったが。

頭の中で、小雪がちらつく。

いや、熱いばかりではなかった。確か、あの日もこんな小雪が舞っていた——

夢の中の自分は、脇田と並んで玄関戸の看板を見つめていた。

『東京電子工業　南房総工場・開発室』

目の前を小雪が舞っている。房総の冬にしては寒い。隣で脇田が手をこすりつつ「交渉は俺がやる」と言った。

「お前は黙ってろ。なんと言っても、稼ぎ頭である輸入センサーの販売権を売るんだ。いろいろあったが、売ると決まった以上、最高の条件を引き出さんとな」

「脇田さんは、今でも、この件に反対ですか」

「さあな」

脇田は含み笑いを漏らした。

「経営方針に正解は無い。ただし、正解にする方法はある。俺の仕事は、お前の発想に理屈を付け、実務へと落とし込んで、実現させることよ。いわば実務屋が俺の役割。今さら、それを変えようとは思わん。俺が『黙ってろ』と言ったのは」

脇田がこちらを向く。自分の背中を叩いた。

「お前は大事なところになると、いつも、昔の訛《なま》りが出るんだよ。時には何を言ってるか分からなくなっちまう。そうなりゃ、交渉にならんだろうが」

それもそうだ。口から笑いのような息が漏れ出る。脇田の口からも。

その時、突然、騒がしい声が飛んできた。

「社長、待って。入っちゃなんねえ」

運転手の源次《げんじ》が駐車場から走ってきた。顔色が変わっている。脇田が顔をしかめ「落ち着け、源次」と怒鳴った。

「ゆっくり話せ。まだ時間はあるから」

「さっき守衛所で電話を借りて、会社に電話を入れたんで。そうしたら、社長のお宅から伝言が入ってて。その、息子さんが……リョウイチ君が」

嫌な予感がした。今、高校は冬休み。息子は写真部の仲間と撮影旅行に出かけている。確か、北海道に行くと言っていて……。

「リョウイチ君、写真を撮ろうとして足滑らせたって。雪の崖を転げて谷底へ。行方が知れねえ。現地で今、捜索隊が出たって」

そのとたん、夢は薄れた。

源次が薄れ、脇田が薄れ、周囲の何もかもが移ろっていき……いつの間にか、自分は赤い公衆電話の受話器を握りしめ、広いフロアの隅に立っていた。窓ガラスの向こうは、荒れる津軽海峡《つがるかいきょう》。猛吹雪《もうふぶき》の中、青函《せいかん》連絡船が出航していく。

手から小銭が落ちた。床ではじける。

会社には現地からの一報が入っていた。谷川の下流、岩場の上で発見されたと。ただし、冷たくなって――

リョウイチ。

曖昧な意識の中で、小柴はもがいた。息子の名を呼ぶ。その一方で、夢を夢として見ている自分がいる。

リョウイチ――どちらのリョウイチなんだ。

だが、考えはまとまらない。過去と現在が混然一体となって、渦巻《うずま》いている。全てが溶け合い、意識の奥底へと沈んでいく。そして……。

意識が薄れていく。小柴はその流れに身を任せた。

4

社長宅　寝室　深夜1時

お父ちゃん、どこ？

千葉サプライ社長、小柴良一《りょういち》は夢の中で子供に戻っていた。

右手には運動会の賞状がある。ほら、見て。左手には写生大会の絵がある。ほら、見て。だが、夢の中の親父は何もしゃべらない。ただ黙って首を横に振った。そして、背を向け去って行く。その背は薄れ、暗闇の向こうへと——

「親父っ」

自分の声で目が覚めた。ベッドの上で身を起こし、息をつく。隣で寝ていた妻が目を覚まし、身を起こした。

「どうしたの。眠れない？」

「いや、夢を……夢を見てた、昔の」

「昔？」

「はっきりとは分からない。小柴の家に来たばかりの頃の雰囲気だったような」

荒い息を整える。小柴は額の汗を拭った。

「俺は親父と血がつながっていない。養護施設にいて、小柴の家に養子として入った。その経緯は知ってるよな」

妻は黙ってうなずいた。何度も話したことがあるから、当然だろう。だが、それでも、時折、無性《むしょう》に話したくなる。そうなると、自分でも止められない。

「きっかけは偶然だった。秋田パルプの吉岡さんが男鹿のホテルに打ち合わせで来てて、俺はホテル主催の少年スキー教室を手伝ってた。俺を初めて見た時、吉岡さんは信じられない思いだったらしい。亡くなった遼一さんに、そっくりだったから。名前を聞いて、更に驚いた。『遼二』と『良二』——漢字違いとはいえ、同じ『リョウイチ』だったから。縁らしきものを感じて、吉岡さんは脇田さんに話した。そして、脇田さんは親父を連れて、ホテルへやって来た。親父も見た瞬間、ショックを受けたらしい」

妻はただ黙って、話を聞いていた。

「小柴の家に来て、何かもが変わった。もう毛布の取り合いをしなくてすむ。食器洗いの順番で揉めることもない。学校の出来事を話せば、最後まで聞いてくれる。うれしかった。甘えたくて仕方なかった。数年は退行したと思う。ベタベタしたがる甘えん坊。親父もお袋も、こんな子だったのかと戸惑っていた」

小柴はもう一度、汗を拭った。ここから先、妻は知らない。

「それから一年程して……春休みだったと思う。親父は仕事で、お袋は法事。家にいるのは俺だけになった。その時、初めて親父の書斎に入ったんだ。『仕事用の部屋だから入っちゃいけない』――そう言われてたから、ちょっとした探検気分だった。机の上の万年筆で試し書きしたり、本棚の専門書をめくってみたり。その時、本の間に写真があるのを見つけた。最初は俺の写真だと思った」

どのくらいの間、その写真を見つめていただろうか。

「けれど、よく見ると、俺よりも大人びていた。それに、写真全体が色あせている。それで分かったんだ。これが実の息子の遼一さんなんだと。俺への配慮もあったんだろう、親父は隠すように置いていた。そう理解したとたん、頭の中が真っ白になった。俺は偽の息子だ。不要になれば捨てられる――不安と恐怖が一緒になって襲ってきた」

両手を広げて、見つめた。あの時の感覚は今も手に残っている。

「気付くと……写真を破ってた。破れた写真を見ると、頭に血が昇ってきて……もう執拗《しつよう》なくらい写真をちぎり続けて……ようやく我に返った。写真はもう細かな紙くずになっている。しでかしたことに気付くと、急に怖くなってきた。慌てて紙くずを紙にくるんで、勝手口のゴミ箱に捨てて……その日は一日中、部屋で布団をかぶって震えてた。俺は大切な写真を破ってしまった。親父もお袋も激怒するだろう。追い出されるかもしれない。それから数日、びくびくしながら、二人の顔色をうかがってた。けど、二人とも何も言わない。一週間程して、また一人になる機会があって、書斎に入ってみた。棚の本を開いたよ。すると、また、あったんだ、写真が」

両手を見つめつつ、深呼吸を繰り返した。

「今度は間違いなく、俺の写真だった。小学校の卒業式の朝、家の庭に出て、親父とお袋と三人で撮ったやつ。その時、子供心に思った。息子に『いい』と『悪い』があるなら、俺はこの人達にとって『いい息子』にならなければならない」

拳を握る。また、息が荒くなってきた。

「大人になっても、ずっと、そんな感覚は残ってた。けれど、遅まきながら子供ができて、自分も父親になって……次第に薄れてきた。最近は、あまり気にならなくなってきてたんだ。忘れたと言っていいくらいに」

それが。小柴は頭をかきむしった。

「この事件で一気に戻ってきた。自分でも情けないくらい揺れる。どんな結論を出しても思ってしまう。情に傾いた結論を出して考える――この結論は『息子だから』か。情に背を向けた結論を出して考える――この結論は『血がつながってないから』か」

妻は黙ってベッドから出た。戸棚から寝酒用のウィスキーボトルとグラスを取り出す。それを手にして戻ってきた。目の前でウィスキーを注《そそ》ぐ。

「飲んで寝て。今夜は特別」

「明日もある。何も片付いてない、仕事も事件も」

「へべれけになって、酒臭い息で出社すればいい。部下の人達はあきれるでしょ。でも、『社長なんかに任せられるか』って動いてくれる。あなたは、そんな組織を目指して、これまでやってきたんでしょ」

妻はグラスを差し出す。「誰だって分からない」と言った。

「こんな状況で、どう振る舞えばいいのかなんて。だから、今、私は、『お義父《とう》さんなら、こう言うだろうな』ってことを、あなたに言ってる」

親父の顔が浮かんできた。

――何を気負ってんだ、良一。お前の悪い癖《くせ》だな。

小柴はグラスを手に取り、一気に空けた。

5

某所某室　深夜

気を緩めると、すぐに意識が薄れていく。

小柴は意識を保つべく戦っていた。

先程から頭の中では、ずっと脇田の言葉が駆け巡っている。

「お前自身が結論を出せ」

言われたのは、いつのことだっただろう。確か、自宅療養中の脇田を見舞った時ではなかったか。そう、あれはバブルと呼ばれた景気が崩壊する少し前のこと。秋の気配が漂い始めた頃だった――

「小柴、最後に言っておきたいことがある」

療養中の脇田は座敷で座椅子にもたれていた。

「気になる話を耳にした。最近、社内の会議は、ほとんど満場一致の賛成で終わるそうだな。反対どころか、何の意見も出てこない。小柴、俺達が作り上げた千葉サプライは、そんな会社じゃ……」

言葉途中で口に手を当て、脇田は咳《せ》き込む。慌てて這い寄った。が、脇田は空いた手を広げて、自分を制する。顔を上げると「聞いてくれ」と言った。

「千葉サプライは、お前の奇抜な発想を下敷きにして、ここまで発展してきた。例えば、設立時に主力の紙卸《おろ》しを捨てたこと。事業が軌道《きどう》に乗ってからは、稼ぎ頭の輸入センサー販売権を売却したこと。当時は暴走と言われたもんだ。だが、あとになって振り返ると、どちらも大正解の決定になっている」

脇田は荒い息を繰り返す。間を置いて「しかし」と言った。

「誰もお前の頭の中を理解できん。お前は経営オタクみたいなもので、とらえどころがない。俺も理解できんかったが……魅力は感じた。だから、お前に賭《か》けることにしたんだ。突拍子《とっぴょうし》もない発想に理屈をこじつけ、社内を説得して回り、体制を整えた。俺に、お前のような才能は無い。俺は裏方の実務屋よ。だが、それが、おもしろかった」

脇田は弱々しげな笑みを浮かべた。

「千葉サプライが軌道に乗ってから、常に、俺はあることを考えていた。『リストラから生まれた』というマイナスイメージを、どうやって消せばいいのか。イメージってもんは、簡単には変わらん。で、俺はお前を利用した。随分と持ち上げ記事を書かせたもんだ。『小柴幸助は異能の経営者』『新規事業の孵卵器《ふらんき》』『明治の渋沢翁に匹敵《ひってき》』とかな。だがな、やりすぎたらしい」

脇田は目をつむった。黙ったまま、息を整えている。しばらくして、目を見開き「いいか」と言った。

「俺がいなくなれば、お前はお前でなくなる。やたらと美化され、誰も口を出せない存在になるだろう。そうなる前に身を引け。後任は取引銀行から招聘《しょうへい》すればいい。何期かやってもらえば、その間に次の世代が育つ」

「まだ誰とは分からん。だが、その候補はいる。身元を隠して協力会社で修業させている良一君を、千葉サプライに戻せ。あの子は必ず千葉サプライの役に立つ」

「次の世代？」

「当社は同族会社じゃありません。身内を入れるのは、どうかと。脇田さんの息子さんも、当社とは無縁の仕事に就《つ》いてますし」

「いいんだよ、あいつは。親父みたいな口八丁手八丁にはならない、なんぞ抜かしてやがるから。いいか、小柴。俺は血縁ではなくて、人の素質を見て言っている。良一君はおもしろい。子供の頃から妙に分別臭いところがあって、お前を変に意識してる。気付いてたか」

黙ってうなずいた。確かに、良一にはそんなところがある。

「あの子は子供の頃から、『全体における自分の役割』みたいなことを常に考えてた。少し内向的なところは気になるが、お前とは違った魅力がある。できることなら、俺が直接鍛《きた》え上げたかった。だが、かないそうにない。だから、こうして頼んでる」

反論するような話ではない。

黙ってうなずいた。脇田は荒いながらも、安堵《あんど》の息をつく。そして「もう一つある」と言った。

「これから、間違いなく、お前は忙しくなるだろう。内と外、両方で支えてくれる人間が必要だ。会社では実務ができる者を近くに置け。お前に緻密《ちみつ》な実務はできん。プライベートの方もよく考えろ。奥さんを亡くしてから、お前は独り身。気になる人がいるんだろ。なら、一緒になれ。体裁《ていさい》なんぞ気にするな」

返答に窮《きゅう》してうつむいた。脇田は「まあ、いい」とつぶやく。話を続けた。

「こんな些細《ささい》なことまで口出しするのには、理由がある。お前には黙っていたがな、最近、千葉サプライの躓《つまず》きの元となりかねん問題が出てきた」

「躓きの元?」

「秋田パルプとの再統合プランが持ち上がってきてる。屁理屈《へりくつ》を付けてるが、要は『秋田パルプを吸収してしまえ。勝ったのは俺達だ』と言いたい——それだけの話よ。会社で倒れて療養に入るまで、俺はそんな声を抑《おさ》えるのに走り回ってた」

黙って唾《つば》を飲んだ。自分は、そんなことでも、この人に負担をかけていたらしい。

「この問題は、取扱いが難しい。否定すれば社内の士気が落ちる。かといって、統合に乗り出せば、秋田パルプのプライドを刺激する。延々と協議を続けて、結果として感情対立だけが残る。そんなことになりかねん」

異論は無い。間違いなく、そうなるだろう。

「この件に関しては、なんとかやり過ごせ。お前は飄々としつつ、分かるような分からぬような物言いをするのが得意だ。それで、ごまかして、時間を稼げ」

「では、あの、そのあとは？」

「今の景気は常軌《じようき》を逸《いっ》している。これが崩壊すれば、かなりの不況が来る。そうなれば、お互い統合話どころじゃない。話は立ち消え。それでいい」

脇田は荒い息をしつつ、くぼんだ目をこちらに向けた。

「しかし、この問題は今後、千葉サプライの足かせになるだろう。いずれまた出てくる。結論を出すまで、繰り返し繰り返し、な」

「いずれ、千葉サプライも代替わりします。そうすれば、こんなことは……」

「無くならん。俺達は良いことも悪いことも知っている。が、次の世代は俺達が苦労した姿しか知らん。となれば、却《かえ》って先鋭化する。『親父達ができなかったことを俺達の手で』といったところよ。次の次くらいになれば薄まるかもしれんが、そこまでは待てん。だから」

脇田は座椅子から身を起こした。真正面から視線が向かってくる。

「どこかで、お前自身が結論を出せ。遺恨《いこん》無く、この問題を解決できるのは、当事者である俺達だけだ。俺がいなくなれば、お前がやるしかない。どうだ、言っている意味は分かるな？」

黙ってうなずくと、脇田は表情を緩めた。再び座椅子にもたれると、大きく息をつく。そして、また弱々しい笑みを浮かべた――

頭の中には、もう余計な光景は無い。ただ脇田の顔だけがある。

小柴は気力を振り絞り、その顔に話しかけた。

俺ァ、言われた通り、仕上げようとしたんだハ。んだども、こんだごどになっちまった。また叱《しか》られっか。

脇田は黙って笑みを浮かべている。笑みを浮かべたまま、かすれ、薄れていく。そして、それを追うかのように、自分の意識もまた……。

なるようにしかならねえべ。

小柴は体の力を抜き、再び流れに身を任せた。

6

沢上宅　深夜1時20分

夜も更《ふ》けた。窓の向こうからは、物音一つ聞こえてこない。

沢上は鉛筆を置いて、目の周りを揉みほぐした。首を何度か回し、窓際の机から立ち上がる。背後のベッドをのぞき込んだ。

「よく眠っている」

妻のベッドの傍《かたわ》らに机を置いたのは、一年程前のこと。窮屈《きゅうくつ》ではある。だが、傍らで仕事をしていれば、安心できるのだ。

「寛子、今日は岡野に甘えて、帰ってきた」

眠っている妻に向かって、一日の出来事を報告。眠っているから、聞こえているわけがない。だが、こうしていると、仕事で興奮した頭が次第に落ち着いてくるのだ。机をベッド際に置いてからは、一晩も欠かしたことがない。

「岡野のやつ、『会社で寝るとか好き』なんて言うんだ。以前、『枕が変わると寝られへん』とか言ってたくせに。俺なんかに気を遣って馬鹿だよな」

物音がした。

隣室のリビングに明かりがつく。娘の千香が目をこすりながら、立っていた。

「あの、洗濯物がね、洗濯機に入ったままなの。干しとかなくっちゃ」

「大丈夫。パパがやった。乾燥機に入ってるから」

「体操着は？　あれ、乾燥機だと縮むんだよ」

「ちゃんと外に干してある。朝、忘れないようにしないとな。さあ、早く部屋に戻って。パパも、もう寝るから」

娘はうなずいて、背を向けた。が、敷居の手前で立ち止まって振り向く。

「ねえ、パパ。覚えてる？　会社の懇親《こんしん》ハイキングで出会った岡野のおじさんのこと」

「覚えてるも何も……パパは同じフロアで働いてる。今日も一緒に働いてきた」

「岡野のおじさん、千香の夢に出てきたの。おじさん、子供みたいに走り回ってて。笑って、目が覚めちゃった。もう寝不足になりそう」

「分かった。明日、おじさんに言っとこう。千香の夢に勝手に出てくるなって」

「待って」

千香は駄々をこねるように体を揺すった。

「話しちゃだめ。恥ずかしい」

「分かったよ。でも、早く部屋に戻らないと、しゃべっちゃうぞ。パパ、おしゃべりだから」

「やだ。絶対やだ」

千香はまた体を揺すり「やだ、やだ」と繰り返す。沢上はため息をついた。この子は日に日に寛子に似てくる。似なくていいところまで。

「分かった、分かった。早く戻って」

ようやく千香は廊下へと出た。

子供部屋へと戻るのを見送ってやる。ドアが閉まるのを待って、照明スイッチへと手をやった。今日はどのくらい話せただろうか。

ほんのわずかな家族団欒《だんらん》。それを求めて、千香は毎晩、起き出してくる。洗濯物やら、食器洗いやら、いろんな理由をつけて。

「一分くらい……か」

リビングの照明を消す。沢上は薄闇の中で、また、ため息をついた。

7

管理本部フロア　簡易応接　深夜1時30分

ソファで寝返りを打つ。

岡野は天井を見つめて、つぶやいた。

「あかん。寝れんがな」

夜一時過ぎ、尿意を覚えてトイレへ立った。ソファに戻ると、どうにも眠気が湧いてこない。かくして、何をするでもなく、ただソファで横になっている。

「居心地《いごこち》悪すぎやで、ここは」

そもそも、自分は管理本部なんて場所にいるべき人間ではないのだ。腕を枕にして目をつむる。岡野は一年半前の出来事を思い返した。

あれは名誉顧問が隠居して間もない秋の頃。人事部から隠居宅へ行くようにと指示された。初めて経験する直々《じきじき》の呼び出し。緊張しつつ、古い漁村にある隠居宅へと行くと、既《すで》に何人もの来客が待っていた。家の奥では電話が頻繁《ひんぱん》に鳴り響き、とても隠居の身とは思えない。一時間程待って、ようやく一段落。お手伝いさんに案内され、裏庭へと回る。

顧問は縁側で、一人、お茶をすすっていた。そして、自分に目を留めると、いきなり尋ねてきたのだ。「今、何をしとる、岡野」と──

「今、何をしとる、岡野？」

呼び出しておいて、それは無い。返す言葉を探していると、顧問は胸元からメモを取り出し、読み上げ始めた。

「岡野健太郎、入社十四年目。現在、江戸川《えどがわ》営業所の総務課に所属。庶務《しょむ》全般を担当。特に決まった仕事は無し。残念ながら、人事面の評価はよろしからず。『和を乱しがちで、やっかい』との評」

顧問は顔を上げる。「意外でな」と言った。

「お前の入社年次まで、わしは採用に立ち会うとる。今でも覚えとるよ。お前を押し込んだのは、実はこのわしでな。となれば、気にもなる」

入社した頃の千葉サプライは、今ほど大きくはなかった。当時、社長だった名誉顧問とも、何度か酒の席を一緒にしたことがある。組織のトップといえど、酔えばただの親父。そんな感覚は今も残っている。

「岡野、何をやらかした?」

「いや、特に何をやったわけでもなくて……入社数年でイメージが出来上がってしまって、修正できないままになってしまった……みたいな感じかなと」

「ほう。もっと具体的に聞きたいな」

そんなこと言われても困る。細かな事を話し始めれば、切りがないのだから。

「たとえば、その……最初は、支店で営業をやってた時かなと。その時の支店長がやたらと思い付き発言の多い人で、もう朝令暮改《ちようれいぼかい》ばかりでして。まあ、ありがちな話なんですが。ただ、新しい方針とやらに、無駄になった時間と労力が考慮されてなかったんで……ミーティングの場で、そのことを、つい」

「つい?」

「全員の前で、指摘してしまいました。どうせ、また辻褄《つじつま》が合わんようになって、方針撤回になりますから。けど、その瞬間、周りは静まり返って……いや、今なら、もうちょっと、うまく立ち回れると思うんです。相手は上司。自分の人事考課を決める人ですから」

名誉顧問は笑うかのように息を漏らした。

「さっき『最初は』と言ったな。ということは、次もあるのかな」

「たとえば、その、直属の課長がノルマの設定で小細工をやってまして。一応、やめた方がいいと進言したんですが、聞き入れられなくて。そのままやと他の部署に迷惑がかかるんで、つい……他の課長達がいる前で指摘を。いや、今なら、もうちょっと、さりげなく立ち回れると思うんです。相手は上司。自分の人事考課を申請する人ですから」

「まだまだありそうだな。次は？」

「同じ職場の先輩が、取引先の担当をいじめてまして。担当は年頃の女性で、今ならパワハラというか、セクハラというか。で、見かねて、つい」

「また出たな。つい。で、その先輩とやらは、どうなった」

「その子に謝りに行って、お詫《わ》びに食事に連れていって……今はその二人、夫婦になってます。私としては『何や、それ』と突っ込みたいんですが、めでたいことだけに何も言えません」

些細で、どうでも良い話ばかりだ。他人事《ひとごと》のように思えてならない。

「ただ、こうしたことを繰り返しているうちに、いつの間にやら、『岡野は面倒くさいやつ』ということになってまして。まあ、自分でもそうかなと。で、やっかい払いみたいな感じで、秋田パルプに出向に。戻ってきてからは営業所を転々。今は雑用係みたいなことをやってます。いや、愚痴《ぐち》やないです。これはこれで気楽でして、気に入ってるんです。残業もあまり無いし」

名誉顧問はまた笑うような息を漏らした。そして、茶をすすって庭のモミジを見上げる。独り言のように「良かれ悪しかれ」と言った。

「お前は変わっとらんようだな。採用の時、わしが感じた期待と不安がそのままになっとる。お前の着眼点は、ユニークでおもしろい。物事の表層よりも根本に目が行く。それなりの情と正義感があって、気付いたことは口にせずにはいられない。このことは評価されていい。が、周囲は『やっかい』としか受け止めない。なぜか」

モミジの枝が風に揺れている。

名誉顧問は縁側に茶碗を置き、視線をこちらに向けた。

「突っ込むだけ突っ込み、波風立てて、引いてしまうから――ではないかな。自分の指摘に満足して、『では、どうするか』となると、口をつぐむ。物事を見抜く力はあっても、物事を決めることは避けたがる。決めない以上、行うこともない」

「いや、それは……」

「常に評論者であり傍観者。指摘はしても、自分では動かない。仕事でも、プライベートでも。で、あとになって後悔。なれたかもしれん自分を夢に見て、己を慰《なぐさ》めとる。どうだ、岡野。違うかな」

当たっている。いや、核心を突きすぎていて、腹が立つ。言い返す言葉を探していると、顧問は唐突に「新しい部署ができる」と言った。

「会社に関する法律が変わってな。その対応のため、内部監査室を母体にして、新たな部署を作ることになった。社内チェックやリスク管理を専門的に担当する部署よ。当面、社長直轄《ちょっかつ》になるだろうな」

唐突すぎて、何がなにやら分からない。

顧問は話を続けた。

「新しい部署の名前は『内部統制室』。その企画係として、お前を配属する。辞令は二週間程、先になると思うがな。そう、そう。先程『もう少しうまく立ち回れる』とか言うったが、この部署では、そんなことに気を回す必要は無い。好きにやってくれ」

「あの、私、社内の規則集も、ろくに読んだこと無いんですが」

「当面、実務は元内部監査室のメンバーがやる。ただ、災害復旧体制やらコンプライアンス強化やら、新しい項目までは手が回らん。お前が社長と相談しながら、整えていってくれ。社長は『岡野なら、昔からよく知っている』と言っておった。お前も上司が何人もいる部署より、こっちの方がやりやすかろう」

「私には無理です。そんな部署、好き勝手できるところやない」

「ほれみい。いざとなると、すぐに引く」

再び言葉に詰まる。名誉顧問は「それがお前よ」とつぶやき笑った。

「良いか。わしゃあ、昔、副社長だった脇田さんによう言われた。事を為すには異なる夕イプの人間が三人いる。とんでもないことを思いつく者——発想家。それを嚙《か》み砕《くだ》いて段取りへと落とし込む者——実務家。更に、それを専門知識でサポートする者——専門家。岡野、お前はどのタイプを目指す?」

考えたこともない。黙っていると、名誉顧問は「やってみるんだな」とつぶやき、うまそうに茶を飲み干した。

「そうすれば、お前に足りないものも見えてくるから」

そう言うと、名誉顧問は縁側に茶碗を置く。そして、気楽そうに伸びをした——

ソファに横たわったまま、岡野はため息をついた。

足りないもの? 俺に足りないものって、何なんだ。

「全部やろ」

齢《よわい》三十六にして独り身。金は無い。地位も無ければ、名誉も無い。自分の人生、無い無い尽くし。最近は、段々、それにも慣れてきた。もう無いものねだりをする気力も無い。

けれど、若い頃は思っていた。

中堅《ちゆうけん》と呼ばれる年頃となれば、きっと自分は部下を指揮しつつ猛然と働いているに違いない。疲れて帰れば、そこには暖かい家庭があり、妻が優しく迎えてくれる。そして、こう言われるのだ。おかえりなさい、アナタ。お風呂にします？　お食事？　それともワタシ？

「やっぱり、これやで。これ」

――なれたかもしれん自分を夢に見つつ、己を慰めとる。

ほっとけ、ジジイ。胸の内で毒づいて、目を閉じた。再び甘美《かんび》なる空想の世界へ。が、その時、間近で足音がした。

「なに、一人で、にやけてんの？」

目を開けると、上から誰かがのぞき込んでいた。里佳子ではないか。岡野は慌てふためいて身を起こした。

「何もない。何もないったら、何もない。俺の仕事は電話番。それしかない」

「なに、慌ててんの」

「慌ててない。犯人から電話がかかってこん限り、慌てるなんてない。そんなことより、どうした、こんな夜中に。お前の方こそ、何かあったんか」

「何もないから来たの。スクーター、かっ飛ばしてね。気持ち良かったよ。この時間だと、道路もガラガラ」

「あのなあ」

岡野は顔をしかめた。

「お前、あのスクーターで時々、会社に来とるやろ。うちの会社はバイク通勤禁止。ついでに言うと、俺は会社の規則を守らせる係なんやで」

「通勤じゃないよ。私は買い物に来てるの。だから、隣にあるショッピングモールの駐輪場にスクーターを置いてる。買い物時間まで、仕事で時間潰し。買い物が主、仕事は付録。会社が個人の買い物を禁止にできる？　できないでしょ？」

頭がこんがらがってきた。里佳子に理屈で勝ったことはないのだ。

「そんな顔しないでって。人事部に規則違反を指摘されたら、堂々と反論してやるから。穴だらけの規則を作る方が悪いんだって。もう、そんな細かなことより、ほら」

里佳子が紙袋をテーブルに置いた。

「ごちゃごちゃ言ってると、持って帰るぞ」

テーブルに香ばしい匂いが漂い始めた。紙袋を開いて、中をのぞいてみる。ドーナッツだ。しかも、これは話題の三つ穴ドーナッツではないか。

「あの、食べてええの？」

「どうぞ。そのために持ってきたんだから。でも、ちょっと買いすぎちゃったかな。うちの室長もいるかもって思ってたから」

腹が鳴った。ありがたい。

満腹になれば、眠気も出てくるだろう。では、早速。が、袋に手を入れようとした瞬間、胸元で鋭い音が響く。俺の携帯だ。

　慌てて袋をテーブルに置き、携帯を取り出した。画面表示に頬《ほお》が強張《こわば》る。

「公衆電話からや」

　深夜に公衆電話でかけてくる——そんな知人など一人もいない。まさか。

「ケンタロー、もしかして、それって」

「これは俺個人の……俺個人の携帯なんやで。番号知っとるもんは限られとる。そやから、お前が思うとるようなこと……そんなん、あるわけが」

「ともかく出て。早く」

　黙ってうなずく。震える指先で通話ボタンを押し、携帯を耳に当てた。黙ったまま様子をうかがう。何も聞こえてこない……いや、かすかに聞こえてきた。震えるような息づかいが。

「あの、岡野ですが、どちらさんで」

「岡野さんか。岡野さんだよな」

「源さんっ」

「聞こえてっか。聞こえてるよな、俺の声」

　里佳子が耳を寄せてくる。岡野は「今、どこ」と聞き返した。

「どこなんですか。名誉顧問もそこに？」

「俺しかいねえ。もう何がなんだか分からねえ。しかも、ポケットに変なもんがあってよ」

「変なもん？」

「手紙みてえのが入ってんだ。『危機管理部署の諸君に告ぐ』って書き出しでよ。わけが分かんねえ」

息を飲んだ。犯人からに違いない。また一方通行だ。

「岡野さんよ、どうすりゃいい？　俺ァ、どうすりゃいいんだ」

携帯を持つ手が震えている。

岡野は里佳子と顔を見合わせた。

# お知らせの五　時間を制するもの

## 1

管理本部フロア　簡易会議室　午前9時10分

朝日がまぶしい。

岡野は目を細めつつ、簡易会議室のブラインドを閉めた。

広い会議テーブルへと戻って、昨晩のドーナッツを口の中へ放り込む。取りあえず腹は膨《ふく》れた。となると……。

「眠い」

ここは間仕切りで作られた簡易会議室。幸《さいわ》い午前の使用予定は無く、休息場所としては打ってつけ。昨晩は、源さんの電話を受け精一杯働いた。今、体は休息を求めている。

では、皆さん、おやすみなさい。

腕の中へと顔を埋《うず》める。が、その瞬間、無情にもドアが開いた。

「何だ、岡野。ここにいたのか」

慌《あわ》てて身を起こし、立ち上がった。入ってきたのは沢上……だけではない。その背には、見慣れぬ男が二人いた。二人とも地味なスーツにメガネといった格好。手に鈍《にぶ》く光る頑丈《がんじょう》そうなトランクを持っている。

現金輸送用のジュラルミンケースではないか。

男達はジュラルミンケースを会議テーブルへと置いた。二人とも銀行の人間らしい。手慣れた仕草で、留め金を順に外していく。そして、同時にケースを開けた。

一ケースに一億円か。それが二つ並んでいる。犯人から要求された古札束に違いない。

「あの、俺、外に出とくわ」

「いや、ここにいてくれ。これから札束を確認するから」

沢上はジュラルミンケースから封緘《ふうかん》された古札のブロックを取り出した。声出し確認しながら、それをテーブルに積んでいく。

「一、二」

ブロック一つは、高さ一〇センチくらいだろうか。百万円の束が一〇束ずつ封緘紙でまとめられ、一ブロックになっている。封緘紙のつなぎ目には銀行の担当者印。さすが銀行、芸が細かい。テーブルの上の札束ブロックを一つ手に取ってみた。これで一千万。重さで言うなら、一リットルのペットボトルといったところか。

沢上の声が止まった。

「岡野、何を食べた。手に何か付いてる」

慌てて札束ブロックを置き、指先を見やった。ドーナッツの砂糖だ。真っ赤になりつつ手を振ったが、砂糖粒は離れてくれない。仕方なく、子供のように手を服で拭《ぬぐ》うと、銀行の男達が笑った。

沢上があきれたように首を振る。

「岡野、ハンカチ、無いのか」「いや……ある」

男達はまた笑った。沢上はため息をついて、ジュラルミンケースへと向き直る。再び札束の山を作り始めた。

「……一九、二〇」

確認完了。沢上は深呼吸をしつつ、手を胸元へ。何かを取り出し、男達の方へと向いた。

「二億円の受取証です。急なお願いで申し訳ありませんでした。不動産の売主が随分《ずいぶん》とうるさい方で、ちょっとバタバタしてしまって」

男達は受取証を手に取り、軽く一礼。沢上がこちらを向いた。

「岡野、現金を見ててくれ。お二人をお送りしてくるから」

来訪者の見送り——このフロアでは、単なる社交辞令ではない。ここは、どこもかしこも社外秘ばかり。部外者が余計な所に立ち寄らず、フロアを出るのを見届ける意味もある。こんな時でも、いや、こんな時だからこそ、欠かせない。

沢上は男達を促《うなが》し、簡易会議室を出ていく。

ドアが閉まった。

「見ててくれと言われてもなあ」

頭をかきつつ、テーブルへと向き直った。

「ほんまに、『見る』しかでけへんで」

目の前には二億円。漠然《ばくぜん》と山のような量を想像していたが、目の前には二抱え程しかない。重さにしても一ブロックであの程度。全部あわせても、幼稚園児の体重くらいだろう。

「こんなもんのために、働いとるんかいな」

腕を組んで仁王《におう》立《だ》ち。目をこらして二億円を見つめた。その体勢のまま沢上の戻りを待つ。だが、なかなか沢上は戻ってこない。見送りにしては、時間がかかりすぎる。この状況を忘れるとは思えないが……念のため電話を入れようとすると、ようやく間仕切りの向こうから足音が聞こえてきた。簡易会議室のドアが開く。

「悪いな。遅くなった」

沢上が段ボール箱を胸に抱え、戻ってきた。

「秋田の現地から状況報告が入ったんだ。最後まで聞かないわけにはいかないから」

沢上は段ボール箱を会議テーブルへと置いた。箱の上には、ファックスらしき用紙が置いてある。

「何、それ？」

「例の手紙だよ。現地からファックスで送られてきた」

ファックス用紙を手に取った。印字された文字が並んでいる。プリンターで打ち出したものだろうか。

『これまでの真摯《しんし》な対応に敬意を表する。運転手の返還は敬意の証である。要求事項に対する検討を続けられたい。あわせて土産《みやげ》を送る。EMBSにて』

「何やったっけ、EMBSって。しかも、土産を送るって……待てよ、そうや。聞いたことある。確か、国際郵便の略称やろ」

「それはEMSだな。似てるけど違う」

「ほな、EMBSって、いったい……」

「俺も分からない。物流の専門用語かと思って、それとなく配送センター長に聞いてみた。けど、思い当たるような用語は無いらしい」

「犯人のやつ、いきなりナゾナゾかいな」

ため息をついて、ファックス用紙をテーブルに置く。沢上を見やった。

「現地からの報告ということは、源さんの様子も聞けたんか」

「ああ、かなり衰弱《すいじやく》してる。しばらく静養が必要らしい。けど、健康に大きな問題は無さそうだ。事情聴取も終わった。で、かなり細かなことが分かってきた」

沢上は胸元から手帳を取り出す。それを見ながら、説明を続けた。

「源さん、ほとんど記憶が無いらしい。マンションの地下駐車場で車に乗ろうとしたとたん、背後から鼻と口を覆《おお》われて意識が遠くなった。記憶はそこから昨晩まで飛ぶ。気付くと、温かいシートの上に寝転がされていた。あとで警察が調べて分かったんだけど、地元農家の堆肥《たいひ》小屋だったそうだ。堆肥の発酵《はっこう》熱で温かかったんだろうな」

「なるほど。堆肥は熱いくらいになるからな」

「衣服はそのままだったが、携帯は無くなっていた。ちなみに、財布もそのままで、中身は盗《と》られてなかったらしい」

「まあ、当然やな。犯人の要求は七億円。小銭を盗っても仕方ない」

「小屋から出ると、そこは林の中。木立《こだち》の向こうに道路の明かりが見えた。月明かりを頼りに道路まで出ると、道向かいにコンビニがあった。店員に通報を頼もうかと思ったものの、名誉顧問の身が案じられ、取りあえず店先の公衆電話で会社に連絡することにした。

が、会社関係で覚えていたのは、岡野の携帯番号だけだった」

沢上はいったん言葉を区切り、首を傾げた。

「なぜ、お前の携帯なのかは分からない」

「それなら分かる。今でも、たまに酒に誘われるんよ。そやからゴロあわせで、携帯番号を伝えた――『怒れ、独り身。いやや、泣くわ』。どうや、源さんには大ウケしたで」

せっかく労作を披露《ひろう》したのに、沢上には通じない。沢上は淡々《たんたん》と「そうか」と言い、説明を再開した。

「あとは分かるだろう。源さんからコンビニの店名を教えてもらって、お前が警察へ連絡。警察間で現地に連絡が行き、源さんは保護された。更に、お前の連絡で総務の課長が現地へ。源さんの娘さん夫婦と合流して、今、情報を集めてる。この情報は、その課長からだよ。全部、お前の指示だ。大したもんだ」

「俺やないって。電話を受けた時、ちょうど市川が夜食の差し入れで来とってな。全部、あいつの知恵よ。俺は動いただけ。そうや、市川や。市川はどうした?」

「タクシーで、いったん家に帰らせた。ただ、夕刻にはまた出てきてもらう。もう、いつ、何が起こっても不思議じゃないから」

「今日ぐらい、一日、休ませてやっても」

「そうしたい。けど、彼女にしかできないことがあるんだ。特にメディアとの対応かな。

常日頃から関係を築いてる担当者がいないと」

確かに里佳子の力はいる。だが、どうにも居たたまれない。顔をそらすと、そこには二億円の山。岡野はため息をついた。

「これ、いつ出て行くことになるんやろな」

「出て行くとは限らない。まだ用意しただけだ」

「支払いを拒絶するかも、と言うことか」

沢上は黙ってうなずき、段ボール箱へと手をやった。中から金庫の入出庫帳を取り出し、責任者印を押す。そして、再び手を段ボール箱へ。また何か取り出した。今度は黒いボストンバッグだ。

「バッグは二つある。一袋に一〇ブロックずつ詰める。手伝ってくれ」

「詰めて、どうする?」

「契約書を保管する金庫室に入れる。正確に言えば、その奥にある現金金庫に押し込む。バッグに分けて詰めれば、現金金庫にも入るから」

「そこまでやるんか」

「物が物だから仕方ない。それに、現金金庫の鍵は経営企画室の管理。安心できる」

沢上は札束ブロックを横にして、バッグの底に並べ始めた。自分も見よう見まねで同じように詰めていく。そして、最後の一ブロックをバッグの中へ。

ファスナーを閉め、バッグを持ち上げてみた。

「片手で持てる。こんなもんか」

「銀行の人が言ってた。一億円で約一〇キロだそうだ」

一億円のダンベルだ。バッグを上下に動かしてみる。一億円のダンベル運動を味わいつつ、沢上を見やった。

「なあ、現金を準備したこと、警察に言っておいた方がええんと違うやろか」

「俺もそれは考えた。けど、言ってしまえば、どうしても警察は『払う気だ』と先入観を持つ。となれば、逆の結論を出した時、会社は追い詰められるかもしれない。それに、いずれ必ず、事件の経緯を公表する時が来る。その時、『寸前で、会社は金を惜《お》しんだのか』なんて言われたくない」

納得。「それもそうやな」と返して、バッグを肩に掛けた。沢上もバッグを肩へ。その時、何か思い出したらしい。揺れるバッグを押さえつつ「そうだ」と言った。

「岡野、今日の予定はどうなってる？　例の電話番、頼みたいんだけど。俺は急遽《きゆうきよ》、監査法人に行くことになってしまって。決算監査の件だから、断ると不審に思われるんだ」

「それが、俺も予定が……千葉工場で打ち合わせがあってな。災害復旧プランの作成で、製造課同士が対立して話がまとまらんらしい。仲裁《ちゆうさい》役兼ねて同席しろと……いや、断るわ。ＥＭＢＳの意味も、土産の意味も分からんし、やっぱり誰かおらんとな」

「いや、予定が入ってるなら、変えないでくれ。秘書室長に頼んでおくから。天災と違って、業務が止まってるわけじゃない。何がなんでも、いつも通りに仕事をやる。それも戦いだろ」

沢上はバッグを手のひらで叩く。そして、繰り返した。

「それだって……俺達の戦いなんだ」

返事は不要。岡野は黙ってうなずいた。

2

千葉湾岸警察署　応接室　午前11時20分

工場にいるはずの時間。だが、今、自分はこんな所にいる。沢上に嘘《うそ》をついた。

岡野は千葉湾岸署の応接室にいた。

「岡野さん。お忙しい時に申し訳ありませんな」

応接ソファの向かいに柴田が座る。岡野は先に切り出した。

「刑事さん、『二人だけで』とのことでしたので、口実を作って抜けてきたんです。不躾《ぶしつけ》承知で、先に申し上げます。事件について、社内の情報共有を欠かしたくありません。ここでお聞きした内容は適宜《てきぎ》伝えるつもりです。それが不都合と仰《おっしゃ》るなら、お話の前に帰ります」

「相も変わらず、強烈な牽制《けんせい》パンチですな」

柴田は苦笑いした。

「結構ですよ。岡野さんをお呼びした以上、こちらも、そのつもりでいますから。まずは……これをご覧いただきましょうか」

柴田は応接テーブルの上でノートパソコンを広げた。画面には様々な操作ボタン。上下に二つ、四角い枠がある。

「これは音声分析のソフトなんです。今から、工場にかかってきた犯人の電話を再生します。枠の中を見てて下さい」

音声が流れる。と同時に、枠の中でグラフのようなものが動き出した。

『宣言する。これは誘拐《ゆうかい》である。従って、この電話を受けた者は、千葉サプライの然《しか》るべき部署に我々のメッセージを伝えなくてはならない』

音声が止まる。柴田は画面を指さした。

「上の方は、同じ言葉を我々が吹き込んだものです。これに比べると、下の方は随分と整った形をしてますよね。実はこれ、人工的に作られた音声なんです。それを元に声質を変えるなど、様々な加工がしてあります。犯人はそれを電話口で流していたというわけです」

「どうして、そんなことを」

「おそらく、音声を調べても、個人が特定できないようにでしょうね。ちなみに、この電話は都内、大手通信業者の事業所から発信されたものでした」

「じゃあ、そこに犯人が」

「いえ、そこはネットのIP電話から固定電話回線への接続ポイントだったんです。発信元はネット上のどこかということになります。匿名《とくめい》プリペイドで使えるIP電話もありますからね。それを使ったんでしょう」

柴田はため息をついた。

「経路に関してはまだ調査中ですが、あまり期待はできません。痕跡《こんせき》を消しつつ、世界中のサーバーを転々とさせているようでしてね。相手は調べられることを承知してるんです、間違いなくね」

「犯人は、その方面のプロですか」

「いえ、技術そのものは大したことありません。ネットワークに関する多少の知識とパソコン、それに、サウンド関連のソフトなどがあれば十分です。最近では読み上げソフトも市販されてますしね」

そう言うと、柴田はパソコンへと手をやった。分析ソフトを終了させ、胸元から手帳を取り出す。手帳を広げつつ「現地の件もご説明を」と言った。

「運転手さんの尿と血液から、ある薬物の成分が検出されました。詳しくは話せませんが、意識朦朧《もうろう》とする薬物とだけ言っておきます。医療現場なら珍しくない、ありふれた薬と思って下さい。そして、もう一つ。手紙のことです。これもまた、ごくありふれた手紙でした」

「EMBSの意味が分かったんですか」

「それは我々にも分からない。申し上げたいのは手紙そのもの――つまり、用紙やインクの材質のことです。用紙は一般事務用品、印字とインクから判明したプリンターも大量生産の家庭用。ご丁寧《ていねい》なことに、どちらも国内シェア最大の汎用品《はんようひん》を選んでありました」

柴田は手帳から顔を上げる。視線が真正面から向かってきた。

「事件が起こったのは、日曜日の朝でした。そして、今は水曜日の昼前、四日目に突入です。かなりの時間が経過してますが、いまだ本件では、普通でない事柄があります。お分かりですか」

黙って首を横に振った。自分は捜査のプロではない。

「お分かりのはずですよ。警察に通報するな――この言葉がまだ一度も出てきてません」

「通報は避けられない、犯人はそう考えとるからでは?」

「そう考えていても、普通は入れておくものです。犯人にとっては、有利に働く事柄なんですから。ですが、いったん入れてしまえば、『黙って金を渡すかもしれない』という希望的観測を捨てきれなくなる。たいていの犯人は、このためにヘマをやらかすんです」

「ほな、今回の犯人は」

「余計な希望的観測を自ら排除しています。警察の介入は計算の内なんでしょう。そして、接触への細かい気配り。なにやら余裕めいたものを感じます」

　確かに、それは素人の自分でも感じる。

「要求を出す以上、接触は避けられません。ならば、それを完全に制御しようとする犯人がいれば、どうでしょうか？　無理な舞台には決して上がってこない。状況を冷静に判断して、不利となれば即時撤退できる犯人です」

「そうすれば、捕まりにくいかもしれませんけど……金を手に入れることが難しくなるんと違いますか」

「その通り」

　柴田は膝を打った。

「双方、駆け引きばかりで、事態は全く進展しない。ですが、こういった膠着《こうちゃく》状態になると、不思議なことに、家族の方はある心理状態に陥《おちい》るんです」

「ある心理状態？」

「警察は信頼できないが、犯人は信頼できる——まあ、当然と言えば当然です。警察は立場上『安心して任せて下さい』としか言えない。事件が長引けば、家族の方は毎分毎秒、警察に裏切られている気持ちになります。こんな時に、犯人から、ちょっとした厚意を見せられると、どうなるか。『犯人の指示に従えば、全て解決するのでは』という思いが、湧《わ》き上がってきます。実際、この手の事件の幾《いく》つかは、しびれを切らした家族の裏取引によって終結します。約束が守られる保証は、何一つ無いにもかかわらずです」

黙って唾《つば》を飲む。なんとなく、柴田の言いたいことが分かってきた。

「昨晩の手紙には、こうありました。『対応に敬意を表する』と。馬鹿馬鹿しいと思いませんか」

「馬鹿馬鹿しい？」

「気に障《さわ》ったなら謝ります。しかし、犯人に対して具体的に何をしたかを考えてみて下さい。今のところ、ホームページの社名を点滅させ、太字にしただけです。ですが、今、運転手さんが無事に帰ってきて、いかがでしょうか。関係者の方、特にご子息である社長さんは、かなり動揺されているのではありませんか。おそらく、皆さん、心のどこかで思い始めている。裏取引で身代金を払えば、何もかも解決するのではないか、と」

胸の鼓動が早くなった。社長はどうか分からない。だが、自分の中では……確かに、そんな気持ちが芽生え始めている。

「では、本題に入ります」

柴田は脇へと手をやった。捜査資料らしきファイルを手に取る。

「単刀直入にお尋《たず》ねします。社長さんが裏取引なさる可能性はありますか」

「したくとも、できるわけないです」

柴田は次の言葉を待っている。仕方なく説明を追加した。

「よく会社のトップはお金持ちと思われてますけど、それは、たいてい、創業者で莫大《ばくだい》な株式を持っとるからです。千葉サプライはリストラによって生まれた会社。組織トップも雇われ同然です。報酬額も大企業とは比べものにならない。むろん、平均的な会社員と比べれば金はあるはずですが、今回の金額規模となると論外としか。大企業や外資系のトップなら、話は別かもしれませんけど」

「会社の方はどうです」

「お金があるかどうかより、それを払って良いものか。千葉サプライは地場の中堅企業ですけど、上場しています。証券取引所のルールもあれば、会計士のチェックもある。社内のチェック体制も厳しい。つまり、社長がこっそり多額のお金を動かそうとしても、必ずどこかで引っ掛かります」

「なるほど。個人の支払能力については、我々が調べた事と一致しています。会社に関しても、専門家の言うことと変わらない。岡野さんは嘘のつけない方のようですな」

褒《ほ》められても、嬉《うれ》しくない。岡野は顔をしかめた。

「刑事さん、把握《はあく》済みの事柄を、わざわざ、お尋ねになるということは……もしかして、遠回しに釘《くぎ》を刺しておられるわけですか。警察に黙って余計なことをするな。それが、『二人だけで』の意味ですか」

「それもあります。ですが、それだけではない」

「それだけではない？」

「我々は、犯人の本当の狙いが、プロジェクト断念要求の方である可能性を考えてます。騒ぐだけ騒いで、プロジェクトの前提条件を悪化させる。たとえば、株価の暴落です。ある専門家から、このような見解を得ました――『互いの株価はプロジェクトの大前提。そのバランスが今、崩れつつある』。この見解を我々の観点で言い直せば、こうなります――『犯人は接触の危険を冒《おか》す必要は無い。騒ぐだけで、目標の一つを達成できるかもしれない』。むろん、こう断定するわけではありませんが」

唾を飲み込む。そんなこと、考えてもみなかった。

「今、我々が直接、あなた方に犯人の動きを伝えれば、どうなるか？　皆さん、間違いなく動揺されるでしょう。あなた方に誘拐事件に対する免疫《めんえき》などあるはずもない。その一方で、我々は会社の仕組みに疎《うと》い。つまり、あなた達を不用意に刺激して、感情的な行動を引き起こしてしまう危険性があります。それは避けたい。そこで、その、岡野さんに」

柴田は言いにくそうな表情をした。

「その、岡野さんは、どちらかと言えば……経営の重要事項からは遠いような……お立場ではないでしょうか。経営中核にいる社長さんや沢上さんに、直接、我々から話をすれば、会社にどんな影響があるか分からない。社内にいて、かつ、重要事項に関与しない岡野さんが、趣旨《しゅし》を踏まえた上で伝えた方がいい。お話しになる範囲も任せます。警察のせいで経営判断が歪《ゆが》んだと、逆恨《さかうら》みされても困りますのでね」

「刑事さん、随分、はっきり仰いますね」

「岡野さんに乗せられたんでしょう、たぶんね」

柴田が再びパソコンへと手をやる。「用件は以上です」と言いつつ、パソコンの電源を切った。となれば、長居は無用。一礼して立ち上がる。

柴田は顔を上げ、思い出したように「そう、そう」と言った。

「朝方のご手配、お見事でした。岡野さんにお話しするのは、そのこともあるのですよ」

警察署を出た。

澄《す》み渡る青空、春のような陽気が身を包んでいる。港沿いの道を、会社方面へと歩く。

先程の話を思い返しつつ、考えを巡らせた。

確かに、警察から生々しく聞かされれば、皆、動揺して冷静さを失う。社長など、仕事ができていること自体、不思議なくらいなのだ。ならば、自分が緩衝材《かんしょうざい》となることは悪くはない。要は『犯人は計算高くて、何が目的か分からない。衝動的に動くことは慎《つつし》め』

ということなのだから、要約で事は足りる。相手によって、どこまで話を要約するか、微妙な判断はあるかもしれないが……。

「そこは沢上に任せよか」

胸元で携帯が鳴った。

足を止め、携帯を取り出す。里佳子からではないか。慌てて電話に出た。

「どうした？　もう会社に来たんか。夕方まで休めるんやろ」

「アパートにいても、気になって休めません。会社の方がマシです。そんなことより例の件です、例の件。今、お客さんが二人、お越しになってます。私宛なんですけど、岡野さんに同席してもらいたくて」

里佳子宛の客なら、経済メディア関係の人間か。『説明会欠席の理由』とか『株価急落の影響』とかを尋ねてくるのだろう。自分が同席しても、あまり意味はない。

岡野は「十分くらいで戻る」と返した。

「けど、もうすぐ沢上も戻るやろ。沢上に頼めば？　部署違いの俺が会ってもな」

「それが、お二人、土産を持参していらして」

土産？　場違いな言葉であるはずなのに、どこかで聞いたような……。黙って考えを巡らしていると、里佳子の口調に苛立《いらだ》ちが滲《にじ》み始めた。

「だから、連絡してるんですって。こんな時に、岡野さんが同席しなくて、どうするんですか」

「いや、どうすると言われても」

「二人のうち、一方は経済出版社のエコノミックマガジン社。もう一方はBS放送局のBS15」

エコノミックマガジン？　BS？

「ちょっと待った。もう一回」

「EMBSよ。うだうだ言わずに走れっ」

里佳子が切れる。電話も切れた。

「最初から、そう言えっ」

切れた電話に向かって怒鳴《どな》る。岡野は顔を真っ赤にして走り出した。

3

管理本部フロア　応接室　昼12時30分
エレベーターから降りてフロアを走る。
岡野は息を切らせて、応接室へと飛び込んだ。

沢上が名刺を手にして振り返る。

「ちょうど良かった。俺も今、戻ってきて、名刺交換させてもらったところなんだ」

沢上の脇には里佳子。その向かいには見慣れぬ男が、二人、立っていた。慌てて自分も名刺入れを取り出す。まずは、白髪《しらが》交じりの男と名刺交換した。

『エコノミックマガジン社　編集局企画室　主幹』

渋いスーツ姿で、いかにもベテラン経済記者といった雰囲気だ。細面《ほそおもて》で痩身《そうしん》、鋭い目。どことなくイタチに似ている。

次いで、もう一方とも名刺交換した。

『BS15　制作局　チーフプロデューサー』

こちらはカジュアルなジャケット姿で、少し業界人っぽい。年も自分と大して変わるまい。ヒゲ面に太鼓腹、のんきそうな目。どことなく狸《たぬき》に似ている。

この二人がEMBSか。

確かに、エコノミックマガジン社を頭文字で略せばEM。それに加えて、BS15。単純につなげればEMBSにはなる。だが、ただの偶然ではないのか。目の前にいるのは、経済イタチとヒゲ狸なのだ。誘拐に関係があるようには思えない。

名刺交換を終え、それぞれが席に着く。自分は行司《ぎょうじ》役の位置にある一人掛けのソファへ。経済イタチが話し始めた。

「東京日本橋《にほんばし》の日本証券通信社と名乗った方が良かったかもしれません。社名変更したばかりですので。元々エコノミックマガジンは、当社が出している雑誌の名前でして」

日本証券通信社なら聞いたことがある。上場会社の財務データを取り扱う老舗《しにせ》会社だ。怪しい会社ではない。

「実は、今朝、当社宛に不審な電話がありました。朝の九時半、当社刊行物の店頭販売所のレジにです。電話はいきなり『メモせよ』との言葉で始まり、内容を二度繰り返して、一方的に切れました。商売柄、メモに漏《も》れはありません。時折、内部告発の電話などが、このような形でかかってきたりしますので」

経済イタチは胸元からメモ用紙を取り出した。

「その内容を読み上げます。『本日水曜日午前、ＢＳ15に宅配便が届く。それを持ち、千葉サプライ本社を訪問せよ。このことは、同社の株価暴落に深く関係している。なお、同社は千葉湾岸市の再開発地区、千葉ベイスクエアの高層ビル内にある』――以上です。いたずらにしては淡々としすぎている。販売所から報告を受けて、私、ＢＳ15に確認の電話を入れてみました」

経済イタチは促すようにヒゲ狸の方を見やる。ヒゲ狸は軽くうなずき、説明を引き継いだ。

「ＢＳ15は東京台場《だいば》を拠点《きょてん》にして、昨年開局したＢＳ放送局です。経済関連ニュースを強味としており、エコノミックマガジン社とは協力関係にあります」

ヒゲ狸は額《ひたい》の汗を拭った。

「問い合わせを受けまして確認したところ、確かに、宅配ラベルに『千葉サプライ持参品』と書かれた荷物が届いておりました。私も最初は、いたずらではと思ったのですが、二人で話し合っているうちに、次第に、いたずらではあり得ないと思えてきました」

沢上が「いたずらでない理由とは」と聞き返す。ヒゲ狸は再び汗を拭った。

「不躾ですが、御社は地味な素材会社です。株価の暴落など経済ニュースの一項目に過ぎません。つまり、いたずら対象になるほどのニュースバリューが無いんです。それと、もう一つ」

ヒゲ狸は脇に置いていた紙袋へと手をやる。その中から通販で使用されるような段ボール箱を取り出し、応接テーブルへと置いた。大きな箱ではない。靴箱より一回り小さいくらいか。

「実際に、送られてきた物を目にしたことも、いたずらではないと思った理由です。おそらく、いたずら感覚では思いつきません。ご覧下さい」

ヒゲ狸は箱の蓋《ふた》を取った。白、ピンク、白……思わず、声が漏れ出た。

「入れ歯や」

箱には脱脂綿《だっしめん》、その真ん中に上下揃いの総入れ歯がある。誰の物なのかは考えるまでもない。

経済イタチが軽く咳払いした。

「どう対応するべきか、我々が話し合っている間に、販売所にまた不審人物から電話がありました。今度は『千葉サプライを訪問して宅配物を手渡し、以下の内容を伝えよ』という指示で始まり、内容を二度繰り返して切れました」

経済イタチは手元のメモ用紙に目を落とした。

「では、伝言内容を読み上げます。『千葉サプライに宅配物の受領確認を求める。確認の手段として、同社ホームページを使用する。受領のシグナルは、事件の経緯をホームページに掲載することである。その期限は受領後の深夜、午前二時三〇分とする。なお、これはあくまで受領確認が趣旨であり、掲載内容については千葉サプライに一任する』――以上です」

岡野は唾を飲み込んだ。また同じパターン、一方通行ではないか。しかも、こちらがまだ公表について悩んでいるのに、向こうから「やれ」と言ってくるとは。

「我々は戸惑い、悩みました。謎の電話に奇妙な宅配物。はたして誰からか。この入れ歯は誰の物か。『事件』とは何なのか。深夜にして、あと十数時間と迫った期限とは、何を意味するのか」

経済イタチの視線が更に鋭くなった。

「当事者たる千葉サプライさんならば、見当がつくのではないか。そう思って、ここに来た次第でしてね」

沈黙が流れた。息が詰まる。なんとしても、ごまかさねばならない。だが、どう答えたら良いものか。相手は経済メディアの人間なのだ。名誉顧問が突如《とつじょ》、説明会を欠席したことは、知っているに決まっている。話しぶりからして、誘拐事件らしきことも、薄々、感づいているに違いない。

「はて？　仰《おお》せの意味が」

沢上が沈黙を破った。まるで世間話のような口調だった。

「どうにも分かりかねます。見当ならば、お二人の方がつけておられるのでは？　だからこそ、ご多忙の中、趣旨不明の電話に従って、ここにお越しになってる」

ヒゲ狸が勢い込んで「じゃあ」と身を乗り出してくる。沢上は淡々と返した。

「ご足労いただいているのに失礼な話ですが、我々から申し上げる事は何もありません」

「さすがに『何も無い』はないでしょう」

今度は経済イタチ。口調が苛立っている。

「いいですか、沢上さん。荷物が送られてきたのも、電話を受けたのも、我々なんです。自社のニュースとして『こんな奇妙なことが』と流すこともできるんですよ」

「失礼ながら繰り返します。申し上げる事は何も無い。その上でのご判断は、ご自由にどうぞ」

その言葉に、ヒゲ狸が鼻息荒くテーブルに手をつく。

「沢上さん、あなたねえ」

「申し訳ありませんが、どうも我々は、こういう物事に疎《うと》くて。ニュース価値があるほどの事件性をお疑いならば、何卒《なにとぞ》、直接、警察へどうぞ」

里佳子が沢上を制するように「室長」と言った。それでも、沢上は態度を変えない。淡々と続けた。

「私は市川の上司ではありますが、メディアの方と仕事をしたことはありません。だから、本当によく分からない。ただ、曖昧な知識ながら……ある種の事件の場合、公《おおやけ》に流される情報は各メディア横一線。しかも、様々な制約がある……などと耳にしたことがあります」

経済イタチは黙ったまま、食い入るような目をしている。沢上は続けた。

「お二人は経済メディアの方です。自分達を縛る制約から距離を置きつつ、己《おの》が職分を果たしたい——そんなご趣旨でお越し下されたのであれば、改めて、敬意と謝意を表したいと思います。世にメディアは数多くありますが、御両社には優先権があると思いたい。とはいえ、現時点では何ともならないのですが」

回りくどい言い方をしつつも、沢上はひるむ様子を見せない。

経済イタチは目を閉じた。再び沈黙が流れる。しばらくすると、経済イタチは目を開けて大きく息をつき「参りましたよ」と言った。

「分からないと仰りながら、際どい所をお突きになる。確かに我々は経済メディアでして、警察がらみの制約に直接関わることは好まない。やむを得ない場合でも、できうる限り最小限に留めたい。我々にも倫理《りんり》コードはありますのでね」

経済イタチは応接テーブルの箱へと目を向けた。

「この奇妙な荷物は置いていきましょう。代わりに、沢上さんの言葉を頂戴《ちょうだい》して帰ります。メディアの中では我々に優先権がある。いいですね」

そう言うと、経済イタチはヒゲ狸を促し、一緒に立ち上がった。自分達も立ち上がる。経済イタチは里佳子へと目を向け「やり手ですよ」と言った。

「担当の市川さんは。なかなか隙《すき》を見せない。我々が諦めかけると、欲しいものをちらりと見せる。若いのに、そんな技術をどこで身につけたのかと、ずっと疑問に思ってたんですが」

恥ずかしげに、里佳子がうつむく。経済イタチは沢上へと目を戻した。

「今日、合点《がてん》がいきましたよ。沢上室長の仕込みってわけだ」

珍しく、里佳子は真っ赤になった。真っ赤な顔のまま応接室のドアを開ける。経済イタチとヒゲ狸は笑いつつ、部屋の外へ。沢上が身を寄せてきて言った。

「岡野、しばらく歯を頼む」

応接室に一人、残された。誰もいない応接室でつぶやく。

「沢上の仕込みねえ」

そうかもしれない。新人で配属され右も左も分からぬ里佳子を、ここまで育て上げたのは沢上だ。上司と部下というよりも、師匠と弟子の関係に近い。里佳子を使いこなせるのは、今も沢上だけだろう。

ため息をつきつつ、ソファに座り直した。

目の前には、脱脂綿に包まれた入れ歯がある。段ボール箱へと手をやり、蓋をした。蓋の上には宅配のラベル。岡野は息を飲んだ。

こんなことあるか。

配送指定日の欄には、本日の日付。それはいい。問題は発送日の欄だ。そこには、なんと事件の初日、日曜日の日付がある。この四日の間、自分達は状況に合わせ、臨機応変に動いたつもりでいた。だが、それは……。

「全部、犯人の目論見《もくろみ》通りやったんか」

宅配のラベルを見つめる。岡野は拳《こぶし》を握《にぎ》りしめた。

## 4

奥羽市内　警察署　昼1時

取調室は殺風景。心がすさむ。ピンクの壁紙でも貼ればどうか。

「聞いているんですか、吉岡さん」

吉岡は黙って顔をしかめた。またまた、問い詰めるような口調。しかも、この若い刑事は、時折、机を叩くのだ。ドラマの見すぎではないか。

「昨日は熟睡、今日はだんまり。いい加減、正直に話してくれませんかね。説明会の一週間前、小柴さんのマンションで、あなたを見たと言う人がいるんです。いったい何をしに行ったんです」

「さっき答えたべ。懐《なつ》かしかったからって」

「誰もいないマンションですよ。何が懐かしいんです。おかしいでしょう」

「うちのカカア、行ったこともねえ北海道の写真見て、『ああ、なんか懐かしい』って言うど」

「秋田パルプのOB会には、強硬な人もいますよね。マンションに押しかけて、小柴さんと直談判《じかだんぱん》。そんな話もあったようですがね」

吉岡は刑事を見上げた。

「刑事さんよ、確か俺ァ、盗難車の件で呼び出されてんだべ。いってえ、何の関係あんだ？　盗難車の取り調べで、なして、こんだ事、きかれねえとなんね。それとも何か？別件ナンタラってやつか？」

若い刑事は言葉に詰まった。

「いや、その……別件じゃないです。取り調べでもないです。事情聴取ですから。幅広く事情をおききしているだけでして」

「んだば、茶の一杯くれえ出せ。だいたい、この部屋、何だ。浜祭りの件で生活安全課に来た時は、きれいな応接室だったど」

「他に部屋が空いて無いんですよ。それに、別に、取り調べ専用の部屋というわけでは……吉岡さん、時間がもったいないんですよ。少しは素直になって、協力してもらえませんかね」

素直になれ？　若《わ》けえの、挑発《ちようはつ》すっか。

「何、言ってる。何回も何回も同じ事、馬鹿みでえにきいどいて。いいか、きく事だば事前にリストにしどけ。んでよ、きいた質問は、しかっとメモして、重複《ちようふく》して、きかねえようにしろ。こんだ事、何て言うか知ってっか。社会人の常識ってんだ」

鼻息荒く腕組みをする。吉岡は殺風景な部屋でふんぞり返った。

5

千葉サプライ　簡易会議室　昼2時20分

ここで二億円を詰め込んだのは今朝のこと。だが、何日も前のことのような気がしてならない。

ため息が出る。岡野は頭を振り、手元へと目をやった。

手にはポケットラジオがある。電源を入れ、選局ダイヤルを回すと、テンポの良い掛け合いトークが聞こえてきた。と同時に、簡易会議室のドアが開く。

「岡野、説明してきた」

沢上が社長室から帰ってきた。

「全部、話したよ。ＥＭＢＳの二人組が入れ歯を持ってきたこと。その入れ歯は既に警察に提出したこと。それと、岡野が警察から聞いてきた事も話した。社長の結論は――公表して構わない、だ」

「社長、顔を上げて言ったか」

「いや。手元の書類を決裁しながらだった」

早朝の光景が頭に浮かんできた。源さんの帰還については、自分が報告に行った。社長は淡々と聞いていたが、顔を上げようとしない。よく見ると、手元の決裁書類が細かく震えていた。おそらく今回もそうだったに違いない。

また、ため息が出る。ドアの方を見やった。

「ほな、始めよか。若林には俺から状況説明しといたから」

ドアを開けて、フロアを見渡した。若林と里佳子が打ち合わせブースにいる。

「若林、市川。始めるで」

二人が駆け寄ってきた。中へと招き入れて、ドアに鍵を掛ける。ポケットラジオの音量を上げ、ドア横の電話台へ置いた。

「立ち聞き防止や。奥で話そ」

三人を引き連れ、部屋奥へと移動。会議テーブルの端で足を止め、振り返る。岡野は若林と里佳子を順に見回した。

「沢上が今、社長の了承を取ってきた。取りあえず、犯人の言う通りにせんとならん。けど、誰でも閲覧《えつらん》できるホームページに載せる以上、当然、正規のルートでも情報を流さんとならん。つまり、誘拐事件の正式発表や」

二人は黙って聞いている。言葉を続けた。

「気になることが三つある。一つめは『誰に、どのタイミングで話すか』――新たに事情を明かさんとならん人も出てくるやろ。二つめは『タイムラグ』。公表の準備から実際に公表するまでの時間差――これをできるだけ短くしたい。長ければ長いほど、情報漏れの怖れが出てくるから。三つめは『警察対応』。事件が公表されれば、捜査を内々でやる意味は無くなる。おそらく、警察は公開捜査に切り替えるやろ。それと歩調を合わせせんとならん。全ての期限は深夜二時半。やる事は山ほどあるのに、時間は無い。この場で全体の段取りを決める。で、関係者を駆け回って、一気に了承を取り付ける。ええな」

二人は黙ってうなずいた。

「最初に全体の流れを整理して、実務上の問題点を押さえておきたい。市川、思いつくまでええから、指摘してくれんか」

「まず優先すべきは、会社としての情報開示ですね。開示時間を決めて、ＴＤネットに掲載することになると思います。おそらく、東京証券取引所の担当者と事前相談することになりますから、この時点で、取引所の関係者にはバレますね」

「何、それ？　ナントカネットって」

「インターネットで閲覧可能な情報開示システムの名称です。ホームページへの掲載と違って、ここでの掲載は正式発表と見なされます。それと、投げ込み」

「投げ込み？」

怪訝《けげん》な顔で聞き返すと、若林が即座に補足した。

「証券取引所にポストみたいな物があって、そこに公表資料を入れるんです。俗称、投げ込み。普段は東京支社の経理に頼んでるんですけど。誰に頼んでも、資料を渡した時点で、その社員にはバレちゃいます」

メモを取りつつ、沢上の方を見やった。沢上にとっては既知の事柄らしい。ただ黙って聞いている。

里佳子が説明を再開した。

「それから、問題のホームページ。当然、システム部のウェブ担当に掲載内容を渡した時点でバレます。今の担当、ちょっと口が軽いんです。システム課長に頼んで、今夜だけ別の子に変更してもらった方がいいかも。この程度の作業なら、誰でも可能ですから」

沢上がメモを取り始めた。里佳子の説明が続く。

「システムの作業としては、ネット用のサーバーにファイルをセットして、更新時刻を設定すれば完了です。けど、更新完了を確認できるまで、ウェブ担当には待機してもらう必要があるかと。システム障害が起こる可能性はゼロではありませんから。となると、深夜待機になりますから、彼の上司にも了承を得ないと。ちなみに、こういったことを要請した時点で、システム課長とウェブ担当は、『何かあるな』ぐらいは感づくと思います。当社のホームページで深夜更新なんて、滅多《めった》にありませんから」

メモを取りながら感心した。現場にいないと出てこない観点ばかりだ。沢上も手帳にペンを走らせている。

「それから、プレス向けのリリース。大手どころに毎度ファックスで一括《いっかつ》送信するのが、いつものやり方なんですけど、今回もそれでいいと思います。EMBS二社は、その一括送信先に加えておきます」

「ちょっと待った。リリースって、何やったっけ?」

「この場合は『外部に対して、会社として正式にしゃべる内容』ぐらいの意味です。正式見解とか、正式発表くらいに思って下さい。今回はTDネットに載せる内容と同じものでいいと思いますが」

「分かった。EMBS二社の優先権はどう考える?」

「初発のリリースですから、大幅に融通をきかせるのは無理ですね。せいぜい送信リストの最初に載せて、数分前に送信予告してあげるくらいかと」

沢上の顔を確認する。沢上は黙ったまま肯《うなず》いた。問題は無いらしい。

「あと、問題になるのは、一般の人からの問い合わせです。今は総務で対応してるんですけど、その体制を強化する必要があるかと。公表して半日もすると、引っ切りなしに電話がかかってくるようになりますから」

里佳子がいったん言葉を区切り、若林を促すように見る。若林が説明を引き継いだ。

「今、総務、人手が足りないみたいなんです。期末ですから。経費の精算とか、人事異動の引っ越し手配とか、入社式の準備とか。管理本部全体で人員シフトを考えた方がいいかも」

言い終えて、若林が里佳子を見る。里佳子は軽くうなずいて、手元の資料をテーブルへと置いた。

「細かなことはいろいろあるので、全体像はこれを」

タイムスケジュール表だ。縦に様々な作業項目。横は時間軸になっていて、着手時刻と期限が太線で示してある。

「若林くんと二人で作業項目を叩き出して、案を組んでみました。ただ、私達では分からなくて、入れてない大きな項目が二つ」

里佳子が顔を上げた。

「主要な株主や取引先には、個別説明に回るべきかもしれません。となると、前もって営業担当役員に話しておかないと」

沢上が「それは僕がやろう」と受けた。

「こうなれば、もう役員全員に話さざるをえないから。営業担当役員は東京支社にいる専務だ。専務と相談して、説明先の範囲と説明担当部署を決める」

「もう一つ。警察はどうしますか」

今度は自分が受けた。

「それは俺がやる。公開捜査に切り替えるなら、たぶん、警察は報道機関を集めるやろ。その時、どこまでしゃべるか。身代金の金額や事業統合の断念要求なんてのが流れてみい。夕刊紙から経済紙まで大喜びや。騒ぎで、会社の業務が止まってしまう。まあ、そのことは警察の方でも分かっとるようやし、合意できるやろ」

岡野はタイムスケジュール表を手に取った。よくできている。短時間で、よくぞここまで詰めたものだ。

「あとは肝心《かんじん》のリリース。内容をどうするかやな」

「案はある」

沢上が胸元から鉛筆書きの文案を取り出した。書き直した跡が幾つも残っている。あれだけ「休め」と言ったのに、結局、深夜に自宅でやったらしい。

「いろいろ考えたけど、簡単な方がいいと思う。要点は三つ。日曜から名誉顧問が所在不明になっていること。事件と事故両面から、警察と連携しつつ鋭意《えいい》探索中であること。現状、業務への直接的な影響は出ていないこと。どうだろう」

「沢上、横から偉《えら》そうにすまん。けど、やっぱり『誘拐』という言葉を、どっかに入れておきたいんやけど」

「それは考えた。けど、『誘拐』という言葉を入れると、誰もが身代金を連想する。支払いを保留している今、触れられたくない。それに実務的には、支払いによる影響、つまり、業績予想についてのコメントも入れざるを得なくなる」

さすが経営企画室長だけのことはある。ありふれた短い文言《もんごん》の中に、自己防衛の種を幾つも埋め込んでいるわけだ。だが、ここは引くわけにいかない。

「入れるべき理由は二つある。一つは警察との温度差や。公開捜査と当社リリースのニュアンスを合わせておかんと。もう一つは、さっき問題点として出た一般外部の問い合わせや。このままやと、千葉サプライはパンクする」

「パンク？」

「ああ。洪水で川之江工場が操業停止した時のこと、覚えとるか。余計な陣中見舞いや不要不急の問い合わせが相次いで、その対応に人手がさかれてしもうた。今回も似たようなことが起こる。いや、たぶん、その比やない」

念押しするように結論を言った。

「どんな問い合わせに対しても『誘拐事件なんやから黙っとれ』——そう言い切りたいんや、やっぱり」

沢上は文案を見つめて唸《うな》る。が、すぐに顔を上げ「分かった」と言った。

「こうしよう。まず『誘拐の可能性を含め』という文言を入れる。影響に関しては『未定』で逃げて、問いあわせに関しては『当局捜査中のためコメントできません』でいく。

これなら、どこからの問い合わせでもいけると思う。どうかな」

悪くない。若林と里佳子の顔を見やった。二人とも、うなずいている。

大筋は決まった。

「よっしゃ。タイムスケジュール表は俺が完成させる。このファイルを、このあとすぐに、俺に送ってくれ。一時間後に完成版を渡すから」

若林の方を見やった。

「証券取引所との打ち合わせを頼む。絶対、一人で抱え込むな。まず、前島常務を巻き込め。問い合わせ対応の人員シフトについても同じ。常務から各部の部長に言うてもろうたら、スムーズにいく。今のうちに、その話もしとけ」

若林が「了解」と短く答える。次いで、里佳子を見やった。

「システム部の方を頼む。システム課長と打ち合わせてくれ。ウェブ担当の人選は任せる。ただし、ぎりぎりまで深夜更新の理由は話すな。『決算関係は社内の人にもヒミツ』とか言って笑っとれ」

里佳子も短く「了解」と返してきた。最後に沢上の方を向く。

「沢上はリリース文を完成させて、前島常務以外の役員への状況説明を頼む。最後の了承取り付けは、一緒に社長室に行くから。俺はタイムスケジュール表を完成させて、そのあと、警察と打ち合わせてくる」

「分かった」

岡野は三人の顔を見回した。

「情報の共有は欠かさんようにしよう。だいたい一時間ごとに、状況を電話で報告してくれるか。取りあえず、俺が情報の取りまとめをやるから」

若林が能天気な表情で「わあ」と声を上げた。

「プロジェクトチーム結成ですね。極秘ですから、やりとりするファイルにはロックかけましょ。パスワードは当然、これ」

若林はテーブルに指で『ＹＵＫＡＩ』と書いた。『誘拐』という意味らしい。里佳子が冷静に指摘した。

「若林くん。それ、『愉快』と読めるんだけど」

二人のやり取りに、ため息が出る。

岡野は「どうでもええけど」とつぶやきつつ、沢上を見やった。

「また深夜作業やな」

沢上は黙ったまま、力ない笑みを浮かべていた。

## 6

地下階　仮眠室　深夜2時35分

地下の小部屋は薄闇に包まれている。手元の携帯だけが明るい。

岡野は、一人、簡易ベッドへと腰を下ろした。

ここは急ごしらえの仮眠室。簡易ベッドが幾つも並んでいる。誘拐事件を公表したのは、今から半時間程前のこと。だが、携帯のワンセグ放送は深夜バラエティで、テロップも流れてこない。世間の夜は、まだ、普段と変わりないようだ。先程までの騒がしさが嘘のように思えてくる。

「いったい、どっちが現実なんやろ」

岡野はフロアでの光景を思い返した。

当初予定の公表時刻は夜零時。が、最終チェックの最中に、突然、警察から電話が入った。「リリース文言を再検討してほしい」とのこと。なんでも県警本部のお偉方が「警察が公開捜査に独断で踏み切ったかのように読めるではないか」などと言い出したらしい。侃々諤々《かんかんがくがく》で文言を詰め直し『何の引っ掛かりも無い、ごくごくありふれた文言』へ仕上げ終えたのは深夜一時半。もう先送りはできない。全ての機材を深夜二時にセットして、時を待った。そして直前には秒読み。「三、二、一」——三台のファックス機が一斉《いっせい》に稼働し始める。パソコン画面でTDネットへの掲載を確認。直後にシステム部から電話が入った。「更新完了」との由《よし》。

全員の口から安堵《あんど》の息が漏れ出た。全体の進行をチェックしていた里佳子は自席にへたり込む。いや、里佳子だけではない。沢上も、若林も、へたり込む。「解散や」と言っても、誰も動こうとしない。仕方なく大声で「寝るど」と怒鳴った。

「まだ仕事は終わってない。次の仕事は『寝る』こと。総務が地下の倉庫を仮眠室にしてくれとる。俺はそこに行く。ホテルをとっとる者はホテルに行くこと。勝負は明日からや。寝とかんと、戦えん」

だが、全員、興奮醒《さ》めやらぬ様子。宙を見つめたまま、動こうとしない。かくして、自分一人、仮眠室へと来た。が、本音を言えば、自分も……。

「眠れそうにないがな」

もう一度、携帯を確認してみた。ワンセグ放送も、ニュースサイトも、いまだ変わり無し。深呼吸してから、千葉サプライのホームページを開いた。リリースが幾つも並んでいる。その先頭行の冒頭で『NEW』の文字が点滅していた。

『弊社名誉顧問に関するお知らせ』

文言は頭にこびりついている。が、開かずにはいられない。

小さな画面にリリース文が広がった。

『去る三月九日、業務途上において、弊社名誉顧問小柴幸助は所在不明となり、現時点においても、その所在の確認はとれておりません。その後、弊社に対し誘拐と称する接触がありましたが、その真偽は判明しておりません。現在、事件事故等あらゆる可能性を踏まえ、捜査当局に全面的に協力しつつ対応中であります。尚《なお》、本件に関しましては、当局において捜査中の事案でもあり、個別のお問い合わせには応じかねますので、何卒ご了承下さい』

仮眠室のドアが開く。沢上だった。

「えらい遅かったな。何、しとったんや」

「その、掃除を。机の引き出しを掃除してた」

沢上も落ち着かないらしい。

「市川と若林は、どうした？」

「市川君は総務がとってくれたビジネスホテルに行かせた。若林君はソファで寝るって。例の電話番だよ。事件対応が忙しくなってから、彼は妙に元気だな」

沢上は疲れを滲《にじ》ませつつ息をついた。隣のベッドへと腰を下ろす。

岡野は携帯を脇に置き、沢上を見やった。

「思いもせんかったな。犯人の方から、事件公表を言うてくるなんて」

「ああ。けど、犯人のやり方を見ていると、『いかにも』という気もする。一発勝負の時は、前提となる状況が動くのが一番、怖い。公表によって状況は一変する。犯人にとっても、俺達にとっても、警察にとっても」

「けど、自分に不利な状況を、わざわざ早めに作りださんでも」

「岡野だって、似たようなこと、よく言ってるよ。『結論は何でもええから、ともかく早《は》よう決めてくれ』って」

突然、脇で鋭い音が響く。

俺の携帯だ。フロアに残った若林からではないか。慌てて携帯を取り上げ、電話へと出る。いつもの口調が聞こえてきた。

「岡野さん、大変です、大変。どうしましょ。まさか、バンブルが。しかも、会見まで」

「落ち着けって。バンブルって、何や」

沢上は「バンブル」とつぶやき、立ち上がる。そして、硬い表情で、自分の方を見た。バンブルとは何か、沢上は分かっているらしい。

耳元で若林の声が響いた。

「バンブル・ファンドです。二年程前に日本に来た海外の資産運用ファンド。最近、千葉サプライの上位株主になってきてて。その日本法人から、今、電話があって」

「こんな夜中に？」

「時間、関係ないです。情報開示にすぐに対応するため、彼ら、ＴＤネットを二十四時間、監視してるから。で、いきなり言われたんです。『退任し無関係となった人物のために、会社の金員を費《つい》やすことは許されない』って。朝には会見もやるって」

「分かった。よう分かった。けど、寝とけ」

わざと平然と返した。

「この時間では、どうしようもない。『朝に騒ぐ』と言うてくれとるんやから、朝まで寝とけ。お前が起き出すのは、犯人から電話がかかってきた時だけや。ええな」

携帯を切る。沢上を見上げた。

「強欲ファンド曰《いわ》く、『ただのジイさんのために会社の金を使うな。明日、マスコミ集めて騒いでやる』やと。けど、俺は寝る」

携帯を簡易ベッドの奥へと放った。

「絶対に寝る。こうなったら、意地でも寝たるわい」

硬いベッドへと横たわる。岡野は鼾《いびき》のように鼻の奥を鳴らした。

# お知らせの六　金と涙と好奇の目

## 1

簡易会議室　朝10時15分

簡易会議室のブラインドを、若林と里佳子が下ろしていく。

岡野は携帯を取り出し、会議テーブルの椅子《いす》に腰を下ろした。

「そのくらいでええよ。このぐらい薄暗くなれば十分や」

携帯のワンセグ放送を付けた。画面に記者会見らしき光景が流れ出す。若林が「あ、それ、それ」と言いつつ、肩越しにのぞき込んできた。

「この人ですよ、この人。バンブル・ファンド日本法人の代表で、ええと、スティーブ上《うえ》坂《さか》。日系ハーフで、すごく格好いいんです。ちなみに、彼、岡野さんと同い年です」

岡野は画面に目を凝《こ》らした。健康そうな小麦色の肌に、ブルーの瞳。高級スーツを品良く着こなしている。爽《さわ》やかなスポーツ選手とでもいった雰囲気だ。とても同じ年とは思えない。

スティーブ上坂は、たどたどしい口調で書類を読み上げていた。

『……従って、我々は今後について危惧《きぐ》せざるをえナイ。小柴氏は名誉顧問という肩書きを有してイルガ、それが単なる名誉称号であることは明白でアル。同氏は現在、千葉サプライと何ら関係の無い一個人に過ぎナイ。法的には、会社の資産は全て株主に帰するものでアリ、無関係の一個人のため、巨額の金員を費やすことは、通常の業務遂行《すいこう》を超える可能性がアル』

所々詰まりつつも、スティーブ上坂は小難しい日本語を読み上げている。

『我々は千葉サプライ経営陣が事件解決に向けて尽力《じんりょく》することを、心より願ってイル。だが、同時に、それは、企業組織として適正な範囲内であることを、強く求めるものでもアル。現経営陣の対応が適切な範囲を超える場合、我々は株主として法的手段に訴えることも辞さナイ』

書面を読み終え、スティーブは顔を上げた。

質疑応答が始まる。記者団から『小柴氏は創業者というべき功労者だと思いますが』との質問が飛ぶ。スティーブは大きくうなずいた。

『小柴サンの功績、否定してマセン。でも、それは在任時には役員報酬として、退任時には慰労金《いろうきん》として、報《むく》いている話デス。千葉サプライで活躍した役職員、過去にいっぱいネ。今はもう、小柴サン、ただの人デス。特別扱い、それ、変ネ』

再び記者陣から質問が飛んだ。

『千葉サプライのリリースには、業務途上とありましたが』

スティーブは大仰《おおぎょう》な仕草で肩をすくめる。『疑問ありマスネ』と言った。

『警察からの発表、聞きマシタ。小柴サン、個人所有のマンションで行方不明。私達、調べマシタ。秋田のスキー場近く、ゴルフ場も一杯。リゾート目的のマンションでショウ。皆サン、教えてくだサイ。たとえば……仕事さぼって途中下車、パチンコ行った人いるとシマス。この人、店内で事故に巻き込まれマシタ。この場合、日本では、業務上と言うのデスカ』

誰も答えない。スティーブは言葉を続けた。

『実は、パチンコ、私、好きデス。時々、外出した時、こっそりやってマス。でも、これ、趣味ネ。店内での怪我《けが》、会社に治療費出せ、言いマセン。日本の人、言いマスカ』

やはり誰も答えようとしない。スティーブは更に続けた。

『私達、調べマシタ。会社員に事故ある場合、経路に関する基準あるらしいデス。経済的、時間的などの理由から、合理的なルート。だから、駅売店で買物は業務上でＯＫネ。

でも、さぼってパチンコは駄目ネ。今はスキーシーズン、場所は個人のリゾートマンション。皆サン、教えてくだサイ。業務上なのかどうカ』

スティーブはため息をついた。

『私達、一刻も早い事件の解決、それに、小柴サンの無事の帰還祈ってマス。でも、だからと言って、私的な流用、見逃していいと思いマセン。ソレとコレ、別の問題。そう思いマス』

突然、会議室のドアが開く。

沢上が戻ってきた。

「行って来たよ、バンブルの事務所に。副代表のマネージャーと話したけど、けんもほろろ。成果無し。どうだった、会見の方は？」

「こっちも成果無し。記者さん達の質問攻めで、しどろもどろ——を期待したんやけどな。芸能人や政治家みたいには、いかんよ。準備周到《しゅうとう》なスティーブ君に問い返されて、皆、黙り込んでしもうた」

沢上はため息をつく。若林を見やった。

「今日の株価は？」

「予想通りデス。朝から大荒れ。バンブルの会見でぶっ飛び。また下限値デス」

若林がスティーブ上坂の口調を真似て、肩をすくめる。沢上は里佳子を見やった。

「問い合わせは？」

「週刊誌などの一般媒体《ばいたい》から来始めてます。今のところ、当局捜査中につき個別対応不能で逃げてますけど。あ、それからバンブルから内容証明郵便が届きました。内容は会見で読み上げた書面と同じです」

岡野はワンセグ放送を切った。顔を上げて、若林と市川を交互に見やる。

「悪いんやけど……沢上と二人だけにしてくれへんか」

「わあ、超極秘の打ち合わせ。あの、ボクも。ボクもぜひ」

里佳子が「馬鹿」とつぶやいて、若林の腕を取った。そして、引きずるようにして部屋を出て行く。

ドアが閉まった。

携帯を置いて、立ち上がる。岡野は沢上を見やった。

「知っておきたいことがあるんや。まずは、騒いどるバンブル・ファンド。事情を詳細に説明すれば、察して引いてくれる相手なんか」

沢上は首を振り「無理だな」と言った。

「ファンド名の『バンブル』は元々、英語の擬音語《ぎおんご》なんだ。アブとか蜂《はち》がブンブン飛び回る音。転じて、ブツブツ言うという単語になってる。『曖昧《あいまい》なナアナア経営に法と論理を持ち込む』をモットーにして、自ら戦うファンドと名乗ってるんだ。日本的な情はまず通じない。それに、この手のファンドは、『騒ぐのも仕事』と割り切ったところがある。騒げば騒ぐほど、次第に、自分達の要求を飲ませやすくなってくるから」

「分かった。ほな、もう一つ。単刀直入に言うで。答えられる範囲で答えてくれ。ききたいことは……その、あれ……ほんまに無いんか。こっそり金を支払う方法」

「その質問は『今すぐ巨額の使い込みをしたい。教えろ』と同じだな」

沢上は頭をかく。そして「実は俺も」と言った。

「いろいろ考えた。一番手っ取り早いのは使途不明金。けど、うちの規模で七億円の使途不明なんて、大きすぎる。バレバレだから使えない。次に、『何かの費用に紛《まぎ》れ込ませる』って方法を考えた。金額が大きくて、机上《きじよう》の計算で決まる費用勘定《かんじよう》に紛れ込ませるとか」

千葉サプライの舵取《かじと》りを担《にな》っている男が淡々と粉飾《ふんしよく》を語る。危なっかしいと思うべきか、頼もしいと思うべきか。

「帳簿上の費用はごまかせるかもしれない。だけど、現金の動きはごまかしにくい。ある時、現金七億円が減少――なんてことは一目瞭然《りようぜん》。実際、いろんな粉飾事例を調べても、巨額の現金をごまかしたというケースはあまり無い」

「けど、お金の横流しみたいな話、ニュースでよく聞くけど」

「ああ。でも、内容は『架空の外注費を貯めて裏予算を作った』とか、『カラ出張、カラ残業の金で宴会した』とか。細々《こまごま》したものばかりだろう」

「そう言われれば、そうやな。でかい現金のごまかしは無理っちゅうことか」

「時間が十分にあって、計画的に進めれば、できるかもしれない。例えば、ペーパーカンパニーを作って、そこに資金支援したことにするんだ。『共同研究の開発費支援』とか。数年程して『成果上がらず回収不能』と発表する。わざとペーパーカンパニーを潰《つぶ》すのがベターだな。潰してしまえば、金の流れは闇の中。実際、この手口は、財産隠しなどでよく使われるんだ。だけど、かなりの時間と準備が必要だし、当社の場合、会計士のチェックも入る。だから」

沢上は言葉を途中で飲む。しばらくして、意を決したように言った。

「正面突破しかない。身代金を出すなら、堂々と出す。それしかない」

「堂々って、できるんか」

「分からない。今、それを考えている。いろいろ正当化できる理屈を集めてみたけど、まだ十分とは言えない。理屈が足りないんだ」

「理屈なんて、役員一人一人を説得すれば……」

「もう、そういうレベルの問題じゃないんだ。バンブルは『法的手段も辞さない』と言ってた。株主が直接、会社運営に口出しできる事柄は多くない。けど、『業務外で、かつ、巨額』となれば話は別だ。バンブルが事前阻止《そし》を考えてもおかしくない。つまり、株主として、身代金支払いの差し止めを裁判所に求めたら、どうなる？　仮処分と言う制度があるんだけど、これには法的拘束力《こうそくりょく》がある。こうなれば、もう千葉サプライは身動きが取れない。いや、争いが表面化した時点で、自由な選択は難しくなる。弱味を見せないように争っているうちに、事件は終わってしまうだろう」

　黙って唾を飲み込む。そんなこと、考えてもみなかった。

「つまり、バンブルを論破できるだけの理屈がいる。筋道通った理屈があれば、バンブルも手を出してこない。法的手段を取ると言っても、その証拠集めは大変だから。それに、どのみち、理屈は社内に対しても必要となる」

「社内？」

「昨日、役員に説明して回って、よく分かった。役員の大半が動揺している。気持ちは分かるんだ。支払いに賛成すると、役員自身が訴えられる怖れがあるから。下手すると賠《ばい》償《しょう》責任を負わされる。その一方で、反対とも言いたくない。冷酷無慈悲《れいこくむじひ》という世間の評判が怖いから。これら全てを解決する理屈がいる。だけど、七億円を支払う理屈は簡単じゃない」

　突然、テーブルで鋭い音が響く。

　俺の携帯だ。画面表示は警察控室になっている。慌てて携帯を取り上げ、電話に出た。沢上が耳を寄せてくる。耳元で柴田の声が響いた。

「岡野さん、突然で申し訳ない。これから社長室にお邪魔するんですよ。できれば、沢上さんと一緒に、ご同席願えますか。お二人にも聞いていただきたいんでね」

沢上を見やる。沢上は黙ってうなずいた。

2

社長室　朝10時40分

入れ歯が朝日を浴びている。

社長室に入ってすぐ、扉の傍《かたわ》らで岡野は立ち尽くした。

自分の隣にいる沢上も動けないでいる。応接ソファには社長と柴田。二人は立ったまま、応接テーブルを挟《はさ》んで向き合っていた。

「間違いなく、ご本人の入れ歯かと」

柴田は入れ歯の入ったビニール袋を、朝日にかざしている。

「裏手の笠原歯科クリニックで確認してもらったんです。担当の先生が外出中でしたので、院長の笠原先生直々にカルテと照合してもらったんですが……全ての特徴が一致しました。材質、形状、修正の跡。むろん、確定は付着物の分析後となりますが」

社長は応接ソファに向かって手を広げ、かすれ声を絞《しぼ》り出した。

「刑事さん、どうか、お座りを」

柴田は腕を戻して、応接ソファへ。社長も腰を下ろした。その間の応接テーブルに、柴田はビニール袋を置く。

「おそらく次は、身代金支払いについて、具体的な指示が来ると思います。その要求に対してどうするかなんですが」

「父は当社の一ＯＢに過ぎません。従いまして……」

柴田は手のひらを社長へと向ける。途中で話を制した。

「先に、当方から捜査の観点を申し上げます。この手の犯罪は、ある程度、犯人に動いてもらわねばなりません。そのためには、ギリギリまで要求に従う姿勢を見せ続けなくてはならない。どうしても、駆け引きのようなものが必要となるのです」

「むろん、捜査のご方針を踏まえて判断します。ただし、企業として適正な範囲内にならざるをえません。申し訳ないのですが、現時点では、ここまでしか申し上げられません」

「やむをえませんな」

柴田はうなずいた。

「こればかりは、あなた方が決断するしかない。どんな内容であれ、苦渋《くじゅう》に満ちたものとなるでしょうから。ただ、一つだけ、ご助言申し上げたい。昨晩、事件は公表されました。これによって、今後、世間の目に新たに晒《さら》されるものが出てきます。まずは、捜査当局である我々。そして、もう一つ。あなた方ご自身です」

「と仰いますと」

「これから、あなた方は間違いなく、好奇の目に包まれます。見ず知らずの人までが、千葉サプライの名を口にするようになる。昨日までの世間とは、もう別物と思った方がいい。ご決断に当たっては、どうか、ご自身を見失われませんように」

「申し訳ありませんが、お言葉の意味が」

「すぐに、お分かりになります。否応《いやおう》なくね。以上です。では」

柴田はビニール袋へと手をやる。社長は即座にその腕をつかんだ。

「しばらく歯を……この歯をお借りできませんか」

「これは証拠品でして、そういうわけには」

が、社長は硬い表情のまま、腕を離そうとしない。柴田は大きく息をつき「いいでしょう」と言った。

「一時間程度なら。午前中は下の控室におりますので」

社長は手を離した。だが、視線はビニール袋へと向いている。

柴田は腕を戻した。「どうぞ、そのまま」と言いつつ、ソファから立つ。軽く頭を下げ、社長に背を向けた。自分達の横を通り過ぎ、部屋の外へと出ていく。

扉が閉まった。

社長はまだ袋を凝視《ぎようし》している。身動き一つしない。そして、その格好のまま「話しておく」と言った。

「私は親父と……小柴幸助と血がつながっていない。今朝、その件で、自宅に週刊誌二社から電話が入った。お前達にも問い合わせが行くだろう。その時は肯定《こうてい》していい」

知らなかった。言葉に詰まる。が、沢上は即座に返した。

「肯定も否定もしません。千葉サプライはリストラから生まれた会社。オーナー企業じゃありませんから。トップの血縁がどうであろうが、経営とは無関係です。尋ねる方が間違っています」

「本当に、そう思うか」

「思う、思わないではありません。これは事実です。事実そのものに嘘《うそ》も本当もありません」

「そうか……そうだな」

重い沈黙。しばらくして、社長はゆっくりと身を起こし、こちらを見る。「立たせたままにして悪かったな」と言った。

「しばらく一人で考えたい。一時間程したら、岡野、歯を取りに来てくれ。私が直接、警察控室へ返しに行けば目に付く。それは避けたいから」

沢上と二人して一礼、社長室を出た。

早足で廊下を行く。社長室から十分に離れたのを確認し、沢上の腕を取った。そのまま壁際へと寄る。足を止め、小声で尋ねた。

「沢上、さっきの話、知っとったんか」

「昔、名誉顧問から聞いたような気がする。けど、今の今まで忘れてた。目先の仕事に関係することじゃないから」

「それも、そうやな」

二人そろって、ため息をついた。

「こうなると、『好奇の目』の意味がよう分かるわ。周囲は興味津々《しんしん》。『さて、この社長さん、どこまで無理するやろか』ってところか。もうドラマ見とる気分やろ」

「そんなことより、俺は社内の方が怖い。このことを初めて知る役員も多い。多くの役員にとって、やはり社長は小柴幸助の血を引く息子なんだ。だから、黙って従っているところがある。ただでさえ動揺してるのに、こんなことが公になったら、どうなる」

「確かに怖いな。役員会はいつ開く?」

「明日の午前。今日の夕刻に、緊急で招集通知を出す。状況が状況だから、全員、出席してくれると思う」

「ちょっと待て。さっき簡易会議室で、理屈が足りないって……」

「時間が無い。犯人から次の指示がいつ来てもおかしくない。いざとなれば、どこまで応じるか。その方針を確定させておかないと、交渉しようがない。何の方針も無いまま決断を迫られることだけは避けないと」

頭の中に先程の光景が浮かんできた。こんな状況下で、社長は決断を下さねばならないのだ。もし、俺が社長の立場なら、もう逃げ出している。

目を閉じて息をつく。岡野は黙って唇《くちびる》を噛《か》んだ。

3

休憩室　午前11時45分

うそみたい。テレビ画面に千葉サプライの看板が映ってる。

若林は昼食を終え、休憩室でテレビを見ていた。

港の再開発地区ベイスクエアには高いビルが幾《いく》つもあって、いろんな会社が入ってる。だから、テレビに登場することも、たびたび。でも、千葉サプライは初めて。だって、すごく地味な会社なんだもの。

若林はリモコンを持って、画面へと寄った。

リポーターの女の子が看板を背にして、しゃべってる。ボク、この子、好きなんだよね。少し控えめなところに惹かれちゃう。

『本日の千葉サプライ株は、朝から売り注文が殺到《さっとう》し、ストップ安水準のまま値がついておりません。市場では、誘拐犯《ゆうかいはん》が経営介入に相当する事柄を要求している——との噂《うわさ》も流れ、現在、パニック売り状態にあります』

「でも、難しい話は苦手」

若林はチャンネルを替えた。

画面は切り替わって、おじさんキャスター。原稿を読み上げている。

『以上について、警察では広く情報提供を呼びかけています。連絡はフリーダイアル〇一二〇……』

「おじさんキャスターも苦手」

若林は再びチャンネルを替えた。

画面は再び切り替わって、スタジオでの白熱トーク。皆が千葉サプライのことをしゃべっている。学者先生も、お笑い芸人も、アイドルも。

胸元で携帯が鳴った。

慌《あわ》ててテレビを切る。携帯を取り出し、画面を確認した。電話は総務の人から。思い当たる用件は無いんだけど。

「何の用だろ」

若林は首をかしげながら電話に出た。

## 4

社長室　午前11時50分

自分は再び動けなくなっている。今度は社長机の前で。

「あの、社長、そろそろいいですか。歯を返しに行かないと」

岡野はためらいつつ声をかけた。

社長は「頼む」と答えたものの、まだ机の上のビニール袋を見つめている。気は引けるが、仕方ない。手を伸ばして、ビニール袋を手に取った。

袋の下に何かある。

岡野は目を凝《こ》らした。プリンターで打ち出した用紙のようだ。それが束になっている。紙面には幾つもの短いコメントが並んでいた。

『さっさと払えよ。金がもったいないのかよ』

『心の冷たい人なんですよ、ここの社長さん』

『社長は実の息子ではない。そのため、冷静でいられる』

『皆で抗議メールを送りましょう。アドレスはここ』

社長が見つめていたのは、歯ではなく、こちらの方だったらしい。

「あの、これは、いったい」

「ネットの書き込みらしい。秘書室長が印刷して持ってきた。ニュースで誘拐事件のことが流れてから、凄《すさ》まじい勢いで増えている」

信じられない。昨日まで千葉サプライなど、名も知らない人が大半だっただろう。なのに、まるで人気番組のコメント欄のようではないか。いや、似ているのは量だけか。全員が土足で人の心に踏み込んでいる。

「岡野、皮肉なもんだな。実際は、この人達の思ってることと逆だ。俺は会社の金をどうしたら使えるかばかり考えている。はっきり言って、社長のくせに『使い込み』を考えてるんだ。最低の社長と言っていい。だが」

社長は手のひらを広げ、自嘲《じちょう》の笑いを漏らした。

「何一つできない。経理端末の操作一つ、できない。できたところで、巨額の資金移動となれば、経理システムにはロックがかかる。その解除には、権限者複数人の承認入力がいる。しかも、大口資金の異動明細は当日中に出力され、監査の対象になる。不自然な金の動きを見逃すほど、千葉サプライの組織は甘くない。いや、甘くならないように作り上げてきた」

社長は机の上で拳を握った。

「仮に支払いができたところで、それを不正と見なされれば、どうなる？　私的な流用だ。それを隠したとなれば決算粉飾。組織ぐるみで悪質となれば、一発で上場廃止。取引先も銀行も手を引く。下手すれば、破綻《はたん》だ。千葉サプライの社員の生活はどうなる？　その家族の生活はどうなる？　進学したくとも、諦《あきら》めざるをえない子供達も出てくるだろう」

「社長、ネットの書き込みです。真正面から受け止めんでも」

「ネットだけの問題じゃない。大手メディアだって変わらない。論調は似たり寄ったり。『命より金』『トップの金儲け主義』『倫理感のなさ、ここに極まれり』――どいつもこいつも何を言ってる？　バンブルの方がマシだ。筋が通ってる」

社長はうつむき、拳で机を叩く。咽奥《のどおく》から絞り出すように「金がいる」と言った。

「心配や励《はげ》ましなんかいるか。自由に使える金がいる。身代金に充《あ》てられる金がいる。つまらん心配をする暇《ひま》があるなら」

社長は再び拳で机を叩く。

「金を持ってこいっ、金を」

そして、肩を震わせた。声をかけられない。が、しばらくすると、社長はうつむいたまま胸を押さえて深呼吸。そして、ゆっくりと顔を上げた。更に、もう一度、深呼吸。思い直したように「すまんな」と言った。

「地が出た。お前とは昔、よく一緒に馬鹿をやったもんだから」

いつもの口調に戻っていた。

「心配するな。何があろうと、決めるべきは決める。決める以上、その責任は全て俺にある。それが会社であり、今の俺の仕事だ。だから、お前達は自由にやっていい。お前達が非難されるようなことには、絶対にしないから」

手にあるビニール袋を握り締める。岡野は言葉を返した。

「社長、心配しなくていいです。何があろうと、やるべきはやります。やる以上、最後までやり遂《と》げます。それが会社であり、今の私らの仕事です。だから、社長は自由に決めて下さい。社長個人が非難されるようなことには、絶対にしませんから」

社長に向かって一礼。そのまま背を向けて、廊下へと出る。

背後で、扉が閉まった。

「言うて……しもうた」

早足で社長室から離れた。周囲を見回し、誰もいないことを確認する。携帯を取り出し、沢上へとかけた。

「岡野、どうした？　もしかして、警察からまた何か」

「警察控室には、これから行く。電話をしたのは、そのことやない。今朝の話、もっと知りたい。支払うための理屈とかいうやつ。頼む、教えてくれ」

「知って、どうする?」

言葉に詰まった。自分が知ったところで、どうなるものでもない。けれど……その理由を懸命《けんめい》に探してみる。が、理由が見つかる前に、沢上は「いいかもな」と言った。

「手伝ってもらうことが、出てくるかもしれないから。でも、取りあえず、入れ歯を警察に返してきてくれ。俺は簡易会議室で待ってる」

「分かった。簡易会議室やな」

電話を切る。廊下の先を見据《みす》えた。

やるべきはやる。胸内で繰り返し、岡野は廊下を歩き出した。

5

簡易会議室　昼12時15分

簡易会議室には自分達しかいない。そのせいか、沢上は突然、思いもせぬことを言い出した。

「岡野、よく聞いてくれ。第三者的立場で言えば、バンブル・ファンドの主張は正論だ。間違っていない」

思わず絶句。岡野は頬《ほお》を強張《こわば》らせ、沢上の顔を見つめた。

「あの、何、言うとるの？」

「そんな顔しないでくれ。世の中に正論なんて幾つもある。解釈次第で、何が正しいかが変わる問題――つまり、グレーゾーンが多い問題だってこと。実際、『業務上の損害かどうか』なんて争いは山のようにある」

「山のようにって……誘拐事件なんて、そんなに無いやろ」

「誘拐だけに限らない。要は『勤務者の身に何か起こった場合、会社はどこまで責任を持つか』という問題。当然、昔からあるんだ。たとえば、仕事で怪我をしたのに、『治療費は自己負担』や『療養期間は給料無し』なんてことになれば、たまらないだろ。そこで、『業務上のことなら、会社に責任が』という考えが出てくる。業務上かどうかの基準は既にあるんだ。具体的に言うと『業務遂行性』と『業務起因《きいん》性』――この二つに尽きる」

「何やの、それ？　ナンヤラ性、ホンヤラ性ちゅうのは？」

「業務遂行性は『会社の管理下にあるか』ということ。業務起因性は『因果関係があるか』ということ」

「沢上、頼むから、もっと易《やさ》しく」

沢上は頭をかいた。

「そうだな。たとえば……就業時間中、ある社員が工場で資材を運んでて、怪我をしたとしよう。会社の管理下での事故、かつ、資材の運搬は仕事そのもの。どう考えても業務上だろ。でも、昼休みに工場を抜け出して公園に行き、サッカーを練習してて怪我をした——この場合はどうだろ。公園は管理下じゃないし、サッカーは個人の趣味であって、仕事じゃない。つまり、業務上じゃない」

「なるほど。それで、バンブルはやたらと『個人のリゾートマンションで』と繰り返して、『業務上でない』と強調しとるわけやな。それがバンブル側の正論。ほな、こちら側の正論は？　どう反論すればいい？」

「そもそも、ここ数十年、名誉顧問はスキーをしていない。気管支炎《きかんしえん》をこじらせてからは、暖かくならないとゴルフもやらない。あのマンションは、経営不振の取引先支援のため、買い取ったものなんだ。価格は先方の言い値。となると、会社で買うのは難しい。そのため、個人名義で買っただけのこと。リゾート目的のマンションじゃない」

「けど、リゾート地にあることは動かせん。前日にわざわざリゾートに行った。これは事実——そうバンブルは主張するで」

「マンションでの打ち合わせを、俺が名誉顧問に頼んだ。極秘の内容で、人目を避けたいから。けど、急遽、俺は行けなくなった」

「ほんまか。初めて聞くけど」

沢上が言葉に詰まる。が、すぐに「これもグレーゾーン」と言った。

「バンブルが出した事例を覚えてるか。駅の売店は良くて、パチンコ店はだめ。実は、経路に関しても『業務上かどうか』でよく揉《も》めるんだ。既に基準はあって『合理的なコース』と言えるかどうか。だけど、滅多にいかない遠隔地への出張の場合、合理的なコースの定義は難しい。何か理由があれば解釈は傾《かたむ》く。内々の打ち合わせとなれば、俺と名誉顧問しか分からない。バンブルは反論しようがない」

口振りからすると、沢上が作った話らしい。だが、確かにバンブルは反論しようがない。

「それも分かった。けど、大きな問題がもう一つ。バンブルの主張『小柴サンは、ただの人デス』や。これには、どう対抗する？」

「ただの人じゃない。『元』代表取締役という肩書きのもと、出席してもらっている。口頭だけど、仕事の委任《いにん》関係は成立してる。そもそも『ただの人』なら、重要な説明会に出席するわけがない。出席するとしても、聴衆側の席だろう」

岡野はうなずいた。なるほど。

「話を聞く限り、不十分どころか完璧《かんぺき》。バンブルを既に論破できとるやないか」

「いや。今、言えるのは、『支払いは可能』ということだけだよ。金額は別問題。たとえば、身代金が百万円なら、どうだろう。支払っても誰も文句を言わない。言ってきても勝てる。じゃあ、百億円なら？　支払いたくとも支払えるわけない。今、犯人の要求額は七億円。これまたグレーゾーン。悩ましい金額水準なんだ」

「ほな、幾らまでなら、問題なく払える？」

沢上は渋い表情になった。

「そこなんだ。何の目処《めど》値も無い。いろいろ考えて、総合的に決まるとしか。当社の規模、財務体力、事件の背景と経緯、一般的な社会通念とか。でも、当社の規模で七億円はどうだろ？　かなり厳しいだろうな。なんとか理屈がつく額まで圧縮しなくちゃならない」

「まさか、お前、身代金を値切るつもりか」

「できるなら、そうしたいけど」

沢上は疲れを滲《にじ》ませつつ、笑みを浮かべた。

「俺が言ってるのは『理屈付けできない金額を減らす』ってこと。たとえば……七億円をいったん社長へ融資《ゆうし》した形にするんだ。その融資金を社長から預かり直して、犯人に払う。一段落してから、七億円は社長から分割して返済してもらう。社長のことだ。反対はしないだろう」

「ええね。それでいこ」

「こんなのは、一時凌《しの》ぎの方便《ほうべん》だよ。返済できない部分は、結局、会社の負担となるんだから。そこで考えた。返済をアテにできる金額、つまり、融資として理屈がつく金額は、幾らくらいか」

「まずは社長名義の資産やな。家とか、貯蓄とか。その金額くらいなら、融資しても問題ない」

「そうなんだ。昨日、不動産業者に頼んで、自宅を査定してもらった。あとは、役員就任時に支払われた従業員退職金。手つかずで残ってるらしい。その他、奥さん名義の諸々《もろもろ》も入れると……九千万強になった」

「遠いな。まだ六億以上いる」

「更に考えた。社長はまだまだ現役。将来の収入は期待していい。まずは役員を務めた月数に対応する慰労金。あと、将来の年収から税金とか生活費とかを除いた金額。社長なら当社を辞めても、他の会社から声が掛かるだろ。で、六十代の半ばまで働くとすると……粗々《あらあら》ながら、これまた九千万強の裏付けができる。むろん、働けなくなるリスクはあるけど、それは個人融資なら避けられないリスクとして割り切る」

「それでも、まだ五億以上足らん。いや、待てよ。本人がおるがな。名誉顧問にも同じ理屈を使《つ》こうたらええ。長い間、トップにおったし、社長より資産はあるやろ」

「顧問名義の資産も、ほとんど動いてない。退任時の慰労金はそのまま。千葉サプライ株も保有しっぱなし。まとまった支出と言えば、隠居後の住まいとして買った田舎《いなか》の古民家ぐらい。諸々を足し込むと、全部で二億六千くらいになった」

「よっしゃ、その分、会社から融資した形にして……」

「それはできない。融資は『貸す人』と『借りる人』がいて、初めて成立する。法律上、例外は無い。『借りる人』である名誉顧問は、今、どこにいる？」

言葉に詰まる。油断していたら、ど真ん中にストレートが来た。そんな気分だ。

「だから、顧問のために『身代金を立て替えた』――そうするしかない。法的な拘束力は無いに等しい。戻ってきた名誉顧問に『わしは知らん』と言われれば、それまでだ」

「名誉顧問なら返してくれるで。自分自身が借りたものとして」

「俺もそう思う。けど、社外の第三者は、そうは認定してくれない。考えたくはないけど、顧問の身に万が一があれば……どうなると思う？」

「仮に、そんなことが起こっても……社長が資産を受け継ぐ。問題ない」

「いや、ある。七億円は会社が勝手に立て替えたもの――となれば、税務署は有無を言わさず、資産から巨額の相続税を取っていく。税法に誘拐事件は関係ない。だから、どうしても、税務署を説得しなくちゃならない。この立替金は本人の借金と同じ――そう見なしてくれって。これについては、既に顧問税理士から税務署に内々で相談してもらってる。どんな結論になるかは分からないけど」

胸の内で舌を巻いた。さすが、沢上だ。既に細部にわたって、可能性を検討している。俺にも何かいい知恵が湧いてこないものか。

「そうや。闇金みたいやけど……こんなん、どうやろ。名誉顧問の生命保険をアテにするんや。無事解決すれば、立替金返済のため、現役に復活してもらって働いてもらう。以前、秘書室長に聞いたことがあるんや。役員保険という制度があって、でかい金額を契約しとるって」

「それは現役役員のこと。引退して一年以上ともなれば、もう大きな契約は必要ない。念のため、俺も秘書室に確認してみた。皮肉なことに、先週末、更新だったんだ。当然、減額手続きをして、今の契約は五百万。焼け石に水だな」

沢上は悔しそうに唇を噛む。

その時、いきなり簡易会議室のドアが開いた。振り向くと、そこには若林。慌てふためいて、顔を引《ひ》き攣《つ》らせている。

「大変です、大変。岡野さん、どうしましょ。パンクです、パンク」

「パンクしとるんは、お前の頭や。落ち着け。どうした?」

「電話です、電話。外部からの問い合わせ電話。ボク、その対応を相談されちゃって。役員室で電話かけやった時、取りまとめしてたから。でも、どうしたらいいのか」

「電話番のシフトは、管理本部全体で組んどるやろ?」

「人数の問題じゃないんです。どう答えたらいいのか分からなくて。一般の人から電話かかってくることなんて、あまり無いし。皆、もう、しどろもどろで」

「岡野、行ってくれ」

沢上が会話に入ってきた。

「こういう電話対応は得意だろう。皆に指示してやってくれ。細かい議論はここまでにしよう。約束するよ。打てる手は全部、打つ」

「分かった」

沢上は正しい。今は、それぞれが、それぞれの立場で、最善を尽くすしかないのだ。深呼吸して、若林へと向き直る。「心配せんでええ」と言った。

「コツを教えたるから。行くで」

もう一度深呼吸して、下腹に力を込める。岡野は簡易会議室を出た。

6

総務部フロア　昼2時

床には何本もの電話回線コード。部屋には総務を中心として若手が七人。受話器を耳に当て頭を下げ続けているものの、表情は落ち着いている。

「なんとか行けそうやな」

岡野はホワイトボードへと向き直り、中央に大きく書いた。

『千葉サプライ　臨時コールセンター』

ここは本来、総務部の会議室。奥の倉庫から、長机数脚と電話機を持ち出し、『臨時コールセンター』なるものを作り上げた。大げさな部署名は一種の符牒《ふちょう》。こうしておけば、後で苦情が来ても処理しやすい。

長机の端にある電話機が鳴る。今、手が空いているのは自分のみ。岡野は電話を手に取り、席に腰を下ろした。

「お電話ありがとうございます。臨時コールセンター、岡野でございます」

いきなり、まくし立てるような声が飛び込んできた。

知人に電話をかけるなら、誰しもが相手の状況を考えるだろう。だが、相手が会社となると、なぜか、そうではなくなるらしい。それに、不思議なほど、社交儀礼が無くなる。

『噂の会社に電話してみました』などとブログに書く人もいるから、やっかいだ。

だが、対応自体は難しいものではない。

必要なのは、忍耐と愛想《あいそ》、それに多少の演技力。内容は株価に関する苦情か、訳の分からない励ましの二パターンくらいしかない。苦情の場合は「お気をお煩《わずら》わせいたしまして申し訳ありません」とひたすら恐縮。恐縮はしても、陳謝《ちんしゃ》にならないようにするのがコツだ。株価は市場が決めるもの。千葉サプライが決めているわけではないのだから。励ましの場合は、悲痛な響きの中に嬉《うれ》しさを滲ませ「お心遣い、痛み入ります」で受ける。いずれの場合も、合間に程よく、相づちを打つことを忘れてはならない。最後は、電話に対する御礼で締める。

「お電話ありがとうございました」

相手が切るのを確認してから、こちらも切る。内容を簡単にメモして終了。慣れれば、何でもない。一休みして肩を揉む。短くとも休憩は必要。

「ちょっと、何やってんですか、岡野さん」

揉む手を止めて顔を上げた。いつの間にか、長机の前に里佳子が立っている。

「いや、その、相談されて、つい、そのまま。人手不足やから」

「岡野さんは全体の人繰りを管理する人なんですよ。自分から前線に出て、どうするんですか」

「夕方には、監査出張チームが帰ってくる。監査出張は全部、打ち切ったから。帰ってきたら、交替するって」

「それじゃ遅いんです」

里佳子は突然、身をかがめ、会議室のドアを見やる。声を潜《ひそ》めて「話があるらしくて」

と言った。

「内々、かつ、急ぎ」

ドア窓に人影がある。沢上ではないか。慌てて立ち上がった。それと同時に、また電話が鳴る。が、自分が取る前に、里佳子が電話を取った。

「はい、千葉サプライ臨時コールセンター、市川でございますが」

さっさと行けとばかりに、里佳子は手の甲をこちらへ向け、大きく振った。けれども、電話には猫撫《ねこな》で声。しかも、受け答えにソツが無い。自分よりうまい。

苦笑いしつつ、会議室を出た。

「どうした、沢上。また、何か？」

「ちょっと来てくれ」

沢上はいきなり腕を握ってきた。そのまま脇目も振らず総務のフロアを進み、通路へと出る。突き当たりまで進んで、分厚い防火扉を開けた。そして、ビル内非常階段の踊り場へ。

沢上はようやく立ち止まり、こちらを向いた。

「頼みたいことがある。ＢＳ15から打診があった。生放送の情報番組があるらしい。それに当社から誰か出てくれないかって」

「ＢＳ15って……例のヒゲ狸からか」

沢上はうなずいた。

「市川君の友人が局にいる。最初は、その友人からの電話で、ごく内々の打診だった。返事を保留してると、脈があると思われたらしい。あのヒゲ面のプロデューサーに話が回って、局として正式の打診が来た」

「その打診は受けられんやろ。こんな状況や。下手すると、マイナスになるで」

「分かってる。けど、バンブルの会見のせいで、まるで『リゾート豪遊中に誘拐』のようなイメージが広がっている。今のままではバンブルの言いたい放題だ。反論したいけど、直接、やり合えば、おもしろおかしい主張合戦になるだろ」

「なる。間違いなく、なるな」

「なら、こちらも同じ方法で、やり返すしかない。テレビを通じて事実誤認が広がったなら、テレビを通じて、その訂正を行う。番組に出て『業務上の誘拐』であることを分かりやすく言ってきてほしい」

「けど、生放送なんやろ。いろいろ聞かれて、うっかり何か口を滑《すべ》らしたら、それまでやで。言葉を濁《にご》すと、『何しに来た』と言われるやろうし」

「答えにくい質問には『人命に関わる』かつ『捜査中ですので』で逃げていい。印象は悪くはならない。それに」

沢上は途中で言葉を飲んだ。用心深く周囲を見回す。そして、一段と声を落とし「もう一つ理由が」と言った。

「バンブルは騒いでいるけど、一番の関心事は千葉サプライじゃない。バンブルは今、因幡《いなば》レーヨンの買収を仕掛けていて苦戦中。自分達への支持を集めようと、委任状の争奪合戦をしている。ニュースでも流れてるから、知ってるだろう」

「少しならな。昔、支店で営業しとった時、因幡レーヨンを担当しとったし。確か、因幡レーヨンの株を持つくらい深い関係やなかったか」

「ああ、二パーセントくらい持ってる。今のところ、法人株主はバンブルを歓迎していない。だから、バンブルは個人株主を味方につけようと、躍起になっている。全ては株主の多数決で決まるから。だけど、情勢は微妙なところ。バンブルはもう必死なんだ」

なぜ、沢上がこんなことを言い出すのか分からない。が、話は続いた。

「けれど、個人株主には、『海外系が出しゃばってきた』と毛嫌いする人が多い。そんな人達に向かって、『私達は話の分かる海外ファンドですから』って、説得工作をしてるんだ」

「あの……そのことと、テレビに出ることと、何の関係が?」

「今、バンブルは世間のイメージを気にせざるをえない。つまり、世間が千葉サプライの味方となれば、これ以上、ごり押しはしてこない。いや、味方でなくていい。中立であってくれれば」

ようやく事情が飲み込めてきた。裏事情アリというやつだ。だが。

「この件は、沢上、お前の方がええやろ。筋の通った話ができる。俺はお前みたいにしゃべれん」

「一般の視聴者向けで、細かな理屈はいらない。理屈を並べたてれば、却《かえ》って言い訳してるように聞こえてしまう。俺はそういった受け答えしかできない。頼む。やれるのは、岡野しかいないんだ」

沢上の真剣な眼差《まなざ》しが、真正面から向かってきた。この眼差しだ。これに俺は弱いのだ。

「分かったよ」

岡野はため息をついた。

「やるから、その目はやめい。全力は尽くす。けど、どうなっても知らんで」

沢上は安堵《あんど》の表情を浮かべる。そして、自分に向かって頭を深々と下げた。この光景には見覚えがある。発端《ほったん》となった土曜日と同じではないか。

「それもやめい」

岡野は苦笑いしつつ、頭をかいた。

## 7

管理本部フロア　昼3時30分

頭の中にはまだ沢上の言葉がある。

――やれるのは、岡野しかいないんだ。

岡野は自席へと腰を下ろし、壁の時計を見やった。BS15のスタジオは東京の台場にある。先方での打ち合わせも考えると、夕刻五時には出なくてはならない。

フロア隅から声がかかった。

「岡野主任、ちょっと手伝ってもらえます？　伝票箱が重くて」

フロア隅には伝票置場の小部屋。そのドアが開き、里佳子が手招きしていた。「こんな時だけ頼るんかいな」と言ってみせつつ、いそいそと伝票置場へ。が、ドア前まで来ると、いきなり中に引きずり込まれる。

ドアが閉まった。

「ちょっと本気？　BS15に出るって聞いたけど」

「本気も嘘ん気もあるかいな。沢上とは新人の頃からの付き合い。真正面から頭下げられると断れん。それに、俺を呼びに来たのは誰やねん。お前やで」

「沢上室長が直接行くと、電話かけの子達が『何ごと』って不安がるから。それで、私が呼びに行ったの。内容は知らなかったのよ。知ってたら、反対してた」

「そんなこと言われてもなあ。もう引き受けてしもうたがな」

「もう、のんきなんだから。どんな番組か分かってて言ってる？」

　黙って首を横に振る。

　里佳子は「やっぱり」とつぶやいた。

「説明してあげる。ＢＳ15って、寄り合い所帯の新局でね、大手と違って自社制作はほとんど無いの。唯一《ゆいいつ》お金をかけてるのが、出演要請のあった『ファイト・イン・ナイト』って番組。人気キャスターの高柳健介《たかやなぎけんすけ》を引き抜いてきてね、彼の独壇場《どくだんじょう》みたいな番組を作ってんの。ギャラ以外は低予算らしいけど」

「高柳健介？　誰やったっけ、それ」

「主婦層に人気で『奥様の本音、私がしゃべります』『私、奥様の味方です』がキャッチフレーズの人。ワイドショーとかで見たことない？　ズケズケ切り込んで、無理やり本音を引き出すのが売りのキャスター」

　そういえば、テレビで見たことがあるような気がする。

「その番組、私、一度見たことあるんだけど、ひどかったよ。どこかの自治体の公費濫《らん》用《よう》がテーマ。出演してた市長さん、頭にきて途中退席しちゃった。市長さんの言い分にも一理あったんだよ。それ、編集されて再放送になった時のタイトル、何だと思う。『逆ギレ市長がやって来た！』よ」

里佳子が顔をのぞき込んできた。

「岡野健太郎くんは、その辺り、大丈夫なの」

「要は何を言われても、受け流したらええんやろ。俺は一介の会社員、向こうは業界人。同じ土俵《どひょう》やない。そう思えば、何でもない」

「アパートでテレビを見てる時、画面に向かって一人で、突っ込んでるじゃない。そんな性格、すぐに直る？　それに生放送よ。建前と本音を使い分けてるうちに、わけ分かんなくなる。揚《あ》げ足《あし》取られるよ、きっと」

「それは……ありうるかも」

「余計なことは言っちゃだめ。準備していった事柄を淡々と話すこと。我慢できなくなったら、逆に、口、閉じちゃって。ケンタローは思ったことが顔に出るから、それでいける。けど、それも我慢できなくなったら、胸にあるもの、全部ブチまけちゃえ。ケンタローって、強がっていても泣き虫だからね。無理して突っ張るより、さらけ出しちゃった方が通じる」

「よし、分かった。それでいく。なんか、やる気が出てきた。こう見えて、俺もやる時はやる男やで」

「そんなこと言うから、心配になるの」

　里佳子はあきれたような表情を浮かべた。

「断っておけば良かったな。最初に話を持ちかけてきたの、ＢＳ15の経理の子でね、大学で同じゼミを取ってたのよ。特に仲が良かったわけじゃないし、その場で断っとけば、こんなことにはならなかったんだけど」

「経理？　経理が番組制作で動くんか」

「その子、最初は制作にいたんだけど……高柳健介とデキてるらしいのよ。人気キャスターの高柳がこの番組を引き受けたのも、それがあるみたい。制作現場だと目立ちすぎるから、経理に配置転換させて、ワンランク昇格。局の予算を触れるようになって、もう女王様気取り。結構、怪しげな経費があるみたい。設立直後の会社って、現場第一、管理部門はザルだからねえ」

「よし、分かった。いざとなったら、俺が高柳にガツンと言うたる」

「だから、そういうことするな、って言ってんの」

　先程と同じように、里佳子はあきれたような表情を浮かべた。そして、伝票棚へと手をやり、紙袋を手に取る。「はい、これ」と言って差し出した。

「着替えよ。その汚れた襟元《えりもと》、映っちゃ困るでしょ。『連日、会社泊まりだと、こうなります』ってアピールも悪くないけど、テレビだからねぇ。本当は、その皺だらけのスーツも替えたいんだけど」

紙袋を開けてみた。中には新品のワイシャツ。首回り、袖の長さ、どちらもピッタリではないか。岡野はネクタイを緩《ゆる》めた。

「では、早速、着替えを」

「ちょっと待ってよ。こんな所で。見られたら、誤解されるじゃない」

「ええよ。大歓迎やがな」

「調子に乗るんじゃない。しゃべる場所、スタジオじゃなくて、取調室にする？　本音と建前、使い分けなくてすむよ」

里佳子の眉間《みけん》に皺が寄っている。これは怖い。

岡野は慌ててネクタイを締め直した。

8

BS15　スタジオ　午後7時30分

真正面には『ファイト・イン・ナイト』のスタジオセットがある。

スタジオ隅の薄闇の中、岡野はセットを見つめつつ、ぼんやり立っていた。

セットの中央には、白い半円状テーブル。あの席に自分は座るらしい。手前の薄闇には大きなモニター。数台のテレビカメラがセットの方を向いていた。

怒号のような指示が飛ぶ。

「そこ、キーライトだけじゃなくてさ、左の逆目でタッチ当ててよ。高柳さん、登場する時、うるさいからさ」

ここ、東京台場にあるBS15の本社ビルに着いたのは、三〇分程前のこと。受付で名を告げると、ヒゲ狸が小躍《こおど》りしながら出迎えにきてくれた。形ばかりの恐縮口調で挨拶《あいさつ》され、これからの段取りについて説明を受ける。そして「スタジオをご覧になりますか」との言葉と共に、ここに連れられてきた。が、スタジオに入ると、放送台本を持った男が駆け寄ってきて、ヒゲ狸に何やら耳打ち。そのとたん、ヒゲ狸は頬を赤く染め、「ここでお待ちを」と言い、どこかへ行ってしまった。

かくして一人、こんな所に立っている。

自分だけが地味なスーツ姿、場違いに思えてならない。やることも無く、緊張感だけが高まっていく。そのせいか、右奥の歯がうずき出した。昔から、こんな時には、いつもこうなるのだ。早く控室に行きたい。いや、本音を言えば……帰りたい。

岡野は深呼吸を繰り返した。

胸の内で、沢上との打ち合わせ内容を復習してみる。「番組では千葉サプライとしての考えを、分かりやすく話してくれ。無理に同情を取りにいく必要はない」――了解。「説明は『業務遂行性』と『業務起因性』を踏まえれば、筋が通ると思う。ただ、こんな用語は使わず、岡野らしくしゃべってほしい」――それも了解。「犯人からの要求について尋ねられたら、捜査に支障《ししょう》が出る可能性、かつ、人命に関わることなので答えられない」――予想通りにて承知。「番組出演の趣旨は、バンブルの一方的会見によって事実誤認が広がるのを防ぐため。詳しい内容は後日、会社から文書にて発表するが、前もって概略をこの場で説明している」――なるほど。「生放送だから何があるか分からない。現場での対応は岡野に一任する。今夜、俺は明朝の役員会の準備で走り回ってると思う」――オーケー。「ちなみに、これらのことは全て、既に社長を含む役員全員の了承を取りつけてある。安心してくれ」――ありがたいが、気が重い。

「岡野さん、お待たせして申し訳ない」

我に返った。

ヒゲ狸だ。なにやら嬉しそうな顔をしている。

「思いがけない電話が入りまして、つい長々と」

「まさか、犯人から、また」

「ご心配なく。こちらの仕事の話ですから。ところで、どうでしょう……放送開始は夜十時の予定なんですが、それを二時間遅らせて、夜十二時にしたいと思ってるんです。岡野さんのご都合、いかがでしょうか」

「何かトラブルでも?」

「その、提携局の関東テレビから思いがけない話がありまして。ご存じですよね、関東テレビ」

「関東テレビって……地上波チャンネルの?」

「そう、KNN系列キー局の関東テレビです。その関東テレビが、『岡野さんがお出になる部分を流したい』と言ってきてるんです。関東テレビにも『ミッドナイト・ワークス』という深夜の情報番組がありまして。むろん、BS15でも『ファイト・イン・ナイト』として同時放送します。いや、唐突《とうとつ》な話で、我々も戸惑ってるんですが」

ヒゲ狸を見つめた。

戸惑っている? この顔を見る限り、戸惑っているとは、とても思えない。それどころか、どこか得意げな様子に見える。おそらく事実は逆だろう。ヒゲ狸の方から関東テレビに、企画を持ち込んだのではないか。

「いかがでしょう、岡野さん。支障ありますか」

関東テレビは地上波のキー局。その番組となれば、桁違《けたちが》いに多くの人が見ることとなる。うっかり余計なことを言ってしまえば、取り返しがつかないことになりかねない。かといって、『千葉サプライはメディアを選ぶ』などと、ネガティブキャンペーンを張られても困る。

――やれるのは、岡野しかいないんだ。

岡野は息をつき「分かりました」と返した。

「番組が何であれ、私がしゃべる内容が変わるわけではありませんから。ただし、これで貸し借り無し。そういうことで」

「いや、助かります。お越しいただいたのが、岡野さんで良かった」

ヒゲ狸は勢い良く手を叩く。耳元に顔を寄せてきて、声を潜めた。

「となれば、時間はたっぷりあります。差《さ》し支《つか》えなければ……そのスーツ、お着替えになりませんか。控室に衣装担当を行かせますので」

顔が赤くなる。岡野はくたびれたスーツを見回した。

9

ホテル浦安《うらやす》　割烹《かっぽう》料亭『春雷椀《しゅんらいわん》』　午後9時

襖《ふすま》の向こうから人の声が聞こえてくる。

沢上は携帯の電源を切り、胸元へとしまった。

襖に向き直って正座する。人の声が大きくなった。座敷の襖が動き出す。間髪《かんはつ》いれず畳へと手をつき、深々と一礼した。

「ご多忙のところ恐れ入ります。こんな所にまで申し訳ございません」

「恐れ入るは、こちらですよ、沢上さん」

沢上は顔を上げた。座敷に入ってきたのは中央団体保険の営業本部長。これまでにも何度か、食事を共にしたことがある。が、今夜のように緊張したことはない。

事前の依頼通り、仲居は早々に座敷を出ていく。営業本部長は席についた。

「御社が今、どんな状況にあるか、知らない者はいません。こんな時にお声がかかる。何はともあれ、来てみるしかありませんな」

自分も席についた。酌《しゃく》をしようと、ビールを手に取る。が、本部長は即座に手のひらをこちらに向け「お待ちを」と言った。

「先程、このホテルの駐車場で、社旗を掲《かか》げた車と立て続けにすれ違いました。御社の大株主である邦和《ほうわ》商事、続いて邦和信託銀行の車です。それだけなら偶然と思ったかもしれません。ですが、ロビーまで来ると、今度は、テレビで見た人物がエレベーターから降りてくるではないですか。バンブル・ファンドのスティーブ上坂ですよ」

本部長は大きく息をついた。

「誘拐事件への対応など、私には分かりませんが、あなたが時間に追われていらっしゃることは分かります。次から次へと、根回しに折衝《せっしょう》。私も、そのうちの一人なんでしょう?」

「いえ、そのことのみで、ご足労願ったわけでは」

「お話を伺いましょう。酒は入れない方がいい。ほろ酔い気分で聞く話ではなさそうですから」

ありがたい。

本部長に向かって一礼。脇に置いていた書類封筒を手に取った。何としても、今夜中に、身代金支払いの理屈を整えねばならない。役員会は明日の午前なのだ。あと、もう一押し、何かいる。

「実はご検討願いたいことが」

封筒をテーブルに置く。沢上はそれを本部長の元へと押しやった。

10

BS15　スタジオ　夜12時15分

スタジオライトが身を包む。まぶしい、かつ、暑い。

岡野は説明を終えて、額の汗を拭《ぬぐ》った。

周囲には幾つものテレビカメラ。そして、半円状テーブルの向かいには、テレビの中でしか見たことが無かった男が座っている。メインキャスターの高柳健介だ。

高柳はうなずき「なるほど」と言った。

「岡野さんのお話によると、あくまで業務上での事件というわけですね」

軽く「ええ」とうなずく。高柳は即座に突っ込んできた。

「ということは、身代金は支払う――そういう意味と受け取って良いのでしょうか」

「今は何とも申し上げられません。捜査中ですし、人命に関わる事柄でもありますので」

「と言いつつ、ご自分の言いたい事は全部、仰ってるようですが。この番組を使って」

高柳は隣の女性キャスターに「何だか僕達、利用されてるよね」と言いながら身を寄せる。彼女はさらりとかわし、カメラへと顔を向けた。

「事件の背景には何があるのでしょうか。私達は千葉サプライの過去と現在を追ってみました」

カメラ横にあるモニターに、ビデオ映像が流れ始めた。まずは、苦難の設立。昔の写真が次から次へと映し出される。その背景には軽快なBGM。が、映像が現在のものへと切り替わったとたん、BGMは一転して重々しくなった。

『小柴幸助氏は後継の社長を取引銀行から招聘《しょうへい》、自らは会長職に退《しりぞ》きます。この新社長に社内は反発。内紛《ないふん》騒ぎにより、同社の業績は低迷し始めるのです』

内紛騒ぎ？　画面にセピア色のイメージ映像が流れた。胸元をつかみ合っての言い争い光景。何なんだ、これは。

『ついに、内紛は社長の追放へと発展します。その旗頭《はたがしら》となったのが、現社長であり、幸助氏の養子である良一氏でした』

画面に広い会議室で呆然《ぼうぜん》としている男が映った。前社長をイメージしているらしい。まるで解任劇ではないか。的外れも甚《はなは》だしい。

銀行から来た前社長のことは、自分も覚えている。

確かに、その任期の間、業績は振るわなかった。だが、それは内紛などのせいではない。単に、世の中全体が不景気だったからだ。そして、前社長は任期を残して自ら退任を口にした。これは事実だ。だが、出身元である銀行の関連会社に、ポストの空きができたから——という噂だった。そして、実際、そうなった。社員からすれば、そこまで腰掛け気分だったのか、と言いたくなるような話なのだ。

ビデオ映像が続く。

『追い詰められた社長は、任期半ばにして辞任を発表。社長の出身元である取引銀行は激しく反発します。後任人事は難航。しかし、あまたの反対をはねのけ、良一氏は社長に就任するのです』

これもニュアンスが違いすぎる。

責任の押し付け合いを収めるため、当時の役員達が頼ったのは古くさい論理。「小柴」の血と名前を持ち出したのだ。そして、若返りを名目に、一番下の新米役員を一気に昇格させた。それが今の良一社長。つまり、内紛どころか、社内外ともにナアナアだったと言ってよい。実際、時代遅れと評する経済誌も多数あった。

『幼くして両親を失い、寂しさ募《つの》る日々。養護施設で育った良一氏が、幸助氏の養子となったのは十歳の時。彼は子供の頃から、経営者としての帝王学を学んできたのです』

ビデオは再びイメージ映像。今度は子役が机で難しい本を読んでいる。

『幸助氏が指名した後継者を追放し、自らトップの座についた良一氏。父であり師でもあった幸助氏は、今、どこにいるのでしょうか。千葉サプライを率《ひき》いる小柴良一氏の決断に注目です』

モニター画面はスタジオ光景に戻った。自分の顔が大写しになっている。思わず声が漏れ出た。

「さすがに、これは……無い」

「岡野さん、『無い』って、何がです？」

「内紛とか、追放とか。そんな話が無いことは、調べてもらえば、すぐにお分かりいただ

ける と思いますが」

「そうでしょうか。辞めなくてはならなくなった人は、先手を打って、自ら辞任を表明するものでしょう。自分の面子《めんつ》を保つためにね。それとも、『そうでない』と断言できる何かがおありなのでしょうか。ご自身が直接、関係者の言動を見聞きされたとか」

逆に問い返したい。『そうである』と断言できる何かがあるのか。断片的事実を適当につなぎ合わせて、おもしろおかしく見せているだけではないか。だが……。

余計なことは言わぬ方が良い。

取りあえず「いえ」とだけ返した。だが、高柳は収まらない。テーブルに身を乗り出し、「はっきり仰って下さい」と言った。

「当時、経営に関係するような部署におられたのでしょうか。そんなお年には見えませんが」

「当時は支店にいました。ですから、直接、見聞きしたわけではありません。ですが、当時のことは、多くの社員が……」

「よし。次に行こう、次に」

高柳は大声で指示を出した。もう話を聞こうともしない。

「事件の経緯、まとめたビデオあるよね。それに行こう、それに」

再びモニターにビデオ映像が映った。

事件の経緯説明が始まる。まずは、ＯＢ達相手の説明会。名誉顧問の欠席、そして、誘拐事件の公表。警察による会見と、バンブルによる会見。最後に、なぜか、地元の商店街が映った。『街の声を聞いてみました』というコメントが映り、ねじり鉢巻《はちまき》の親父が登場。親父は得意げな様子でしゃべり出した。

『俺ァ、知っとるど。千葉サプライだば、昔、秋田から逃げ出した会社だハ。おもしろく思わねえ奴、いっぺえいるでぁ』

この親父は何なんだ。庶民代表か。

汗が止まらない。目に入って痛い。目を腕でこすると、それに併せて、モニター隅で何かが動く。画面隅に小画面があって、スタジオの様子が映っているのだ。

俺だ。俺の顔を映してやがる。

その瞬間、画面全体が切り替わった。再びスタジオへ。

高柳がしゃべり始めた。

「ご覧いただきましたように、この事件は秋田パルプとのプロジェクトが背景にあるような気がしてなりません。実際、警察もその観点から捜査を進めているとか。岡野さんは、どう思われますか」

膝の上で拳を握る。岡野は「分かりません」と答えた。

「私は捜査関係者ではありませんので」

「しかし、犯人からどんな要求があったかは知っている。どうなんです」

「捜査中ですし、人命に関わる事には、お答えできません」

「金銭の要求はあったんでしょうか」

「捜査中ですし、人命に関わる事には、お答えできません」

「あるか、無いか、それを答えるだけです。それが、どうして人命に関わるんです。あるに決まってるんですから」

「それは事件の当事者と捜査当局が決めることです。私からは人命に関わるとしか言えません」

「要求金額が大きくて支払いできない。または、その金額のために、犯人との交渉が難航している――そういった観測が出てきています。株主であるバンブルも、それを懸念《けねん》して、口出ししているとか。かなり信頼のおける筋からの情報です。日曜朝に誘拐されて、既に木曜夜、いえ、日付変わって金曜です。かなりの時間が経過してますし、払える金額なら払って、もう一件落着してますよね」

「答えは同じです。捜査中ですし、人命に関わる事には、お答えできません」

「犯人がプロジェクトについて何か要求している――そういう噂が市場に流れてるようです。ご存じですか」

「捜査中ですし、人命に関わる事には、お答えできません」

「噂を知っているかどうか、という事をお尋ねしてるんです」

「なら、噂は知りません」

「千葉サプライの株価は、ここ数日、急落してます。連日、報道されてますよね。ご存じですか」

「報道されなくとも、自分の会社の株価です。当然、知ってます。心配しています」

「株価の急落は心配、だが、その原因の噂については無関心。不思議な人だ」

高柳はそう言うと、椅子の背へと身を引いた。大仰に目を細めて、こちらを見る。

「で、あなた、ここに何しに来たんです」

それは今、自分も思い始めている。なぜ、俺はこんな所に来た。

「事実誤認が広がるのを防ぐ。そのためです」

「それは、あなた方が正しくて、バンブル・ファンドが間違い。つまり、事実は一つであって、あなたが仰った事の方が事実という意味ですか」

「そういうことです」

「事実なら、なぜ、食い違いがあるんです。『事実』ではないでしょう。単なる『見解』ではないのですか」

言葉に詰まった。

「私達にとっては、あなた方もバンブルも同じ。自分の主張を押し通そうとしているだけとしか思えません。両社とも、事件解決そのものには興味が無いようだ。誘拐された小柴さんのことを、誰も考えていない」

「そんなこと、あるわけがありません」

「しかし、事件に関わる事は一切《いっさい》、口にしない。仰っているのは、枝葉末節《しようまっせつ》の会社見解だけでしょう。誘拐事件の当事者でありながら、あなた達はどこを向いているんです」

自分の顔が赤くなっているのが分かる。おまけに頭の中まで暑い。落ち着け。相手は業界人であり、俺はただの会社員。土俵が違う、土俵が。

「岡野さん、事実だと自信があるなら、オープンな場で、バンブルと堂々とやり合えばいいじゃないですか。そのための場なら、我々、いつでも提供する。どうです」

この手の番組でよく聞く言葉だ——文句があるならスタジオに出てこい。冗談じゃない。やるなら、お前の所なんかでやるものか。全メディアを集めて、その場で大見得《おおみえ》切ってやる。だが、のんきに議論する暇など、この状況で、あるわけない。

「だいたい、こんな時に」

思わず声が出た。里佳子の声が頭をよぎる——我慢できなくなったら、逆に、口、閉じちゃって。

「岡野さん、こんな時に、何です」

言葉を飲んで口を閉じた。無言で高柳を見返す。その態度が言葉を失ったように見えたらしい。高柳は一気に加速した。

「こういうところなんですよ、私達が企業を信じられないのは。都合のいい事は金を払っても宣伝するが、都合の悪い事になると、だんまり。いい加減にしませんか」

黙ったまま、ただ見つめ続ける。

高柳は苛立《いらだ》ったように身を揺すった。

「結局、あなた方は、どっちでも行けるようにしてるだけ。そのために、いろいろと伏線を張ってる。いざという場合に備えての言い訳の種まき、一種の裏工作。どうです、言いすぎですか」

言いすぎじゃない。それで結構。のるか、そるかの状況だ。ギリギリまで選択肢を持とうとして何が悪い。崖《がけ》っぷちに立っているのは、あんたじゃない。俺達なんだ。

だが、黙っていた。

「多くの視聴者が小柴さんの身を案じている。犯人の要求が数百万円で、それをケチってる、というわけではないでしょう。お金の支払いなどで困っているなら、その現状を少しでも、お話しになったら、どうですか」

目の前で男が息巻く。それでも黙っていた。

「それとも本当にケチっているのかな。うるさい海外ファンドの突っ込みが怖くて。で、功労者をポイ。それじゃあ、今いる社員の方も、安心して働けませんね」

黙ってみて、分かったことがある。この男、相手に黙られるのが怖いらしい。だから、しゃべり続ける。自分を正当化するために。

「岡野さん、聞いているんですか。困り果てて、この場に来たんでしょう？　なのに、黙り込む。番組の意味が無い。こんな人は初めてだ」

もういい。なんだか、馬鹿らしくなってきた。

「困ってますよ。困り果ててます。高柳さん、教えて下さい。どうしたら、ええんでしょうか」

「岡野さん、それを人に尋ねてどうするんです。それは、あなた方自身が責任を持って決める事だ」

その通り。だが、なぜ、他人の尻ばかり叩きたがる。

「なら、ご自身のこととして教えて下さい。高柳さんご自身が誘拐された。そんでもって、とてつもない無理難題が出てきた。あなたの事務所は、どこまで対応してくれはるんですか」

「仮定の話に置き換えないで下さい。私はあなたに」

「仮定の話だから、お尋ねしたんです。本当の話なら、とても尋ねられません。もう藁《わら》にでもすがりたい気持ちなんです。何でもいいから参考にしたい。だから、ぜひ」

「参考にはならない、そんな事は」

急に高柳はしどろもどろになり始めた。

「だいたい、一般の会社と、この業界とでは、所属の概念が違ってて……」

「違ってて構いません。参考情報ですから」

「だから、違う。参考になんかならない。無理だ、何もか違う別世界なんだから」

「確かに別世界。親しい女性が経理にいて無茶できるかも」

「いったい何を」

高柳は口ごもった。先程までの能弁が嘘のようだ。その姿に胸の奥から何やら込み上げてきた。刻一刻、決断の時は迫っている。なのに、こんな所で俺は何を……情けない。もう何かもが情けない。

――胸にあるもの、全部ブチまけちゃえ。

「高柳さん、さっき仰いましたよね、どっちでも行けるようにしとると。違うんです。どっちに行ったらええのか分からんで、右往左往《うおうさおう》しとるんです。そやけど、もう時間が……時間が無い。迫られたら、どっちかに行かんとあかん。けど、まだ……どっちに行ったらええのか分からへん」

岡野はスタジオを見回した。

「誰か……誰か分かる人いませんか。教えて……教えとくんなはれ」

目の前の光景が涙で滲んでいく。

スタジオライトが強くなった。

## 11

ホテル浦安　深夜1時

コートを手に、ホテルの正面玄関を出る。

沢上はタクシーの後部座席に乗り込んだ。

「千葉湾岸市のベイスクエアまで、お願いします。高速を使って下さい」

タクシーはゆっくりとホテル浦安の敷地を出ていく。そして、マンションが建ち並ぶ大通りへと入った。街路灯が流れていく。

沢上は座席へ身を沈め、目元を揉みほぐした。

「お客さん、なにやら、お疲れのようで」

顔を上げる。フロントミラーの中で、運転手と目が合った。

「もしかして、マスコミ関係の方ですか」

運転手はタクシー据付の小型テレビに目をやった。小さな画面に岡野が映っている。

「大変なことになってるみたいで。先程、乗せた人も週刊誌の人でね。携帯で、ずっとしゃべってましたよ」

「いや、何の関係も無い地味な会社です。たまたま職場がベイスクエアにあって……あの、この番組、まだやってるんですか。もう終わったんじゃ」

「今は録画を流してるみたいですよ。何度も何度も繰り返しね。つくづく思いますよねえ。こんな時に、何もテレビに引っ張り出さなくてもいいんじゃないかと。なんだか見てられなくて」

画面の中の岡野は泣き顔になっていた。

『分からんで、右往左往しとるんです』

これで世間は、少なくとも敵にはならない。だが、もし、自分が出ていれば、どうだっただろう。逆に、反感を買っていたに違いない。

「勝てないな」

姿勢を戻して、胸元から手帳を取り出した。今夜の成果を手帳に書き込む。自分にできることと言えば、せいぜい、このくらいしかない。

『教えて……教えとくんなはれ』

車内に岡野の声が流れる。沢上は手帳をしまい、シートに身を沈めた。

## 12

東京台場オフィス街　深夜2時

既に深夜、人の姿は無い。今はただ、歩いていたい。

岡野は東京台場のオフィス街をさすらっていた。

タクシー券を渡され、BS15を出たのは三十分程前のこと。体の火照《ほて》りは収まらず、そのまま帰る気にはならない。広い歩道を歩き始めた。特にアテは無い。ただただ、歩いていたいのだ。

胸元で携帯が鳴り響く。

街路灯の元で足を止めた。携帯を取り出して、画面を確認する。表示されている番号には見覚えがない。怪訝《けげん》に思いつつ、電話に出た。

「岡野ですが、どちら様で」

「上坂と申します。バンブル・ファンドのスティーブ上坂です」

あまりにも唐突で、言葉が出てこない。

「先程、沢上さんに電話したのですが、つながらない。連絡がつかない時は岡野さんに、と言われておりまして。彼にお伝え願いたいのです。『急ぎの書類については明朝のバイク便で送る』と」

自分がいない間に、沢上はバンブルと交渉したらしい。もしかして、また厳しい要求を突きつけられたのではないか。

「実は今、私、東京に来てるんです。急ぎの件ならば、今から書類をいただきに伺いたいのですが。確か、事務所は日本橋の兜町《かぶとちょう》でしたよね」

「それが今、台場の個人オフィスの方におりまして」

台場？　まさしく、ここではないか。現在地として、目の前の交差点の名を告げる。電話から笑い声が聞こえてきた。

「結構です。お越し下さい。そのまま海方面へワンブロック、クリーム色の細長いビルです。深夜に警備員が立っているのは、ここくらいですから、すぐに分かります」

道の先にそれらしきビルが見えている。

電話を切って、目的のビルまで駆けた。いかめしい顔付きの警備員に訪問先を告げ、建物内へと入る。自動ドアをくぐると、ホテルがごとき広いロビー。受付カウンターまである。その受付で、もう一度、名を告げて待つ。

数分ほどして、エレベーターから誰かが降りてきた。スティーブ上坂だ。ガウン姿で書類封筒を抱えている。

「岡野さん、こんな格好で申し訳ない。まさか近くにいらっしゃるとは、思わなかったものので。どうぞ、こちらに」

スティーブに従って、ロビーの奥へ。そこには豪勢な扉が三つ。スティーブは真ん中の扉を開けて、こちらを見やった。

一礼して、室内へと足を踏み入れる。岡野は息を飲んだ。

天井にシャンデリアのような照明がある。部屋の中央にはアンティーク調の木製テーブル。まるで高級ホテルの一室ではないか。

「何なんですか、ここは」

「共同使用の応接室です。このマンションには外資系のディーラーやファンドマネージャーが入居してましてね。まあ、どうぞ。お座りになって」

アンティーク椅子に腰を下ろした。高級すぎて、居心地《いごこち》が悪い。何度か座り直して、ようやく一息つく。岡野は向かいに目をやった。

「あの、会見の時より、日本語がお上手なような」

「あれはテレビ用。いわば演出ですよ」

スティーブは笑った。

「ああいったしゃべり方をしておけば、あとからでも訂正できます。たとえば『日本語は難シイ。思ったように伝わらなかったようデス』とか言ってね。そうそう、聞きましたよ。今晩、千葉サプライさんも、テレビで派手におやりになったとか。私は忙しくて、見てませんが」

それをやったのは自分なのだ。言うべきか、言わざるべきか。迷っていると、スティーブは小馬鹿にするように鼻を鳴らし「花試合」と言った。

「まあ、あんなものは花試合でしょ。客寄せ興業とでも言うかな。騒ぎたい連中には騒がせておけばいい。しかし、そんな所に果実は無い。やはり、名より実を取りませんとね、お互い」

顔が強張った。落ち着け。スタジオでも我慢して、凌《しの》いできたのだ。ここで切れては意味がない。表情を悟《さと》られぬよう、少しうつむく。

「では、これを」

スティーブ上坂は書類封筒をテーブルの上に置いた。

「バイク便で送ると申し上げた書類です。既に当方は署名を済ませておりますので。どうか、沢上さんにお渡しを」

封筒を手に取り、中を確かめた。タイトルは『覚書』、その下には二社の記名捺印《なついん》欄がある。確かに、バンブルは既に捺印を済ませていた。更に、目を小難しそうな条項へ。思いもせぬ文言に目が留まった。

『因幡レーヨン株主総会』

飛ばし飛ばしながらも、文言を追っていった。

『株主総会における議決権行使に関わる一切の権限につき……バンブル・ファンドに対して委任……以下の書式による委任状にて……』

非常階段の踊り場で聞いた話が頭に浮かんできた。今、バンブルが最も気にしている事柄は、因幡レーヨンの買収。株主からの委任状取り付けで苦戦中。千葉サプライは因幡レーヨンの株式を二パーセントほど持っていて……。

「二パーセントほど足らなくて、ほんと困ってたんです。株主の多くはアンチ・バンブルですのでね。いや、助かりました。ギブ・アンド・テイク。これで、我々も当分は、おとなしくしてます」

また右奥の歯がうずき出してきた。

沢上のやつ、バンブルと裏取引したらしい。状況が状況だ。裏取引もいいだろう。だが、因幡レーヨンは事件と何の関係も無い。なのに、裏取引の材料にするか。

「おや、どうしました、岡野さん？　何かご不審な点でも」

慌てて書類を封筒に戻し「いえ、何も」とごまかす。スティーブの顔に不審げな表情が浮かんだ。

「岡野さん、あなたと沢上さんは……」

「ご心配なく。一心同体です。常に打ち合わせて、情報を共有していますから。ただ、細かな文言は初めてでして、沢上は何と言ってたかなと」

「ああ、それなら大丈夫ですよ。今日の夕刻、沢上さんと直接お会いして、打ち合わせましたから。わざわざ浦安のホテルまで行ってね」

スティーブは表情を緩めた。

「沢上さんとは、昔、ボストン大学のMBAコースで、ディベートし合った仲なんです。それ以来、日本語で言うところの『阿吽《あうん》の呼吸』でして。何卒《なにとぞ》ご安心を」

そう言うと、スティーブは立ち上がって、深々と一礼した。用件終了ということらしい。こちらも立ち上がって一礼。顔を戻すと、スティーブは例のテレビ会見口調で言った。

「では、岡野サン、また、お会いしまショウ」

ホテルがごときマンションを出た。

湿り気のある潮風が身を包む。早足で数ブロック進み、街路灯のもとで足を止めた。携帯を取り出し、沢上へとかける。だが、つながらない。

携帯を戻して街路灯を見上げた。耳にはまだ、スティーブ上坂の言葉が残っている。あの、小馬鹿にしたような口調の言葉が。

――あんなものは花試合でしょ。

今夜、俺は全身全霊で高柳健介とくだらない問答をした。そうやって、世間の目を集めた。その間、沢上は何をしていた？　世間の目を避けて、バンブルと裏取引していたのだ。

——名より実を取りませんとね。

「ピエロや。ピエロやがな」

昔からそうだった。最後の最後になって、自分がピエロであったことに気付く。情けない。が、これが俺の役回りなのだ。

街路灯の明かりが涙で滲んでいく。岡野は顔を戻し、再び夜の街をさすらい始めた。

# お知らせの七　身代金パレード

## 1

役員会議室　朝10時

広い会議テーブルには、千葉サプライ役員の面々。少し離れた後方には、長机とパイプ椅子《いす》。そこに自分と里佳子が座っている。

岡野は額《ひたい》の汗を拭《ぬぐ》った。

本日の役員会の正式名称は『臨時取締役会』。役員会に同席など初めてのこと。座っているだけで、冷や汗が出てきて止まらない。が、隣に座る里佳子は冷静そのもの。長机でノートパソコンを開き、会議室の回線へと接続している。

テーブル前方の中央で、社長が開会を宣言した。

「ただ今より、千葉サプライ臨時取締役会を開催する」

口調が重々しい。すかさず、背後から沢上がメモを差し入れる。社長はメモを手に取った。

「事務局である経営企画部にて、全取締役の出席を確認。本会は成立した。ただし、川之江工場長及びシカゴ支店長については、通信回線による参加である」

会議室の前隅には大型モニター。その画面は大きく左右に分かれている。それぞれに、川之江工場長とシカゴ支店長の顔が映っていた。

「なお、本日は、秘書室に代わって、経営企画室及び内部統制室の社員が、議事録作成のため同席している。これは議題の性格を勘案したためである。本日の議題は……」

社長はここで少し間を取った。

「議題は誘拐……名誉顧問の誘拐事件への対応策について、である」

次いで、社長は事件の経緯説明に移った。まずは、事件が発生した日曜朝から、本日金曜に至るまでの流れ。更には、犯人からの要求にも触れた。

「対応策の詳細については、事務局である経営企画室の方から」

社長は斜《なな》め後ろに控えていた沢上の方を見やる。沢上は軽く一礼、前へと進み出てテーブルの隅に立つ。配布資料を左手に持ち、説明を開始した。

「犯人からの要求は二つです。一つめは身代金の支払い。二つめは事業統合プロジェクトの断念要求です。なお、事業統合プロジェクトについては、既に事件とは関係なく、先月、決議済みとなっております。決議内容は『撤退を含む交渉全てを社長に一任』でした。再検討のご要請が無ければ、身代金支払いの方に議論を集中させたいと考えますが」

沢上は室内を見回した。誰からも異論は出てこない。

「では、お手元資料の一ページ目を」

沢上は説明を再開した。

「昨日、当社株主であるバンブル・ファンドが『事件は私的な状況下で起こったもの』との見解を表明しております。ですが、捜査当局により、以下の詳細が明らかになりました。まず、事件のタイミングは『説明会へ出発しようとした寸前』、そして、その場所は『移動手段である車両の傍《かたわ》ら』であります。むろん、説明会への出席は会社要請によるもの。また、移動経路とその手段についても、秘書室にて把握《はあく》し、管理しておりました。これらを踏まえますと、誘拐は『業務途上にて生じたもの』と考えざるをえません。このことについては、複数の法律事務所から同意見を得ました」

出席者は黙って説明に耳を傾けている。この点については、公表の直前、既に沢上が説明して回っているはず。問題はこの先にある。

「と、同時に、複数の法律事務所から同じ内容の指摘を受けました。本件は『予期せぬ損害が生じた場合、誰がどこまで負担するのか』という非常にデリケートな問題であると。

当社の立場で割り切って言ってしまえば――『負担すること自体は構わないが、それには妥当《だとう》性が必要』ということとなります。この点については、配布資料の二ページ目を」

沢上は対応策の概略を説明し始めた。内容は、昨日、自分が聞いたものと大差無い。会社への直接的な影響を避けるため、貸付金や立替金として処理すること。それらが返済能力の範囲内ならば、妥当と考えられること。

「なお、万が一の場合における相続税ですが……状況が流動的すぎるため、税務当局から正式見解は得られませんでした。ただし、顧問税理士の先生――国税局ＯＢの方ですが――への回答では『個別性の強い特殊な事案の場合、実態を総合的にとらえて判断する』とのことでした。事前相談段階でこのコメントなら安心して良い、というのが先生の意見です」

沢上は一息ついて間を取る。資料から顔を上げた。

「しかしながら、これらを逆に言いますと、回収可能金額を超えた部分については、会社負担と認識せざるをえない――ということでもあります。回収可能金額については、返済原資となりうる物を査定せねばなりません。これにつきましては、資料の三ページ目を」

岡野は資料に目を落とした。

資料には細かな項目と金額が並んでいる。各項目とも昨日聞いた金額より微妙に膨《ふく》らんでいた。おそらく、理屈がつく範囲内で上限値を取ったのだろう。現預金、有価証券、役員慰労金、将来の収入、自宅等の不動産、そして……。

『役員保険　一億七千万円』

なんや、これ。こんなもの、あったか？

「返済原資と考えうるものを、全て列挙しております。むろん、その価値については状況次第のものもございますので、個別の注意事項は欄外の補足をご参照下さい。従いまして、曖昧《あいまい》な点はかなり残りますが、いかなる状況においてもカバーされない金額は、およそ七千万円から九千万円。少なくとも、この金額については会社の負担と考えざるをえません。事務局からのご説明は以上です。では、これらについての議論を……」

「いや、議論はいい」

沢上を制する声が上がる。邦和商事出身の専務だった。

「状況が状況だ。時間が無い。今、この瞬間、犯人から連絡があったら、どうする。曖昧な点が残るのは仕方ない。リスクが無い仕事は無いんだから。要は、こういったリスクも含めて、我々がどう判断するかだろう」

専務は「ただ」とつぶやき、会議室の面々を見回した。

「私の出身元である邦和商事は、やむをえない、と考えているようですがね」

間髪《かんはつ》いれず、常務が続いた。

「付け加えさせていただく。私の出身元である邦和信託銀行、及び、親会社の邦和フィナンシャルも、過大な負担とは考えていない。以上」

なんなんだ、この取って付けたような発言は。

だが、室内の雰囲気は一気に緩《ゆる》んだ。二大巨頭の株主が内諾《ないだく》と聞いて、皆、解放されたような表情を浮かべている。少なくとも大株主二社から訴えられる恐れはない、と思ったらしい。

これを沢上が見逃すわけがない。即座に沢上は社長を促《うなが》すように見やった。社長はうなずき、室内を見回す。口調を改め「皆さん」と言った。

「私は決議内容に関し利害関係者となりますので、決議には加われません。また、これより先、議長を務めるのも好ましいと思えません。役員会規則に基づき、専務、議長をお願いできますか」

社長が専務を見やる。専務は軽く一礼し、室内を見回した。

「では、ここからは議長として。異論が無ければ、これより採決に」

誰も発言しない。専務はおもむろに沢上の方を見やった。

「沢上君、頼む」

専務は沢上へと丸投げ。が、沢上は平然と受け止め、「議長の指示により、採決事務を執《と》り行います」と宣言、役員の面々を見回した。

「決議の内容は資料の末尾にございます。『七億円の支払いを上限として、犯人との交渉権限を社長に付与する』並びに『前項の手段として、貸付金又は立替金等により資金供与する』の二項目。では、これより採決いたします。賛成される方は挙手《きょしゅ》を」

専務が真っ先に手を挙げる。続いて、常務。その姿を見て、他の役員もおそるおそる手を挙げた。

「通信回線にて出席のお二人は、念のため、口頭でもお願いします。狭い画面ですと、挙手がよく確認できませんので」

里佳子がパソコンへと手をやる。会議室モニターと同じ画面に切り替わった。右側には、作業服姿で白髪《しらが》の役員が映っている。川之江工場長だ。

「賛成」

一方、左側には、原色ネクタイ姿でアフロヘアの役員が映っていた。シカゴ支店長だ。シカゴ支店長は不安そうに「ウェル」と言ったものの、あとが続かない。

沢上が促した。

「シカゴ支店長、お願いします。聞こえてますか、ミスター・ロドリゲス」

「聞こえてマス。私、少しネガティブ。ウェル……イエス。これ、消極的なイエス。議事録に、ソレ、書いておいて下さい」

沢上が議長である専務を見やった。

「報告します。本議案は全員一致の賛成で可決されました」

専務はおもむろに閉会を宣言。社長へと目を向ける。即座に、社長は立ち上がり、深々と頭を下げた。

「皆さん、急な招集《しょうしゅう》でのご出席に、改めて感謝しま……」

が、言葉途中で、その身が揺らぐ。身を支えるべく、手がテーブルへ。しかし、肘《ひじ》は力なく曲がり、身は更に揺らぐ。社長はそのまま床へと崩れてしまった。

周囲がどよめく。画面の中で、シカゴ支店長が肩をすくめた。

「ホワッツ　ハプニング？」

里佳子がパソコン画面をつかむ。「フォールン　ダウン」と怒鳴った。

「プレジデント　ハズ　コラップストッ。プレジデント小柴が倒れたの。何が『オウ』よ。こんな時に、半端《はんぱ》、言ってんじゃないわよ」

社長に起き上がる気配が無い。

岡野は立ち上がり、会議室前方へとダッシュした。

2

管理本部フロア　伝票置場　昼12時40分

伝票置場は古い帳票の匂いに満ちている。昨日、里佳子と二人で話していたのが、嘘《うそ》のように思えてならない。

ドアが開く。沢上が入ってきた。

「岡野、何なんだ、話があるって。それも、わざわざ、こんな所で」

返事はしない。黙ってノブへと手をやり、ドアを閉める。そして、奥へと移動。岡野は沢上へと向き直った。

「社長の具合は、どうやった？　医者に来てもろたんやろう？」

「大事ない。医者は『心労と睡眠不足だろう』って。秘書室長は『精密検査を』って騒いでるけどな。そんなことより、何なんだ、話って」

「随分《ずいぶん》と都合のいい数字やったな」

「都合のいい？」

「朝の役員会のことよ。なんや、あの『役員保険　一億七千万円』って。先週、更新して減額したって、お前、言うとったやないか」

沢上は「それは」と言いかけて、言葉に詰まる。が、すぐに何でもないことのように「勘違いした」と言った。

「昨晩、見直してて気付いたんだ。で、慌てて突っ込んだ」

「あほ言うな。裏付けの数字に必死やったお前が、間違うわけがない。俺は秘書室長に直接きいたよ。で、ようやく全体像が見えてきた」

沢上の顔が強張《こわば》る。岡野は話を続けた。

「保険自体は珍しいモンやないらしいな。役員に万が一があった時のために、会社が掛ける保険。たとえば、役員が事故等で死亡なんて場合、会社には突然、予期せぬ費用が発生する。慰労金や社葬費用だけやない。名前が記載されとる伝票やパンフレットは刷り直し。印鑑も作り直しや。当然、後任の人事異動が必要になる。偉いさん一人が動くと、それに併せて大勢が動く。その転勤費用も馬鹿にならん。間接的な費用まで入れると、数千万から億単位の金が飛んでいく。そこで、この保険や。保険金を予期せぬ費用に充《あ》てる。ようできとる。けど、昨日、お前が言った通り」

沢上を見つめた。

「名誉称号だけの役員ＯＢに、巨額の契約は必要ない。ところが、今朝、秘書室に中央団体保険の営業担当がすっ飛んできた。曰《いわ》く『事務ミスで自動継続のままになってました』やと。『そのままでいいよ』と、秘書室長は即座に回答。奇跡の事務ミスや。その一方で、朝一番、いろんな保険の新規契約申込書が総務に届いとる。送り状には、こうある」

岡野は胸元から送り状を取り出し、文面を読み上げた。

「経営企画部沢上様のご指示により、お送り致します——もう、俺でも分かる。様々な保険契約を中央団体保険に切り替える。それを見返りとして、減額手続きを無かったことにさせた。そんなところやろ」

「それは無いな。保険商品は後日付での手続きは許されない。そんなこと許されたら、誰もが危なくなってから契約するから」

「その通り。ありえん話よ。けど、保険会社内の事務ミスという理屈なら通る」

「考えすぎだろ。手続き日からまだ一週間。事務ミスであっても、何もおかしくない。そもそも頼んだところで、向こうが引き受けるわけがない。これは誘拐事件なんだ。保険金を支払う事態だってありうる。そうなれば、彼らは大損だ」

「営業の理屈は、どこも同じよ。昔からの契約で支払いが生じても、営業部署の責任は問われない。その一方で、新規契約を大量に取ってくれれば評価される。でかい組織になればなるほど、そんなもんや。誰も全体のことを考えない」

沢上は「分からないな」とつぶやき、大仰《おおぎょう》に頭《かぶり》を振った。

「仮に、そんな不適切な処理があったとしても、それは中央団体保険社内の問題だろ。客である千葉サプライには関係ない」

「そう言うと思うた。話はまだある」

伝票棚に手をやった。棚に置いていた封筒を手に取る。

「スティーブ君からの預かり物や。お前は『誘拐事件のことなら岡野に』のつもりやったんやろうが、スティーブ君は誤解しとってな、ペラペラとしゃべってくれた。テレビなんぞは花試合——そう言われたよ。俺は花試合の担当っちゅうわけや。別に、それはええ。けど、その裏で、お前はこそこそ何しとる」

　封筒から覚書を取り出した。

「要するにこういうこっちゃ——因幡レーヨンの件では味方になりましょう。その代わり、身代金の件からは手を引いてもらえませんか。スティーブ君は昔からの知り合いらしいな。個人的なコネを利用して裏取引か」

「裏も表も無い。もともと議決権をどう使うかは、経営企画室が決めること。昔と違って、因幡レーヨンとの取引はほとんど無い。従って、義理も無い。当社が有利になるように決めた。それだけの話でしかない」

「なるほどな。けど、まだあるで」

　封筒に覚書を戻し、沢上の胸に押しつけた。

「今朝の専務、それに常務よ。何や、あの取って付けたような発言は。けど、そのおかげで、迷うとる役員が手を挙げやすうなった。お前のシナリオ通りやったやろ。二社とは、裏で話をつけたな。何を土産《みやげ》に持って行った？　邦和商事には仕入れパルプの増量か。邦和信託銀行にはＯＢの受け入れか」

　沢上は封筒を手にして言葉に詰まる。うつむいた。

「ここまでやるなら、役員のおっさんらに言うたれ。『陰《かげ》でこそこそ、せこい裏取引。それがあって初めて、あなた達は決断できるんです』ってな」

「こそこそ？　せこい？」

「ああ、それ以外に何がある」

そのとたん、沢上は顔を上げた。頬《ほお》が赤い。声を荒らげ「立派だな、お前は」と言った。

「俺はこそこそしてて、せこい。その通り。だがな、俺はそれを限界までやっている。これは誘拐という犯罪なんだ。それに対抗するためには、法と倫理《りんり》のギリギリが必要になってくる。個人的なコネ？　使えるなら、使うだろ。裏取引？　やれるなら、やるさ。俺だって、お前みたいに、きれいな正論をぶちたいよ。気持ちいいだろうな。けど、それは安全圏で吠えているだけのこと。何のリスクも取らない。何の責任も取らない。だから、何の解決にもならない。吠えてる自分に、ただうっとり。いい身分だな。うらやましいよ。実にうらやましい」

沢上は背を向けた。肩が震えている。

「もし、お前が俺なら……もう千葉サプライは終わってる」

そうつぶやいて、沢上はドアへと手をやった。が、ふれる前に、ドアが開く。

「何やってんですか、二人ともっ。フロアまで丸聞こえ」

里佳子が入口に鼻息荒く立っていた。その場で振り向き「若林くん、来て」と声を上げげる。若林が真っ青《まさお》な顔付きで駆け寄ってきた。その手には、なぜか、会議用のＩＣレコーダーがある。

若林はいつものごとく「大変です、大変」と言った。

「どうしましょ。今、監査法人から電話があって。ボクと市川じゃ対応できなくて」

「監査法人？　今、大事な話しとるんや。あとにせえ」

「あとになんかできませんっ」

里佳子が怒鳴った。若林の手からＩＣレコーダーを奪い取る。そして、時代劇ドラマの印籠《いんろう》よろしく差し出した。

「犯人から電話。犯人が監査法人に電話をかけてきたんです」

思いもしない言葉に、沢上を見やる。沢上も自分を見ていた。

「休戦や」「ああ、休戦だ」

「けど、納得はせん」「しなくていい」

岡野は沢上と一緒に伝票置場を出た。

３

社長室　昼１時30分

社長室のソファに関係者集結。その真ん中に若林が座っている。

岡野はICレコーダーを応接テーブルに置いた。

「ええか、若林。落ち着いて、最初から説明し直してくれ。刑事さんにも、よう分かるように」

若林が強張った表情でうなずく。説明を開始した。

「ボク、財務部の席で仕事してて。そうしたら突然、電話が。監査法人の先生から」

「何ですか、その『カンサホウジン』というのは？」

早速《さっそく》、柴田から質問。若林は硬い表情のまま答えた。

「会計士の先生達の組織なんです。上場会社は、そのチェックを受けないといけなくて」

「分かりました。説明の続きを」

「先生の話によると……昼一時頃、『千葉サプライ担当の会計士を』と指名する正体不明の電話がかかってきたそうなんです。それで、チーフ格の先生が電話に。相手は一方的に『千葉サプライに伝えろ』と言って、伝言内容を二度繰り返して、切りました。事件は公表されてますから、先生も知ってて、その場で当社に連絡してくれたんです。ボク、聞き漏《も》らしちゃまずいと思って、録音させてもらいました。この会議用レコーダーで。元々は犯人からの電話に備えて、用意した物なんですけど」

若林がICレコーダーを手に取った。そして、再生ボタンを押す。会計士らしき声が流れ始めた。

『いいかい、若林君。メモした内容を読むよ』

若林らしき声が『お願いします』と受ける。読み上げが始まった。

『一つ――二億円をバッグ二つに分けて入れること。一つ――二つのバッグを港湾団地内にある公園へ持って行くこと。その際、携帯電話を持参すること。一つ――二つのバッグを公園入口にあるベンチの下に置くこと。一つ――これらの作業を、本日午後三時までに完了させ、ベンチにて待機すること。一つ――バッグをベンチ下へと運ぶ者は、本件に当初から関与していた者であって、かつ、英語を理解できる者とすること』

思わず「犯人は外人かいな」と漏れ出る。柴田が人差し指を唇《くちびる》に当てた。

レコーダーの声が続く。

『一つ――このメッセージを受領した場合、ホームページにて点滅中の社名をピンク色へ変更すること。指示は以上の六項目である。いずれかに反した場合、我々との接触を拒否したものと見なす。なお、いたずらではない証として、我々はEMBSにて土産を送った者である、と付け加えておく――伝言は以上だよ。私には意味不明な事柄もあるんだけれど、君にそのまま伝えるよ。警察にも連絡しておくから』

礼を言う若林の声がかすれていた。

『なぜ、我々に電話をかけてきたのかは分からない。まあ、今、千葉サプライのことを気にしているのは、当事者と捜査当局を除けば、我々、担当監査法人だからね。電話に出ないことはありえない。けれど、念のため言っておくよ。判断そのものに口は挟まないが』

少し間が開く。若林が唾《つば》を飲む音がした。

『事情がどうであれ、会社法や会計法規に反する支払い、又は、そのための小細工については、一切《いっさい》、見逃すつもりはない。いいね』

再生音が途切れる。柴田がこちらを向いた。

「岡野さん、社名は？」

「ここに来る前に指示しました。既にピンク色になってます」

次いで、柴田は社長の方を向く。

「社長さん、現金の支払いについては、いかがです」

「対応方針は既に決めてあります」

社長が沢上の方を向いた。

「この段階では、まだ会社に負担は生じない。沢上、犯人の指示に従ってくれ。いざとなれば、私と家族が裸一貫になればいい」

柴田も沢上の方を向いた。

「では、すぐに銀行に連絡を。通常、銀行の店舗には、最低限の現金しか置いてありません。古札の二億円となると、そう簡単にはいかない。期限は三時で、もう一時間半しかありません。間に合うかどうか」

「その点は問題ありません。現金は既に準備済みで、当社の金庫室に保管してあります。幸《さいわ》い、目立たないバッグ二つに分けて詰めましたから、あとは取り出すだけです」

「さすがと申し上げたいんですがね、どうして事前に言ってくれないんです」

「言えるわけがありません。何も決まってないんですから。現金を用意したと聞けば、誰もが払う気だと思ってしまう」

言い争っている場合ではない。岡野は二人の会話に割って入った。

「沢上、二人で行くか。一人あたり一〇キロや」

「いや、二人はまずい。指定場所は港湾団地の公園ベンチ。スーツの男が二人連れで待機なんて目立ちすぎる。俺が単独で目立たないように行く」

「それはあかん。万が一、お前の身に何かあったら」

「それは誰が行っても同じこと。岡野はここで全体の人繰りを見なくちゃならない。それに俺は、若い頃、難解な英文を何度も読まされてる」

言葉が無い。沢上は海外でＭＢＡを取得しているのだから。

社長の裁定が下った。

「沢上、頼む」

「分かりました。では」

沢上は一礼して、秘書室長へと向き直った。

「秘書室の車で現地まで送ってもらえますか。なるべく早く出発したいんですが」

秘書室長は慌《あわ》てて立ち上がり、部屋隅の内線へと向かっていく。岡野は壁の時計を見やった。遅れるわけにはいかないが、まだ一時半。さすがに早すぎる。

「沢上、ギリギリ間に合うくらいに出発した方がええやろ。事件と関係の無いリスク、例えば、ひったくりや置き引きの危険性もあるんやから」

「そうしたい。けど、今日は無理だ」

「今日は？」

「今日はベイスクエアのオープン記念日。港フェスティバルがある。もうすぐ大通りで仮装パレードが始まるはず。交通規制はもう始まってるから、迂回《うかい》して住宅街を通らなくちゃならない。となると、予期せぬことが起こる可能性もある」

そうだった。激しく頭をかく。午前中、妙に大通りが騒がしいな、とは思ったのだ。が、事件のことで頭が一杯、そこまでは気が回らなかった。

一方、さすがと言うべきか、柴田は落ち着いている。冷静な口調で「待ってたんでしょうな」と言った。

「犯人はこの人混みを。皆さんのご心配は分かりますが、何卒《なにとぞ》ご安心を。我々は常に沢上さんの近くで見張ってますから。それと」

柴田は社長を見やった。

「控室の機材を、この部屋に移したいんです。ご家族である社長さんの側で、指示を出すのが一番、効率的でしょうから」

「お願いします。ここなら一般社員の出入りも少ない」

柴田は満足げにうなずき、ソファに置いていた住宅地図を手に取る。そして、沢上へと向き、再度「ご安心を」と言った。

「あなたの身は我々が守ります。では、移動ルートの確認を」

岡野は目をつむった。本当に安心だろうか。

近くとはいえ、犯人に気付かれない程度には、離れていなくてはならない。いざとなったら、間に合うだろうか。もしものことが沢上にあったら、どうなる？　沢上に代われる者などいない。グレーゾーンで際どい駆け引き、理屈を積み上げ、ギリギリのところで最も有利な策を練る――そんなことができるのは、沢上だけなのだ。

「岡野」

目を開ける。沢上が自分を見つめていた。

「あとを頼む」

岡野は拳を握り、黙ってうなずいた。

4

社長室　昼2時55分

社長机の外線直通がけたたましく鳴る。即座に社長が電話を取った。

「岡野、沢上からだ」

慌ててその元へと駆け寄り、差し出された受話器を手に取った。机のメモ用紙を引き寄せ、電話機の音声を切り替える。

「電話、代わったで。岡野や」

沢上の声が電話機のスピーカーから流れてきた。

「今、港湾団地の公園から携帯電話でかけている。指示に従って、バッグをベンチ下に押し込もうとしたら、封筒がぶら下がっていた。表に英語で『トゥ・トランスポーター』、つまり、『運搬人へ』とあったので開けてみた。指示が英文で書いてある。子供達も来る公園だから、万が一を考えて、英語にしたのかもしれない。けど、書かれている内容は、これまでのスタイルと変わりない」

「犯人からと断言できるか。いたずらとか、便乗の可能性は、どうや」

「文中に『我々の身元証明として、ＥＭＢＳとＭＩＹＡＧＥを提示する』とある。どちらも犯人しか知りようのない言葉だから、間違いない。これから要求事項を日本語に直してしゃべる。念のため録音してくれ」

机の上のボールペンを手に取る。電話機の録音ボタンを押した。

「オーケー。録音状態になったで」

「要求事項は箇条《かじょう》書《が》きで三か条。その一か条目にこうある——『日本円で一億円相当の米ドルを、以下の要項にて送金せよ。ドルへの換算は千葉サプライの取引銀行が用いるレートであれば、いずれかを問わない』。その下には送金依頼書の記入項目が並んでいる。ケイマン諸島にある銀行の口座らしい。海外送金になるな。期限については、『すみやかに』としかない。海外送金は入金までに数日かかる場合があるから」

ケイマン諸島？　良く聞く名前だ。確かタックスヘイブンとか呼ばれ、やたらとペーパーカンパニーがある島ではなかったか。

「ここに海外送金に詳しいモンはおらん。若林を呼ぶか」

「いや、犯人の要求を先に伝える。どこで犯人が見てるか分からない。長々と話してて不審がられると、まずい」

「了解。続けてくれ」

「箇条書きの二か条目で、メッセージの受領確認を求められてる。内容は『ホームページの社名の後に疑問符を置け』だ」

メモを取りつつ、ホームページを思い浮かべた。システム部によれば、誘拐公表以降、アクセス急増との由《よし》。今後も、多くの人が興味津々《しんしん》でホームページを訪れるだろう。すると、ピンクの太字で点滅しつつ、『千葉サプライ？』だ。なんとも、自虐的《じぎゃくてき》なデザイン。いや、事件発覚以来、自問自答し通しの会社には、ふさわしいデザインかもしれない。

「次に箇条書きの三か条目。運搬人、つまり俺への指示がある。『レターの内容を関係者に伝達せよ。伝達後にベンチの下にバッグを置き、その場で待機すること。待機中の連絡は一切禁じられる。また、運搬人はこのレターをベンチ前の地面にて、完全に燃やさなくてはならない』――以上が指示内容の全てだ。手紙の中には使い捨てのライターが入ってた」

「今、証拠品の手紙を燃やしてしまうんか」

「構いません、犯人の指示通りに」

声の方を見やる。いつの間にか、柴田が傍らで聞き耳を立てていた。

「刑事さんの声、聞こえたか。燃やしてしまえ。どこかにおるはずの犯人に、よう見えるように」

「了解。じゃあ、一か条目に戻って、送金依頼書の記入事項を読み上げる。単語を読んだ直後に一字ずつ綴《つづ》りを言うから、復唱しつつ書き取ってくれ。じゃあ、読むぞ。送金先の口座はバンク・ケイマン……」

読み上げに遅れぬように、書き取って復唱する。再び、書き取って復唱。何でもない作業なのに、声が震え、額に汗がにじむ。書き終えても、指が強張り、鉛筆が離れない。

「連絡は以上。支払うかどうかは、社長に指示を仰《あお》いでくれ。携帯はこれで切る。犯人の指示に『待機中の連絡は一切禁じられる』とある以上、この連絡が最後になる。あとは頼む」

電話は切れた。重苦しい沈黙。が、柴田が早々に沈黙を破った。

「社長さん、大丈夫。送金なんて馬鹿な手です。常に痕跡が残りますから、追跡も容易《ようい》。しかも、引き出すには姿を見せねばならない。そのお金は送金なさっても大丈夫。海外の捜査当局と連携して、我々が取り戻します」

思わず声が出た。

「ちょっと待って」

いつもなら、沢上が意見を言ってくれるところだ。が、今、沢上はいない。自分のような者でも、鬼となって言うしかない。

「受取人住所はケイマン。おまけに、私書箱みたいな細かな数字が並んどります。おそらく、実体の無いペーパーカンパニーですわ。確か、あそこ、えらい簡単に会社が作れて」

こういった話はしゃべり慣れていない。一旦《いったん》、言葉を区切って、息を整えた。

「その背後には山ほどの契約。そんな契約にのっとって、きちんとした名目で、他のペーパーカンパニーへと振り込まれたら？　『資金運用の配当金』とか。で、その日のうちに、ペーパーカンパニーを何社も通されて、その度に正当な支払いの体裁《ていさい》を整えられ、しかも、その直後に会社が消滅したら？　こんなことを短期間に海外で繰り返されたら、犯罪の金やと立証できますか。最後に『何も知らない第三者』とやらが堂々と登場してきて、『契約に従って金を払い出したい』なんて言われたら、それを止められますか」

柴田が言葉に詰まっている。岡野は社長へと向いた。

「社長、どんな結論でもええです。けど、甘い考えは捨てて……きついけど、この場で決断して下さい。そうやないと、刑事さんも対応のしようがない」

「岡野、私が甘い考えでいると思うか」

口ごもりつつ「いえ」とだけ返す。社長は深く長い息をついた。

「若林君に連絡して、手続きを進めてくれ。現金二億と送金一億。俺と家族、それと親父が裸一貫になれば済む。国税局と揉《も》めても、なんとかなる水準だ。心配するな。会社への負担は生じさせない」

社長は目を閉じて付け加えた。

「沢上の作ってくれた理屈に、まだ乗っかる必要は無い。問題はこの先だ」

社長は薄々、沢上のやったことに気付いているらしい。では、いったい、どこまで覚悟を決めているのか。今、それを問う暇《ひま》は無い。問うたところで、社長は決して胸の内を語るまい。ともかく決断はされ、指示は明確に出た。となれば、今度は自分の番だ。

電話へと向き直る。岡野は若林の内線番号を押した。

5

港湾団地内公園　夕4時
ベンチに座って、随分とたつ。が、何の動きもない。

沢上は座ったまま背を伸ばした。

右の方を見やる。ブランコの先には、防風林の名残《なごり》であろう松林。人影は見当たらない。次いで、左の方を見やる。砂場の先には、港湾団地の建物。ここにも人影は見当たらない。

団地の向こう側で号砲が鳴った。仮装パレードが始まるらしい。

だが、この公園はひっそりとしたまま。先程、親子連れが一組、ジャングルジムへ遊びに来たが、ベンチに居座る自分を警戒し、公園を出て行った。以来、自分だけが公園にいる。

警察はどこだろう。本当に近くにいるのだろうか。駐車場に並ぶ車の中で、息を潜めているいや、団地の管理人室を間借りしているのか。いずれにせよ、目立たぬように見張るのも、大変に違いない。期限と言われた時刻から、もう一時間、この状態が続いているのだから。

上空で轟音《ごうおん》が響き渡った。

空を見上げる。青い空に薄紅色《うすべにいろ》の煙。仮装パレードの花火らしい。

「昔……どこかで、見たよな」

自分が子供の頃の運動会だろうか。田舎《いなか》で運動会といえば、村あげてのお祭りだった。いや、そんな昔のことではなく、千香が幼い頃、親子三人で行ったディズニーランドではないか。きらびやかなパレードの後を千香が付いて行こうとして、寛子と二人、慌てふためいたことがあった。どちらかは分からない。が、同じように懐《なつ》かしい。

「どうして……同じ懐かしさなんだ」

薄紅色の煙が滲《にじ》んでいく。

「馬鹿か。こんな時に、何、考えてる」

沢上は顔を戻し、靴のかかとでバッグを蹴った。

# 6

社長室　夕4時45分

社長室には、主な関係者が顔を揃えている。が、誰もしゃべらない。社長も常務も秘書室長も自分も。そして、捜査現場を取り仕切る柴田も。

息が詰まる。ソファの脇で、岡野はネクタイを緩めた。

そのとたん、無線機の音が響く。柴田が胸元から無線機を取り出し、イヤホンを耳に当てた。何度かうなずいて「了解」と返し、無線を切る。

「刑事さん、まさか、沢上の身に何か」

「岡野さん、ご心配なく。単なる状況報告でした。沢上さんはベンチに座ってらっしゃる。ですが、まだ接触らしき動きは無いとのことでして」

安堵《あんど》の息をついて、社長室の窓際へと寄った。沢上のいる公園は、遠くに見える港湾団地の向こう側。ここからでは、様子は分からない。一方、眼下にある大通りは大混雑。どうやら、港フェスティバルの仮装パレードが始まったらしい。

突然、扉が開く音がした。

「大変です、大変。どうしましょ。やられました」

振り向くと、そこには若林。どこであろうと、若林の慌てぶりは変わらない。あきれつつ、ソファの脇へと戻る。岡野は「落ち着け」と言った。

「今、刑事さんに連絡が入った。公園はまだ動き無しや」

「そっちじゃないんです。もう一つの方」

意味が分からない。怪訝《けげん》な顔を返すと、若林は「ああ、もう」とつぶやき、応接テーブルへと駆け寄る。「失礼します」と言うと、社長の前にあったリモコンを手に取った。部屋隅のモニターへと向ける。

「見て下さい。ボクが説明するより、見た方が早いです」

画面に夕刻の市況ニュースが映った。

中央で女性キャスターがボードを掲げている。ボードには『千葉サプライ』『秋田パルプ』『丸藤物産』の社名、そして三社の関係を示す矢印が並んでいた。

『いや、驚きました。いきなり、丸藤物産が登場です』

丸藤物産から秋田パルプへと矢印が向かっている。

『丸藤物産は本日三時過ぎ、秋田パルプの株式公開買い付け、つまり、秋田パルプの買収を発表しました。千葉サプライとの統合プロジェクトに、丸藤物産が横槍《よこやり》を入れる――そういう噂《うわさ》は前々からありましたが』

キャスターは興奮気味にそう言うと、隣席の解説者に「いかがですか」と振る。解説者は肩をすくめ『さすが、剛腕《ごうわん》の丸藤』と言った。

『これは、思い切った価格ですよ。劣勢挽回《れっせいばんかい》どころか、一発で決めにきましたね』

『先生、なぜ、こんな時に？』

『こんな時だからでしょうね。千葉サプライは、今、誘拐事件で手一杯でしょうから。丸藤物産は出遅れで、かつ、横槍。それでも勝つには、このタイミングしかないでしょう。まあ、千葉サプライも何らかの対抗策は出すと思いますけどね』

何らかの対抗策？　岡野は唾を飲み込んだ。事は解説者が考えているより、ずっと複雑なのだ。犯人は『プロジェクトを断念しろ』と言っている。そんな時に対抗策を出せば、どうなる？　プロジェクト継続を宣言した――犯人にはそう見えるに違いない。

モニター画面が突然、消える。振り向くと、社長がリモコンを手に取っていた。

「心配するな。即決だ。対抗策は出さない」

「社長、それは誘拐事件のことを考えて……」

「馬鹿いえ。経営が犯人に左右されてたまるか。前々から様々なケースを想定して、当社の負担上限は決めてある。これまで長々と話し合いを重ねてきたのも、なんとか、その枠内に収めるためだ。だが、丸藤物産の価格は、とんでもない水準。議論の対象にすらならない」

さすが社長だ。経営判断となると、話が早い。岡野は若林へと向き直り「聞いたやろ」と言った。

「速攻で、リリース出して。このニュース、犯人も興味津々で聞いとるに決まっとるんやから。あっちこっちのメディアに派手に送ったれ。文面は曖昧でええ。ただし、プロジェクト断念のニュアンス、プンプン匂わせるんやで」

「あの、ボク、書くの？」

「市川はメディア対応で手一杯。実務と状況の両方が分かって、今、現場で動けるのはお前だけやがな。心配やったら、書き上がった文面、見せにこい」

確認のため、背後を見やった。社長も常務もうなずいている。若林は観念したらしい、弱々しく「分かりました」と言った。

「でも、もう一つ相談事が。あの、銀行から連絡があって……銀行が無いんです」

「若林、分かるように、しゃべって」

「身代金の送金先、バンク・ケイマンが無いんです。バンク・オブ・ケイマンはあるんですけど。もしかしたら、昔あった銀行かも。今、送金を頼んだ銀行に調べてもらってて」

もしかして、書き取りミスか。慌てて社長机の電話に駆け寄る。録音を確認した。

『送金先の口座はバンク・ケイマン』

間違ってはいない。海外送金に使う銀行コードも合っている。もう一度確かめようと、携帯で沢上に掛けてみた。が、つながらない。

——この連絡が最後になる。あとは頼む。

「電源、切ってもたんか」

「いや、それが正しい。捜査の観点から言えば、今は、犯人を刺激しないことが重要です。それに連絡がついても、柴田からの指摘にうなずく。手紙はもう灰になってますから」

頬を強張らせつつ、柴田からの指摘にうなずく。その時、胸元で携帯が鳴った。もしかして、沢上からか。即座に電話に出る。が、期待は裏切られた。

「岡野さんですよね。実は有益なお話が」

BS15のヒゲ狸だった。

「立て込んでますんで、失礼します。また、あとで」

「あ、切らないで。犯人からかも」

その言葉に、慌てて携帯を耳に当て直す。柴田が耳を寄せてきた。

「先程、BS15に変な電話があったんです。まず、くぐもった声で『千葉サプライに伝えよ』と前置き。そのあと、内容を一方的に二度繰り返して切れたんですが」

「あの、その内容は？」

「ええと、『ベンチ下にあるバッグ二つを持って移動せよ。港の第七埠頭《ふとう》の北、道向かいに駐車場跡地がある。その跡地にある小屋の中にバッグを置け。期限は本日午後五時三十分とする』——これが言われた内容の全てです。あの、これ、本物ですか、いたずらですか」

ベンチ下のバッグのことは、犯人しか知らない。間違いない。

「取りあえず切ります。あとで、必ず電話しますから」

有無を言わせず、電話を切った。まずは、室内のメンバーに内容を報告。そして、壁の時計を見やった。あと四〇分程しかない。合計二〇キロのバッグを抱えて港湾団地から第七埠頭まで——四〇分では厳しい。しかも、現場にいる沢上は、まだ、このことを知らないのだ。

「くそっ、一方通行か」

犯人の言う連絡禁止とは、『運搬人から連絡してはならない』という意味ではないのか。勘違いしたかもしれない。だが、犯人にそう弁解したくとも、その手段すら無い。一方通行の弊害《へいがい》がここに出た。こうなれば、直接、行くしかない。幸《さいわ》い、隣のショッピングモールには、里佳子のスクーターがある。

岡野は社長の方を向いた。

「社長、近くにスクーターを置いとる奴がおるんです。それを借りて、公園へ直接、行ってきます」

若林が「無理です、無理」と言いつつ手を横に振る。話に割って入ってきた。

「この時間帯、仮装パレードだけじゃないんです。アイドルグループの『プリン隊ファイブ』のストリート・コンサートもやってて。もう、すごい人だかり。普通に歩くのも苦労するくらい」

プリン隊ファイブの名は聞いたことがある。最近人気のお色気ダンスグループではなかったか。それにしても、若林はまるで見てきたような言い方をする。

「若林、ここに時間切れまで座っとれ、と言うんか」

若林が言葉に詰まる。岡野は指示を求めて社長へと向いた。社長がうなずく。

「岡野、頼む。他に手が無い」

「了解。ぶっ飛ばします。絶対、間に合わせますから」

「岡野さん、これ、使って」

振り向くと、今度は柴田。緑色の小物が飛んできた。布地に『千葉県警』とある。

「腕章です。本当は良くないんでしょうが、この際、細かいことは言っていられない。公園周辺の待機班には連絡を入れておきます」

「助かります」

「じゃあ、これも」

振り向くと、またまた若林。若林は恥ずかしそうに胸元から何か取り出した。

「港フェスティバルの会場地図です。プリン隊ファイブのコンサート用ですけど」

なんだ、若林のやつ、『見てきたような』ではなく、『見てきた』のだ。苦笑いしつつ地図を受け取った。通行できそうなルートを確認する。よし。

地図を胸元にしまい、腕章を腕にはめる。岡野は社長室を飛び出した。

7

港湾団地内公園　夕5時15分

公園入口に標識がある――『車両進入禁止』

そんなもん、知るか。

岡野は公園内にスクーターを乗り入れた。入ってすぐの右手にベンチがある。沢上が驚いた様子で立ち上がった。

「岡野、どうしたんだ」

「犯人から指示があった。第七埠頭向かいの駐車場跡地。そこにある小屋にバッグを運べ。期限は五時半」

「もう一五分しかない。無理だ」

「やってみんと、分かるかいな。バッグを引き出して、後ろに乗れ。早《は》よう」

沢上はベンチ下からバッグ二つを引き出した。両肩に一つずつ掛ける。そして、スクーターの後部にまたがった。

「どのルートで行く」

「ここに来るのに、手間取ってしもた。時間を考えると、もう最短コースを行くしかない。大通りを第七埠頭へ突っ走る。埠頭近くで裏通りに入れば、目的地はすぐや」

「大通りはまずい。交通規制がある」

「交通規制？　細かいやっちゃな。スクーターで二人乗り。こんなことしとる時点で、本来はアウトやがな」

スクーターはよろよろと動き始めた。車体が悲鳴を上げている。無理もない。なにしろ、大人二人と二億円の札束が乗っているのだから。

公園を出て、団地沿いの路地へ。大通りを目指して路地を進む。大きなテントが見えてきた。その手前には、柵と立て看板がある。

『港フェスティバル運営本部』

柵の手前で停車。警笛を鳴らすと、テントからスタッフが出てきた。大仰に腕章を叩いてみせ「急用」と告げる。これは事実だ。あとは、はったりでいくしかない。

「運営本部長から直々《じきじき》に頼まれたんよ。柵、開けてちょうだい」

「え？　でも、今、仮装パレード中で」

「早よ、早よ。遅れたら、運営本部長から怒られるの、君やで」

運営本部長って誰？　だが、スタッフは大慌て。柵を開けてくれた。地面を足で蹴って、大通りへ。通りの真ん中で方向転換、第七埠頭方面へと向いた。

「岡野、本気か。仮装パレード、始まってるぞ」

「このルートしか無いんやって。行くで」

再びスクーターはよろよろと進む。どうにも危なっかしい。が、速度が増すにつれ、車体は次第に安定し始めた。この調子で行ければ、間に合うかもしれない。

「沢上、落ちんなよ」

前方に人だかりが見えてきた。大勢の見物人もいる。どうやら、仮装パレードに追いついたようだ。その最後尾を務めるは、正義の味方、ウルトラライダー。沿道に向かって、変身ポーズを取っている。

派手に警笛を鳴らした。正義の味方に向かって怒鳴る。

「どけ、どけえ」

ウルトラライダーは変身途中で振り向いた。慌てふためき、手を振り回す。そして、道路に尻餅《しりもち》をついてしまった。なんだ、全然、正義の味方らしくないではないか。その横を走り抜ける。

「どいた、どいた。そこ行くどお」

警笛と怒鳴り声。仮装パレードを蹴散らしていく。

達はポンポンを振り回して四方へ。白雪姫はドレスをめくり上げ大股で迷走、七人の小人千葉湾岸市のイメージキャラクター『カモメヤン』は謎の動きで逃げ回り、歩道の手前で転倒した。そして、ついに、パレード先頭へと出る。先頭を務めるは、リオのカーニバル風ダンサー達。既に沿道に退避していて「わお」と歓声を上げた。こちらに向かって手を振る。

なにやら、ちょっと楽しい。

「おりゃあ、おりゃあ。行くどお」

仮装パレードは無事突破した。が、その先に大通り全面を塞《ふさ》ぐ人混みがある。その中にはコンテナ・ステージ。ステージの上で、ミニスカートの五人組が踊っていた。若林の言っていたコンサートとは、これのことらしい。

ポップなメロディー、ミニスカートが揺れている。

『仕事できても恋はダメダメ♪　ためらいばかりで、もうおじさん。下手な誘いね、のるにのれない。ミエミエだもん、恥ずかしい♪』

「恥ずかしないわっ」

警笛を鳴らした。手前にいるファン達は気付いたらしい。振り向いて、こちらを指さしている。

「危ない、危ないでえ」

真っ赤なスクーターに男が二人。しかも、後ろの男は両肩に膨らんだバッグを掛けているのだ。見るからに危なそうな二人組。この言葉に間違いはない。

が、コンサートは続いていた。

『恋の呪文はシボウカーン♪　変身、プリ、プリ、プリンタイ。ちょっとおバカなお姫様。これなら誘える？　あなたでも♪』

「誘わんわっ」

お色気不要。続けざまに、警笛を鳴らした。だが、ファン達はなかなか引き上げてくれない。

「沢上、喚《わめ》けっ。何でもええ」

即座に沢上は喚き始めた。自分も喚く。うりゃあ。おりゃあ。もう恥も外聞《がいぶん》もあるものか。道さえ開けてくれれば、それでいい。

喚いて、警笛。また喚いて、警笛。またまた喚いて、警笛。

「どけ、どけえ。危ないどお」

さすがに、ファン達もまずいと思ったらしい。怒号を上げつつも、左右へと引いていく。通路らしき空間が出来た。歩道とコンテナ・ステージの間が空いている。

「行くでえ、プリン隊」

警笛を鳴らしつつ、かつ、喚きつつ、コンテナ脇の通路へ突入。プリン隊ファイブのメンバーはマイクを放り投げ、ステージの逆側へ逃げていく。

が、歌は続いていた。

『小指で触れる、キュートなおなか♪　シャワー一緒でいいけれど、おへそは自分で洗ってね』

「口パクかいっ」

コンテナ横を通り抜けると、再び視界が広がった。港フェスティバルの人混みを脱したらしい。もう前を遮《さえぎ》るものはない。

岡野はアクセルを全開にした。

8

社長室　夕5時20分
海外送金トラブル継続中。ボクは大忙し。出来上がったリリース文を持って、社長室に来てみたら……。
若林は部屋に入って、立ち尽くした。

「あのう」

誰も振り向かない。皆、部屋隅のモニターを見つめている。モニターからは興奮気味の声が流れていた。

『謎の二人組……三十代くらいの会社員でしょうか。真っ赤なスクーターに乗って、仮装パレードを蹴散らし、そのまま大通りを東へと……』

その時、大きな怒鳴り声が響いた。

刑事さんだ。窓際の無線でしゃべってる。

「誰がこんな中継を……もともと、港フェスティバルの中継？　プリン隊ファイブがって……知らん。ともかく、やめさせろ。事情を明かしてもいい」

でも、興奮気味の実況は止まらない。

『では、もう一度、先程の映像を。謎の二人組がストリート・コンサートに乱入してきた時の模様です』

コンテナ・ステージが映った。プリン隊ファイブが踊ってる。が、突如《とつじょ》、メンバーは悲鳴を上げて、マイクを放り出した。画面は一転、背後の大通りへ。真っ赤なスクーターが迫って来る。ハンドルを握るは岡野さん。何か喚き散らしている。その後ろにも、喚き散らしている人がいて……。

沢上室長だ。こんな顔、初めて見た。

突然、モニター画面が切り替わった。

『ただ今、新しい情報が入りました。逃走中の真っ赤なスクーターは第七埠頭方面へと向かっていると……え、何？』

アナウンサーは差し入れられたメモを手に取った。

『港フェスティバルの中継ヘリが、上空にいるようです。では、その映像を』

またまた、画面が切り替わる。上空からの映像だ。広い海、コンクリート岸壁、そこから少し離れて大通り。その真ん中を、真っ赤な豆粒が動いてる。

「さっきのスクーターだ」

スクーターは第七埠頭を目指して走っていた。

9

第七埠頭周辺　夕5時27分

道の先には第七埠頭の巨大クレーン。港沿いの裏通りへと入っていく。

岡野はアクセルを緩めた。

道幅は狭い。歩道も無い。あるのは資材置場と仮設倉庫のみ。だが、その先に、空き地らしきものが見えてきた。大きな古看板が立っている。

『第七埠頭パーキング』

元料金所と思われる板張りの古小屋もある。犯人が指定した駐車場跡地とは、あそこのことに違いない。速度計横の時計に目をやった。まだ三分近くある。

ハンドルを切って、駐車場跡地へ乗り入れた。

小石がはじけ飛ぶ。枯れ草がタイヤに絡《から》まる。速度を落とし、小屋前で軽くカーブを切った。が、男二人を乗せたスクーターは重く、勢いが落ちきらない。車体が傾いた。なんとかこらえようと左足で突っ張った瞬間、ふくらはぎが攣《つ》る。

沢上と二人、草むらへと投げ出された。

痛みをこらえて身を起こす。スクーターは乗り手を失い、のたうち回っていた。車体に覆《おお》い被《かぶ》さって動きを制し、エンジンを切る。

「沢上、すまん。大丈夫か」

「大丈夫だ。岡野は？」

「足が攣った。頼む、バッグを小屋の中に」

沢上はバッグを両脇に抱えて立ち上がった。片足を少し引きずりつつ、古小屋へ。地面にバッグを下ろし、扉へと手をやる。

「だめだ」

沢上は扉を拳で叩いた。

「鍵がある。丸い筒で、三桁《けた》を合わせるやつ」

「板張りの古小屋や。鍵の周り、壊してしまえ」

沢上は地面から拳ほどの石を拾い上げ、鍵の周囲を叩き始めた。自分も手伝おうと、小屋へと這《は》い寄る。が、ふくらはぎは更に収縮。同時に、胸元で何か振動した。

携帯だ。まさか、犯人からか。

うめき声をこらえつつ、携帯を取り出した。電話へと出る。

「岡野さん、ひどいな」

またヒゲ狸だった。

「さっき、あとで電話するって仰ったじゃないですか。どうなってんです？　あの電話、犯人からで間違いないんですか」

ふくらはぎは収縮中。うめき声しか出てこない。

「岡野さん、教えて下さい。大事なことなんですよ」

「今、それどころや……ないんで」

扉を壊す音が響いている。

「電話が、また、あったんです。『指示に追加する』と前置きした上で『身元証明として二六一を提示する』って。意味不明なんですけど、岡野さんなら分かるんでしょう」

「そんなもん、分かるはずが」

　もしかして。

　小屋前を見やる。岡野は「二六一」と叫んだ。

「沢上、鍵の番号、二六一で試してみてくれ」

　沢上が手の石を放り投げる。筒状の鍵をつまみ上げた。耳元ではヒゲ狸がしゃべり続けている。

「岡野さん、私達はあなた方に協力してるんです。あなた方も、私達に……」

「開いた。岡野、開いたぞ」

「置いて、バッグを。早よう」

　沢上がバッグを脇に抱え、小屋へと入っていく。岡野は携帯を耳から離し、表示時刻を確認した。一分、遅れた。この遅れ、犯人はどう考えるか。

「岡野さん、ちょっと聞いてるんですか」

　手元でヒゲ狸の声が響く。岡野は携帯を耳に戻した。

「上空にいるヘリ、そこに降ろしたいんですがね。港フェスティバルの取材クルーが乗ってるんです。一件落着したなら、構わないですよね」

「一件落着って……今、遅れながらも、なんとか指示通りに」

「電話は『本件をもって指示は終了。小柴氏は解放する』で切れたんです。どうなんです？　もし、事態が収束……」

沢上が誰かを抱え上げて、小屋から出てきた。胸にあるのは、やせ衰《おとろ》えた男の体。白髪が揺れている。

思わず声が出た。

「名誉顧問っ」

「岡野さん、間違いないんですね、無事解放で」

やかましい。

携帯を草むらに放り投げた。地面を這い寄る。

「どうなんや。無事、無事なんか」

「息と脈はある。温かい」

沢上が地面に膝を突く。名誉顧問を横たえた。

「これから脈を数えてみる。岡野、救急車を呼んでくれ」

慌てて這い戻り、草むらを探った。携帯、どこ行った？　幸い、すぐに固い物が指先に触れる。あった。草むらから携帯を拾い上げ、救急へとかける。が、うまく番号が押せない。指の震えが止まらないのだ。

「……ええと、第七埠頭北の空き地。いや、詳しいことは分かりません。今のところ、息あり、脈あり、意識無し。外見を見る限り、怪我《けが》は無し」

電話を切った。肌が震えている。いや、肌ではない。この震えは……空気が震えているのだ。

上空から、轟音が近づいてきた。

夕焼け空に鈍《にぶ》く光る物体がある。ヘリコプターではないか。こんな間近では見たことが無い。どうやら、この空き地に着陸しようとしているらしい。

「動かないで下さい、名誉顧問」

慌てて目を戻すと、名誉顧問は意識を取り戻し、立ち上がろうとしていた。ふらつきつつ、なんとか中腰の姿勢へ。が、そこに、ヘリによる強風と土埃《つちぼこり》が襲ってきた。やせ衰えた体が、それに耐えられるわけがない。名誉顧問は揺らぎ、膝を折って崩れ、そのまま倒れて、地面にうつ伏した。

二人同時に声が出る。

「名誉顧問っ」「名誉顧問、しっかり」

土埃が身を包む。轟音の中で扉が開く音がした。

「カメラが先。早く」

振り向いて、手をかざした。土埃の中に目を凝《こ》らす。ヘリから機材を担《かつ》いだ男達が降りてきた。カメラを抱えた男に、高照度ライトを持った男。大きなマイクを持った男まで。まるで、昨晩のスタジオではないか。

「名誉顧問、じっとしてて下さい。じっとして」

再度、目を戻すと、名誉顧問は既に四つ這いの姿勢になっていた。荒い息を繰り返している。かすれ声を絞《しぼ》り出した。

「行かねばなんね」

その瞬間、まばゆい明かりが名誉顧問を包む。自分達の周囲には取材クルー。カメラが名誉顧問を狙っていた。一方、名誉顧問は四つ這いの姿勢でうつむいたまま、ただ、荒い息を繰り返している。そして、また、かすれ声を絞り出した。

「皆、待ってる。行かねばなんね」

行く？　いったい、どこへ行く？　もしかして、ＯＢ達が待つ説明会へか。

突然、名誉顧問が咳《せ》き込んだ。体は激しく上下に動く。咳が止まると、今度は前方へと揺らいだ。そして、崩れていく。名誉顧問は顔を地面に打ちつけ、うつ伏してしまった。

沢上が身を揺する。

「しっかりして下さい。名誉顧問っ」

自分の左には沢上と名誉顧問。右には取材クルー。何なんだ、この光景は。安堵すべき瞬間なのに、なにやら腹立たしい。

ふくらはぎは再び収縮。うめき声をこらえつつ、カメラへと向く。

「そんな暇あったら、人、呼んでこんかいっ」

枯れ草を引き抜き、投げつける。遠くから救急車のサイレンが聞こえてきた。

10

救急病院　夜9時

廊下の照明が消えた。消灯時間になったらしい。

岡野は病院廊下の長椅子に座っていた。

名誉顧問の病院搬送を見届けたのは三時間程前のこと。沢上は付き添いで残り、自分は事の次第を報告するため、いったん会社へと戻った。社長への報告を済ませ、残務を片付けて、再びこの病院へ。だが、いきなり一人で個室に入るのも気が引け、こうして、病室前の長椅子に座ったままでいる。さて、入るべきか、帰るべきか。

個室の扉が開いた。

「なんだ、来てたのか、岡野」

沢上が廊下へと出てきた。

「入ればいいのに。今なら話もできる」

「ここでええんよ。どうやの、名誉顧問の具合は？」

「かなり衰弱《すいじゃく》してる。けど、大きな問題は無さそうだ。まだ結果が出てない検査もあるけど、医者は、たぶん大丈夫だろう、と言ってた」

「警察は？　事情聴取があったんやろう？」

「源さんの時と同じだよ。事件の前後しか記憶に無い。尿と血液を調べれば、何か出てくるかもしれないけど」

「何が出てこようと、もう関係ないな。俺らの仕事は終わった」

気の抜けたような息が漏れ出る。沢上は「そうだな」とつぶやき笑った。

「会社の方は、どうなってる？」

「社長はすぐに御礼の挨拶《あいさつ》回りに出たよ。社長以外は、皆、気が抜けて、ぼうっとしとる。若林なんか、『ボク、虫歯が』とか言い出して、いきなり歯医者に行くしな」

「それはまずい。若林君には二億円を銀行に戻す手続きを頼んでたんだけど」

「代わりに、俺がやったよ。まずかったか」

「多額の現金は、経営企画室か財務部で取り扱う——それが当社の規則だから」

「今週は緊急事態ばかり。うちの部署の緊急時権限っちゅう解釈でええがな。心配せんでええよ。規則通りに手続きしてあるから」

岡野は現金受け渡しの光景を思い浮かべた。

「けど、びっくりしたで。一昨日《おととい》みたいに、メガネに地味スーツが来ると思とったら、前掛け姿のお兄ちゃんが二人で現れたんよ。で、いきなり叫ぶねん。『ありがとうございます。デイリーバンクです』って。小型の札束勘定機を持参しとったんやけど、二億円を目にしたら、ビビりだしてな。緊張して、札をバラバラ落とすねん。仕方なく、俺も手伝《てつ》どうた。何や、あれ。あんな銀行と取引あったか」

「最近、設立されたネット銀行なんだ。営業基盤は個人の小口資金だから、本来は、法人の訪問集金なんてやらない。けど、設立直後で、まとまった資金が欲しいらしくて」

「なんで、わざわざ、そんな銀行に」

沢上が「その」と口ごもった。

「共同出資の設立なんだ。中央団体保険と邦和商事の。だから、その」

「御礼の預金協力か。なるほどな。最後まで、ようできとる」

沢上が「すまん」とつぶやく。岡野は笑った。

「別に謝ることやない」

「いや、今回のことで、俺は……どうも、自分のやってきたことが」

その時、病室の扉が開いた。

「室長、ちょっと、いいですか」

里佳子だった。いつの間にか、来ていたらしい。

「名誉顧問がお呼びです。眠る前に、もう一度、室長と話がしたいって」

なんとなく、いつもと雰囲気が違う。声が掛けられない。そして、里佳子も自分の方に目を向けようとしない。沢上を見つめたままでいる。

　里佳子は後ろ手で扉を閉めた。

「あの、私……会社に戻ります」

「一片付けしたら帰って。休んだ方がいい。いろいろ大変だったろう」

「室長ほどじゃないです」

　内容だけ聞けば、単なる上司と部下の会話だろう。だが、こんな表情の里佳子は見たことがない。二人の視線が宙で絡み合っている。目と目で会話とは、このことか。

　一昨日、耳にした経済イタチの言葉が思い浮かんできた。

　――沢上室長の仕込みってわけだ。

　里佳子は沢上に向かって軽く一礼。こちらを見ようとはしない。こんなに間近にいるのだ。気づかないわけがない。が、里佳子は目を伏したまま鼻をすすり、廊下の先へと顔を向けてしまった。そして、一人、玄関へと向かっていく。

　沢上が「岡野」と言った。

「一緒に入ろう。せっかく来たんだ。顔ぐらい見せておかないと」

「お前だけで十分よ。俺も若林と同じ。歯が痛くなってきてな。名誉顧問には、よろしゅう言うとって。ほな」

誘いを断って立ち上がる。大仰《おおぎょう》に「おお、痛」とつぶやきつつ、背を向けた。

「おい、岡野」

振り返らず、薄闇の中を行く。先には里佳子の背。が、その背は止まることが無い。それどころか、自分を避けるかのように、足早に遠くへと離れていく。

病院の玄関灯が滲んで見える。

俺は情けない男だ。いい年をしていて、なぜ、涙なんか出している？ 今に始まったことではないではないか。これが俺の役回り。己《おの》が人生、三十六年間、ずっとこんなものだった。

「それにしても、なんちゅう、正直な体なんや」

本当に右の奥歯が痛み出してきた。

右頬を叩く。岡野は歯を食いしばり、玄関へと向かった。

# お知らせの八　肝要《かんよう》なのは後始末

## 1

千葉サプライ本社裏手　笠原歯科クリニック

歯を削《けず》る音が響いている。我慢できない。

岡野は歯科待合室のソファから立ち上がった。傍《かたわ》らで若林が怪訝《けげん》そうに自分を見上げている。小声で若林に言った。

「やっぱり帰るわ。どうも落ち着かん」

「だめです」

若林が袖《そで》を引っ張る。ソファに戻された。

「仕事時間に歯医者通い。そんなの、普段なら絶対、認めてくれないです。週末に事件解決して、その週明け。これ、ご褒美《ほうび》みたいなものです。有効に使わないと」

「いや、それが、その……痛みが引いた。お前と違《ち》ごて、虫歯の痛みやないから。仕事もいろいろあって。ほな」

立ち上がると、若林がまた袖を引っ張る。ソファに戻された。

「ボク、知ってます。岡野さん、午前中、倉庫にこもって、古い帳簿を見てたって。どう考えても、急ぐ仕事じゃないです。ほんとは暇《ひま》。そうでしょ」

事件のあと、若林は妙に強気になってきた。それ自体は良いことなのであるが。

「君もきついこと、言うようになったねえ」

「岡野さんのためです。根本治療しましょ。今日は、院長先生と若先生、両方いるし。優しい若先生に診てもらえばいいです」

「けど、親父の院長に当たってみぃ。あ、う、言うとる間にドリルが回り出すんやで。逃げられんがな」

「逃げられんって……なにを、気の小さいこと、言ってんですか。あんなことしといて。ほら、目立つと、ばれちゃいますよ。そうしたら、質問攻め」

若林が待合室のテレビへと目をやる。

画面には、あの日の映像が流れていた。上空からの大通り、その真ん中を真っ赤な豆粒バイクが動いている。もう、どのチャンネルも事件のことばかり。唯一《ゆいいつ》、事件外の番組があったと思ったら『奥様の味方、高柳健介の不倫発覚』だった。奥様達からブーイングの嵐との由《よし》。

　確かに、目立つのはまずい。諦《あきら》めて腰を下ろすと、若林が嬉《うれ》しそうに言った。

「なんか、いいなあ。この、ゆるゆる感」

「お前は、いつも、ゆるゆるしとるがな」

「それは岡野さんも同じ。ボク達、ゆるゆる仲間」

　そんなことはないと思う。だが、若林は「ね、ね」と言いつつ身を寄せてきた。そして、玄関近くの受付を見やる。

「受付の子、どう思います？　彼女、この間、『岡野さんって、おもしろい人ですね』って言ってました。もちろん、いいニュアンスです。ちなみに、彼氏いなくて、今、専門学校が経営するアパートで一人暮らし」

　あきれた。

「若林君。君は、いったい、いつ、そんなこと聞き出すの」

「それ、人聞き悪いです。ボク、おしゃべりしてただけ」

　あきれると同時に感心した。これも一種の才能かもしれない。

「なあ、若林。お前の、その才能に頼ってみてもええかな」

「はい、どうぞ。どの才能でしょ。ボク、いろんな才能あるから」

「以前、言うとったやろ。合コン――いや、お食事会しませんかって。『財務部のツテいっぱい。いつでもセットします』って。あれ、まだアリかな」

「はい、アリです。ナシでも、岡野さんのためアリにします」

「名前しか分からん子なんやけど、できれば、その子と」

「わあ、ロマンチック。胸の名札、見たんですか」

まあな、とつぶやいて頭をかく。その時、自分を呼ぶ声がした。

「岡野さん」

受付の子だ。小声の馬鹿話が聞こえたとは思えないものの、なんとなく気恥ずかしい。

神妙な顔付きで受付へ。

受付の子は診療室の方に目を向けた。

「若先生が岡野さんに聞いてみてって。いつも『薬だけにして』って叫んで、お逃げになるから。今日もお薬だけですか。そうなら、今、お出しできますけど」

診療室をのぞくと、若先生がこちらを向いていた。医療用キャップとマスクの間にある目が笑っている。恐縮しつつ頭を下げた。

「助かります。ぜひ、それで」

女の子が受付カウンターに薬袋を置く。薬の説明を聞きつつ、お金を取り出した。ついでに名刺も。その裏に書く。

『一度、食事でも？』

お金と一緒に差し出した。そのとたん、彼女は頬《ほお》を赤らめる。そして、診療の予約票を一枚手に取り、いつもと同じように言った。

「ええと、ご予約……なさいます」

「いや、その、歯の痛み具合次第でして。はっきりとは」

予約票の上でボールペンが走った。余白に『ＯＫ』の文字。そして、携帯番号。職場口調が続く。

「いつでも電話して下さい。お電話いただければ、すぐに予約を入れますから」

薬と予約票を手にして、診療所を出た。歩道へと出て空を見上げる。

初めてこんなことをした。まさか、成功するとは。

「ゆるゆる感か」

気の抜けた息が漏《も》れ出てきた。顔を戻して、歩道を会社方面へ。背後で自分を呼ぶ声がする。振り向くと、診療所の玄関口に若林がいた。携帯を振り回している。

「大変です、大変。今、メールが。辞めるって、経営企画の市川」

「そうみたいやな。前々から退職願、出しとったらしい。まあ、事件も解決したし、キリのええ所でということなんやろ」

「知ってたんですか、岡野さん」

「フロアの通路で、たまたま、世間話を耳にした。それだけのことよ」

深呼吸して、背を向けた。背後で若林がまだ何か言っている。背を向けたまま黙って手を上げ、そのまま足を進めた。若林は、まだ知らない。同時に、沢上からも退職願が出ていることを。

路地を渡って、ベイスクエアの敷地へ戻った。

駐輪場に真っ赤なスクーターがある。その車体には大きな傷跡。せめて、修理代くらいは渡したいのに、あの日以来、里佳子とは会えていない。あれからすぐに里佳子は休みを取ってしまったのだ。そして、携帯はつながらない。

「情けないやっちゃ、俺は」

岡野はため息をつき、目をつむった。

## 2

千葉サプライ　警察控室

ただの倉庫が警察控室と化したのは、一週間前のこと。ドアにはまだ、その時の貼り紙がある。

『工事関係者以外、立入禁止』

ドア前で、岡野は手元を確認した。手には飲料缶の入ったレジ袋。もう一方の手でノックをして返答を待つ。どうぞの声を受け、室内へと入った。

柴田の姿が無い。

怪訝に思って周りを見回すと、足元で何やら物音がした。柴田が配線コードを手にして、古テーブル下から這《は》い出てくる。片付けをしていたらしい。こんなことくらい部下に任せればいいのに、と思わないでもない。が、こういう人なのだ。

岡野はレジ袋を掲《かか》げた。

「最後に、ご挨拶《あいさつ》をと思って。乾杯用のビール……じゃなくて、ビール味飲料。ノンアルコールです。お互い、まだ勤務中ですから。ちなみに、これは警察の方へではなく、知り合いの柴田さんへの差し入れです。私も飲みますんで」

柴田はコードを古テーブルへと置く。そして、笑った。

「最後に、ようやく呼んでくれましたね。『刑事さん』じゃなく、『柴田さん』って」

古テーブルを挟《はさ》んで座り、缶を開けて乾杯。二人そろって一気に空け、二人そろって息をつく。柴田は缶を置いて、部屋を見回した。

「事件収束から、五日たっても無風。ここも撤収です」

「なにやら、うかないご様子ですね。解決したのに」

「私どもにとっては、解決ではないんです。警察は犯人を捕まえる組織ですから。最も望ましい形で収束したのに、なんとも因果《いんが》な職業ですな。ただ、『収束する』ということは『もう新しい手掛かりは出てこない』ということでもありますから。結局、今回は、何と言いますか」

柴田は肩をすくめた。

「我々は、いたずら電話の番をしていたようなもんです。まあ、その分、被害も少なかったし、それはそれで、素直に喜ばんといかんのでしょうが」

「なんだか、意外ですね。遺伝子のＤＮＡさえ証拠になってしまう世の中なのに」

「最後まで手厳しいですな」

柴田は頭をかいた。

「捜査技術そのものは、間違いなく進歩してるんですよ。ですが、何に目を付けるかは、今も昔も、勘みたいなところがありましてね。ちょっとした気付きとでも言いますか。情報が大量にあれば、あとから探ることも可能なんですが、電話守りの状況では、なかなかね」

「すみません。素人《しろうと》が勝手なことを」

岡野は素直に頭を下げた。

「私、最後の最後まで、いらんこと言うてますね」

「そうでもない。岡野さん、あなたに会って、改めて認識したことがありましてね」

「あの、私と会って？」

柴田は「そう」とうなずくと、小さく笑った。

「この仕事をしていると、つい、勘違いしてしまうんです。自分個人に力があるのではないかと。実際、この仕事、条件次第で強制力を伴《ともな》いますし、そうでなくとも協力要請すれば、全面拒否されることはまず無い。相手によっては、こちらから、わざと頭ごなしに出ることもあります。ですが、それは職業としてやっているのだ、という当たり前のことを忘れてしまうんです。まあ、それでも通ってしまうところはあって、勘違いしたままの連中も多い職場なんですが」

柴田は大仰《おおぎょう》にため息をつく。岡野は笑いをこらえつつ返した。

「あの、柴田さんって、警察の中で結構、浮いてはるでしょ」

「よくお分かりですな。浮いてますよ。岡野さんと同じようにね」

顔を見合わせた。互いの口から、笑いのような息が漏れ出る。

岡野は柴田と一緒に心から笑い合った。

## 3

第七埠頭パーキング跡地

事件解決から二週間ちょっと。ここは何も変わっていない。この小屋も、周囲の枯れ草も。

「あの日のままや」

岡野は駐車場跡地の小屋前に座っていた。

暖かい夕日が敷地全体を包んでいる。こうして地面に腰を下ろし、古小屋にもたれているると、実に心地《ここち》良い。となると、つい、ウトウトと……。

「岡野、風邪《かぜ》ひくぞ」

目を開けた。沢上が目の前に立っている。岡野は「待ちくたびれたんよ」と返し、膝元《ひざもと》へと手をやった。膝元にはレジ袋、その中にはドーナッツの入った紙袋がある。

「どうや、思い出の空き地でドーナッツっちゅうのは。居酒屋で一杯やろうと思たんやけど、お前の日程は、連日、朝から晩までギッシリ。日曜の今日も出勤して、引き継ぎ書類を作っとる。そやけど、やっぱり何かないとな。誘拐事件で『打ち上げ』っちゅうのも不《ふ》謹慎《きんしん》かもしれんけど」

「それもそうだな」

沢上は笑って、隣に腰を下ろした。そして、気持ち良さげに大きく伸びをする。岡野は紙袋を開けた。ドーナッツを一つ手に取り、紙袋を沢上へとやる。

沢上があきれたように言った。

「岡野、また素手で食べるのか」

「細かいやっちゃ。手はあとで拭《ふ》いたらええ。紙ナプキン、付けてもろたから。ドーナッツの醍醐味《だいごみ》は、素手でがぶり。これやって」

ドーナッツにかぶりついて、沢上を見やる。沢上は肩をすくめると、紙ナプキンでドーナッツをつかんで取り出した。なるほど。だが、今さら元には戻れない。岡野は素手で食べながら、沢上に尋《たず》ねた。

「これから、どうするんや？　会社、辞めて」

「カナダのバンクーバーに行く。友人の旅行代理店を手伝うんだ。初めての仕事だけど、時間の融通《ゆうずう》がきく。まあ、今回の事件がいい切っかけになったかな」

「切っかけ？」

「ほとほと、自分のやってることが嫌になった。岡野にも伝票倉庫で怒られたしな」

「お前、まさか、そんなことで」

「いや、お前に怒られたことは、俺自身がずっと感じてたことでもあるんだ。でも、この会社でこの仕事をしてる限り、やめられない。嫌でたまらないことが、同時に、自分のアイデンティティになってしまってるから」

沢上らしい。退職事由にまで難しい理屈が付いている。

「お前の後任は、どうなんの？　というか、経営企画部は回るんかいな。お前に市川、主要メンバーが二人、同時に抜けて」

「市川君の後任は既に決まってる。企業広報の経験者を中途採用したんだ。俺の後任は財務の副部長かな。週明けに分かると思うけど」

「あの人、頭は回るけど、お前みたいに腹芸はできんで」

「そんなもの、いらない。そんなもの、無い方がいいんだ」

遠くで汽笛が鳴った。春靄《はるもや》に夕日、空全体が赤い。

岡野は目を細めた。

「なあ、結局、あの六日間は何やったんやろ。この間、刑事の柴田さんに言われたんや。いたずら電話の番みたいなもんでしたと。ほんまに刑事事件やったのか、分からんようになりそうや」

「確かにな。まあ、こんな形で終わったということは、やっぱり……犯人の狙いは事業統合プロジェクト阻止《そし》の方だったんだろうな」

「そうか。金の要求は見せかけか」

「そこまでは言わない。けど、丸藤物産の秋田パルプ買収によって、千葉サプライはプロジェクトを諦めるしかなくなった。きっと、犯人は『しめた』と思っただろうな。たまたまではあるけど、危険を冒《おか》すことなく目標の一つが達成できたんだから。となれば、残る課題は、もう一つの目標である身代金をどうするか。警察は大金の受け渡しとなると、目の色を変えてくる。リスクとリターンが割に合わない――そう判断して、途中で終わらせた。そんなところじゃないか。冷静に損得勘定できる犯人のようだから」

「冷静に損得勘定か。けど、犯人のやつ、送金で指示ミスしよったで」

「あれは、わざとじゃないかな」

沢上はドーナッツにかじりつく。言葉を続けた。

「あの時を思い出してくれ。犯人の指示に従えない状況が発生して、俺達は焦《あせ》りに焦った。連絡は常に一方通行。言い訳したくともできない。幸い、海外送金不能の判明には時間がかかる。となれば、人間、取りあえず目の前の事柄だけは完璧にやらなくてはと思うもんだ。実際、俺達も警察も現金受け渡しに神経を集中させ、公園とパレードで時間を費《つい》やした。その間、犯人は悠々と名誉顧問を小屋へと運べただろうな」

「なるほど」

岡野は身を起こして、腕を組んだ。

「実は俺もやってみた。犯人の立場になって、損得勘定ちゅうやつを。この犯人は頭がええ。俺達は全部、犯人の目論見《もくろみ》通りに動いとった。となると、唐突《とうとつ》に終わったんも、『たまたまうまくいったから』やのうて、最初から、そのつもりやったんやないか。海外送金が不能になろうが、現金受け渡し時刻に一分遅れようが、丸藤物産が何を発表しようが、犯人にとっては枝葉の話。どうでも良かったんと違うやろか」

「どうでも良かった？　単なる愉快犯《ゆかいはん》だったたってことか」

「愉快かどうかは分からん。ただ」

口ごもると、沢上は怪訝な顔をした。その顔から目をそらして、下を向く。膝元で手を広げた。

「始まりは……そのドーナッツでな」

広げた手の指先を見つめる。言葉を続けた。

「できれば、お前にも素手で食べて欲しかった。そうすれば、よう分かる。うまいが、かなり油っぽい。素手で食べると、砂糖と油で、指がぐちゃぐちゃ。あの日の朝も、そうやった」

「あの日の朝？」

「お前が二億円を準備した朝よ。あの時、俺は生まれて初めて、二億円なんちゅう現ナマを見た。触ってみとうもなる。で、こんな手で触って、お前に注意された。実は、その時、封緘紙《ふうかんし》にドーナッツの油がちょっと付いてしもうたんよ。指の形の油染み。事件の間、ずっと気になっとった。犯人はやたらと細かいところまで気がつく奴やろ。何を言い出すか分からんから」

　指先を見つめたまま、ため息をつく。

「札束が不要になった時は、それはもう、ほっとしたで。デイリーバンクの札勘定を手伝いつつ、こっそり自分の不始末を探した。けど、どの札束もきれいなもんでな。なんでやろう、油染みなんて簡単には消えんやろうに」

　上着のポケットへと手をやった。まずはハンカチを取り出し、指先を拭く。次いで、ビニール袋を取り出し、夕日に向かってかざした。

　袋の中には細長い薄手の紙がある。

「これは、あの二億円の封緘紙。デイリーバンクに引き渡す時に、一つ取っておいた。見てくれ。印鑑が押してある」

「印鑑？」

「銀行というのは、マメなところやな。帯のつなぎ目に、封緘を確認した担当者が印鑑を押すらしい。むろん、この封緘紙にもある。ほら」

　身をひねって、ビニール袋を沢上へと向けた。封緘紙のつなぎ目に、小さな赤い印がある――漆原。

「担当者はウルシバラさん。あまり見ん名字《みようじ》やろ。若林に『漆原さんと合コンしたい』と言うたら、すぐに当たってくれたわ。けど、現金を用意してくれた千葉湾岸支店にはおらんかった。おかしいやろ。で、俺は『どうしても漆原さんと』って駄々をこねた。若林はこっそり聞き回ってくれてな。で、ついに、漆原さんを見つけだした。どこにおったと思う？　なんと、うちとは何の取引も無い東京の台場支店よ」

腕を戻して、小屋にもたれた。古板が軋《きし》んで音を立てる。

「おそらく、この封緘紙を調べれば、不思議なことが分かる。なぜか、千葉湾岸支店の社員の指紋が付いていない。代わりに、台場支店の社員の指紋が付いとる。銀行での札束の取扱いは、通常、素手なんやそうや。つまり、指紋は必ず残る」

いったん言葉を切り、ビニール袋を足元へと置く。深呼吸を繰り返した。言わねばならない。

「こんな俺でも断言できることが一つある。準備された札束と戻した札束は、まったくの別物。誰かが札束を持ち出して何かに使い、また、同じ金額の札束を戻しておいた――そう考えるしかない。となれば、現金金庫の入出庫台帳に、現金出し入れの記録が残るはず。けど、台帳には何の記載も無い。つまり、『誰かがこっそり二億円を出し入れした』ということになる。言うまでもないやろうが、現金金庫の管理者は」

言葉途中で身を起こす。隣を見やった。

「沢上経営企画室長——お前や」

沢上は黙ったまま、夕焼け空を見つめていた。

4

コンサート会場　観客席

『プリ、プリ、プリ、プリン隊♪　ヘイッ』

若林はコンサート会場の最前列で手を振っていた。

ステージと観客席はもう一体。一緒に踊って、一緒に歌う。今日は慰労《いろう》をかねて、工場の後輩君と一緒。先輩らしくしなくちゃと思うんだけど、ここに来ると、どうしても……。

ヘイ、ヘイッ。

もう最高。

踊りに踊って、コンサートは休憩時間へと突入。席に座って、スポーツドリンクで水分補給。しみじみ余韻《よいん》に浸っていると、後輩君が心配そうな顔つきで尋ねてきた。

「あの、若林さん。僕達、こんなことしてて、いいんでしょうか」

「どうして？　今日は日曜。休みの日」

「でも、あんなことあったばかりだし」

「だから、来てるの。ストレス発散。それに、結局、何の被害も」

言葉を途中で飲み込んだ。考えてみたら、不思議だよね。あんなに大騒ぎしてたのに。

もしかして、あの事件って……。

周囲が一気に沸《わ》き立った。第二部が始まったらしい。慌《あわ》てて立ち上がり、スポーツドリンクを席に置く。ステージへと向き直った。

初めて聞くメロディー、新曲だ。

『考えたって、あなた、ムリムリ♪　私のココロは分からない♪　ヘイッ』

ヘイッ、ヘイッ。

夢中になって手を振る。

若林はリズムに合わせて、何度もジャンプした。

5

第七埠頭パーキング跡地

夕日が空き地を染めている。何もかもが紅《あか》い。

「岡野、本気で言ってるのか」

「本気も遊びもない。まだ事実しか言ってない。推論はこれからや」

沢上は再び黙り込む。岡野は言葉を続けた。

「あの金は身代金。いつ犯人が『持ってこい』と言い出すか、分からん。にもかかわらず、お前は持ち出せた。ということは、『事件の推移が事前に分かっていた』ということになる」

沢上は大仰に首を横に振る。そして「分からないな」と言った。

「そんなことして、意味あるか。現金を用意したのは水曜日の朝、それを公園に運んだのは金曜日の午後。つまり、二日強しかない。そんな短い間、現金をわざわざ持ち出して、何の意味がある」

「最初は見当もつかなんだよ。自分ならどうするか考えたけど、アパートの床に敷き詰めてニヤニヤするくらいしか思いつかん。けど、事件のあと、挨拶回りをしとって、ある人から思わぬ話を聞いた」

「思わぬ話？」

「エコノミックマガジン社に行った時にな、経済イタチに言われたんや――『鉄火場《てっかば》でしたな』って。何のことか分からん。怪訝な顔をしとると、経済イタチは端末から資料を打ち出して、いろいろ説明してくれた」

胸元に手をやった。持ってきた資料を取り出し、その中から一枚を抜き出す。地面へと置いた。

「あの六日間、千葉サプライを巡って、様々な情報が入り乱れた。そのたびに千葉サプライの株価は乱高下。おもちゃにされた。けど、経済イタチに言わせれば、典型的とも言える売買《ばいばい》合戦やったんやと。いつの世でも、値を決めるのは買い手と売り手の駆け引き。経済イタチは、その一つ一つについて、丁寧に教えてくれてな」

港の方から鉄杭《てっくい》を打つ音が聞こえてきた。

「千葉サプライは法人相手の地味な会社。通常なら、株価が派手に動くことはない。が、突然、クレソン・バーゼルから調査レポートが出た」

岡野は月曜日の値動きを指さした。そこには下落を示す長く黒い棒線がある。

「まず理屈で動くプロの大口投資家が処分し始めて、株価は大きく下げる。その一方、『この水準なら安い』と飛び付く買い手も出てきて、少し戻した。けど、戻りきることはできんで、その辺りで横ばい。そのまま丸三日経過。買い手は次第に不安になってくる。そんな日の深夜、誘拐事件は公表された。深夜やから、売ろうにも売れん。株式の取引は通常九時から三時まで。朝になるのを待つしかない」

株価チャートの上で、指をずらしていく。木曜日の部分を指さした。

「で、翌朝は最初から大きく下げて始まる。この瞬間、千葉サプライは下落率と取引量増加率のトップに顔を出した」

地面に二つのリストを置いた。どちらの最上段にも、千葉サプライの名がある。

「経済イタチによると、こうなった段階で、有象無象《うぞうむぞう》の連中が集まってくるそうな。便《びん》乗《じょう》して『一儲《ひともう》けしたろ』という連中よ。昔は怪しげなプロが暗躍。ネット取引が普及してからは、個人投資家も平然と入ってくる。デイトレーダーとかいうやつや。誰も千葉サプライなんかに興味は無い。切った張ったが好きなだけよ。まさしく鉄火場やな」

手元の資料から、また一枚、抜き出した。今度は取引時間内のチャート。五分単位で作ってある。

「そこに、突然、思いもせんニュースが飛び込んできた。バンブルの会見よ。深夜の公表を知らなかった人も、否応《いやおう》なしに知ることになる。ショックは加速、下落も加速。売り手は大いに活気づいて、午後には取引が成立せんようになった。お前が教えてくれたストップ安というやつや」

足元のチャートを指さした。限界に達したところで、チャートが途切れている。

「その夜、俺がテレビに出た。この時点で、この件は経済ニュースの範疇《はんちゅう》を完全に越えてしもうた。深夜から興味本位のニュースと巨額の身代金に関する憶測報道が流れ続け、買い手の不安はマックス。悲観論ばかりで、諦める人も出てくる。で、翌金曜日、株価は更に大きく下げて始まった。証券界では、俗にこれを『ぶん投げ』と言うらしい」

足元に週刊誌のコピーを置いた。記事の中に、テレビ画面の写真がある。真っ赤な顔の自分がスタジオにいた。

「けどな、経済イタチは言うたんよ——株はどこかで下げ止まるってな。株とは会社の出資金のこと。事業がしっかりしとるなら、会社の解散価値を下回ることは、あまり無いらしい。まあ、あくまで『理屈では』やが。ちなみに、その価格、千葉サプライの場合は、この辺りになる」

チャートに指で横線を引いた。

「実際、金曜午後、この水準が近づいてくるにつれ、下落スピードは落ち始めた。売り手は警戒し始める。その状態のまま、最低水準で取引は終了。それから数時間後、事件は一気に解決した。しかも、目立った被害は無し。売り手買い手の形勢は一気に逆転した。けど、既に週末、取引は終わっとる。二日間、焦らしに焦らされて、ついに月曜日。買い手は追加買い、売り手は必死で買い戻し。こうして、買い注文が集中。当然、もう暴騰《ぼうとう》しかない。証券界では、俗にこれを『踏み上げ』と言うらしい」

最初のチャートへと戻った。週明け、価格は朝から上へとぶっ飛んでいる。

「事件で走り回っとる間は、無我夢中で分からんかった。けど、あとから見返してみれば、計算され尽くしたタイミングばかり。ようできとる。見事と言うてもええ」

沈黙の間。しばらくして、沢上が独り言のようにつぶやく。

「やっぱり……分からないな」

そして、大きく首をかしげた。が、こちらを向こうとはしない。

「株価は下がったんだぞ。損するだけだろ。事件解決後に上昇したといっても、元の水準に戻っただけだ」

「いや、利益は出せる。この件で俺も知った。先に売って、あとから買う——株式はこれができるんやと。いろんな条件は付くけど、差額が利益になることは変わらん。奇妙に思えるけど、半世紀以上前からある制度なんそうや。つまり、どう動くかさえ見通せたら、一儲けできるという制度やな」

沢上の表情が硬《かた》くなり始めている。岡野は言葉を続けた。

「おまけに、この制度、元手の約三倍まで売買できる。つまり、三割強、価格が動けば倍になる。むろん、見通しを誤れば、元手が吹っ飛ぶ。危険な賭《か》けやが、事件の推移が事前に分かっていれば、どうやろ？　金に目がくらんだ連中をカモにして、連戦連勝。確実なところだけ売買しても、倍は堅い。つまり、元手を二億円とすると、四億円以上。元手となった二億円を戻しても、まだ二億円以上残る」

沢上は何も言わず、目をつむった。

「こうした売買合戦は、昔からあったらしい。けど、昔はのんびりしとったそうや。相場師が身元割れんように、地場の証券会社経由でこっそり注文を出したりとか。今は、ケイマンや香港の正体不明ファンドが、外資系証券経由で派手に仕掛けてくる。けど、その金の出所をたどっていくと」

ため息をつく。

「日本人に行き着くことが、よく、あるそうな」

沈黙が流れる。

沢上は黙ったまま目を閉じていた。しばらくして、「なるほどな」とつぶやく。ゆっくりと目を開けた。

「岡野の言いたいことが分かったよ。俺が事件を計画した。計画したなら、事件の推移は分かるに決まってる。そして、会社の内部関係者であるにもかかわらず、千葉サプライ株式を売買した。身代金の二億円を元手にして、極めて効率的に。しかも、身元が割れないように海外のペーパーカンパニー名義を使って。けどな、それは机上《きじょう》の空論《くうろん》だよ。実務的には不可能だ」

「不可能？」

「事件の間で確実な値動きと言えば、どこになる？　誘拐公表直後の暴落と、事件解決後の暴騰だろう。暴落は木曜日、暴騰は週明けの月曜日。いいか、株式の取引で金を受け取れるのは、通常、取引日を含んで四営業日目なんだよ。今回の場合で言えば、翌週の火曜日と木曜日になる。つまり、解決して何もかも終わった頃にしか、金は手に入らない。けど、お前も見たはずだ。事件の真っ最中、金曜日の午後の時点で、バッグの中に札束はあった」

「その通り。そこで封緘紙が意味を持ってくる」

沢上の頬が強張《こわば》る。岡野は言葉を続けた。

「暴落時の売買で利益は確定。あとは入金を待つのみ。前半戦の暴落がうまくいったなら、後半戦の暴騰も堅い。リスクはほぼ無いと言ってええ。となれば、出すやつはおる。具体的に言えば、東京台場に個人オフィスを構えとるスティーブ上坂よ。スティーブが現金を提供した。そやから、最後の札束の封緘紙は台場支店。これで、全ての辻褄《つじつま》が合う」

沢上の頬が引《ひ》き攣《つ》っていく。

「もっとも、お前が肝心《かんじん》のことを喋《しゃべ》るとは思えん。『内部情報をリークするから、一稼ぎしないか』と持ち掛けた。そんな辺りかな」

「話としては、おもしろい。だが、それだけだ」

ついに、沢上はこちらを向いた。

「何か確実な証拠があるのか。封緘紙だけだろ。そんなもの、台場支店の窓口に行って、百万円を下ろせば、いくらでも手に入る」

「俺は警察やない。確実な証拠なんかあるかいな。資金の流れを追ったところで、痕跡は消してあるやろうしな。それに、バレた場合を想定して、完璧に理論武装しとるに決まっとる。こういったことになると、お前に勝てる奴はおらん。立証となると難しいやろな。けど」

沢上を見つめる。岡野は「一つ言える事がある」と続けた。

「誘拐事件としての観点にとらわれとる警察に、こういった状況証拠を伝えれば、どうなる？　間違いなく、今後、お前は監視される。海外に行ってまで、やろうとしとる事があるんやろ。けど、大金を使えば、その源泉を問われる。使うに使えない。リスクを負って大金を手にした意味は無くなってしまう」

顔を戻して、夕日を見つめた。もう、まぶしさは無い。ただ紅く、そして、せつない。

「もうええやろ。これ以上、細かい話をするつもりはないねん。ただ、知っておきたいんや。何をしに、どこに行く。俺には、ほんまのこと、言うてくれんか」

「本当なんだ。バンクーバーに行くのは」

沢上は深く長い息をついた。

「ただ、そこは数ヶ月くらいで、そのあと、ある医療施設に行く。場所は言えない」

「医療施設？」

「寛子を連れて行く。家族で移住する」

「リハビリなら日本でも」

「リハビリの問題じゃないんだ。難病指定疾患《しっかん》の一種で、長い時間の中で次第に体が動かなくなる。あいつは、毎日、浴びるように薬を飲んでる」

「お前、そんなこと、一言も」

「寛子も昔は、千葉サプライで働いてた。皆、その頃の元気なイメージを持ったままでいる。それを壊したくない」

昔の光景が浮かんできた。頭の中の寛子は、今も元気良く笑っている。

「行く予定の施設は、この分野では世界最高水準。最先端かつ実験的な治療も行われている。ただし、普通のサラリーマン生活じゃ手にできない額の金がいる。いろいろ悩んだけど、寛子と相談して決めた。ただ、費用については、貯蓄と退職金でなんとかなるとしか説明していない」

沢上は唇を噛《か》む。そして「金がいる」と言った。

「家族のために金がいる。ヘルパーを雇わなくちゃならないし、千香が幼い頃はその世話を頼む必要もあった。俺は人より働いた。もっともっと金がいる。けど、やればやるほど、家族と一緒にいられなくなる。それをカバーするために、また金がいる。自分でも、いったい、何をしてるのか分からない」

岡野は唾《つば》を飲み込んだ。思ってもみなかったことだ。沢上は常に颯爽《さっそう》と仕事をこなしていた。そんな姿から、想像などできるわけがない。

沢上はうっすらと笑みを浮かべ「仕方ない」と言った。

「お前に暴《あば》かれるなら。ここが俺の限界点。結局、何も変わってなかったということなんだろうな」

「変わってなかった？」

「新人の頃を思い出すよ。お前は、その場、その場の雰囲気で物を言ってた。なのに、俺が何日も考えた結論と大差ない。お前には勝てないと思ったよ。となれば、別の土俵で勝負するしかない。そう考えて、俺はＭＢＡの準備を始めたんだ。寛子のことだって、そうだよ。当時、あいつはお前の方ばかり見ていた」

こんな時に冗談か？　半《なか》ば唖然《あぜん》としつつ、沢上を見つめる。が、沢上は真剣な表情で言葉を続けた。

「十数年たって、何の因果か、また同じフロアで働くことになった。年をくっても、お前は変わってなかったよ。けど、素直に思えた。ああ、これが小賢《こざか》しい俺の限界なんだと。今回の件もそうだよ。結局、俺はお前に勝てない」

岡野は瞬《まばた》きを繰り返した。何を言うとるんや、沢上は。頭のいい奴は、時として、とんでもない結論を出してしまう。勝てない――それは、俺が言う言葉やろうが。

「このあほたれ」

怒鳴るように言って、胸元に手をやった。使い捨てライターを取り出す。更に、手を足元のビニール袋へ。中から封緘紙を取り出して、夕日にかざした。

左手には封緘紙、右手にはライター。着火した。

「岡野、それは証拠の……」

「やかましい。黙っとけ」

封緘紙は炎をまとい、踊りながら縮んでいく。そして、薄い灰へ。更には、潮風に吹かれて散り散りに。夕焼け空へと舞い上がっていく。

「お互い、忙しかった。それだけのこっちゃ」

夕空に舞う灰を見つめつつ、自分の胸に問い直した。

俺は、なぜ、沢上をここに呼び出した？　思い付きをひけらかすためか。それとも、騙されたままになるのが寂しかったからか。いや、そんなレベルの話ではないのだ。俺は極めて俗な人間。こんなにムキになって調べたのは……。

「俺は、その、てっきり、お前は市川とどっかに行くんかなと」

「なんで市川君なんだ。退職願を同時に出してるからか」

「まあ、そういうこともあるかな」

「部下の退職願を預かったままで、自分だけ辞める上司がどこにいる。辞める前に受理して処理しなくちゃならない。どうしても、同時になるだろ」

「いや、なんとなく雰囲気が」

「お前が感じてた事があるとするなら、たぶん、俺と彼女が秘密を共有してたからだろうな」

動悸《どうき》がした。

「あの、秘密って?」

沢上は口ごもった。何度もためらうような仕草を見せる。しばらくして、意を決したように息をつき「実は」と言った。

「彼女は小柴幸助の血を引く唯一の人間、孫娘なんだよ。彼女の父親は認知されないいま、若くして亡くなったと聞いた。名誉顧問も後悔したんだろうな。その後、彼女が大学を卒業するまで援助していたらしい。このことは社長も知らない。おそらく知ってるのは、当事者と俺だけだ」

「社長すら知らんのに、なんで、お前が」

「名誉顧問から事情を明かされて頼まれた。彼女を社会人として、徹底的に教育してほしいと。結果は見ての通り。彼女ならどこでも通用する。彼女にとって千葉サプライはベストな職場じゃない。ここにいれば、いろいろ考えることが出てきてしまうだろうから。全く関係の無い会社で活躍した方がいい」

沢上は大きく息をついた。

「名誉顧問は一度、このことを公《おおやけ》にしようとしたことがあった。ちょうど、前の社長が辞任発表して、後継問題で揺れた頃だよ。うちの役員会は、結局、序列では一番下の良一さんを社長として選出した。なぜかは言うまでもないだろう。小柴幸助の息子だからだ。その様子を目の当《ま》たりにして《あ》、名誉顧問は『実は自分の血を引く孫娘がいる』とは言い出せなくなってしまった。もう、決して公にされることはない。言えば、騒動の種になりかねないから」

頭の中に、ほろ酔いで頬を赤く染めた里佳子が浮かんできた。

――ほんと、会社って、よく分かんないところだよねえ。

「そもそも、彼女は今、日本にいない。アメリカに渡ってる。たぶん、会いに行ったと思うんだけど」

「会いに行った？」

「結婚相手にだよ。名誉顧問の人脈で見合いをしたんだ。相手は今、アメリカの大学で理論物理学を研究してる。日本物理学会のホープらしい」

思わぬ言葉に息を飲む。

頭の中の里佳子が揺らいだ。薄れていく。もう止めようがない。薄れて滲み、曖昧模糊《あいまいもこ》とした靄の向こうへ。そして、そのまま、どこかへと消えていった。

## 6

秋田パルプ　寄合所

寄合所の座敷には一人しかない。

秋田パルプOB会常務理事、吉岡は苦笑いした。

「えれえ、変わりようだべ」

玄関土間から奥の座敷へと入る。OB仲間の片田が一升瓶《いっしょうびん》を抱えて振り返った。

「もう終わったんだすか、OB会の理事会」

「あっという間よ。全員、腑《ふ》抜《ぬ》けみでえになっちまって、意見なんぞ出てこねえ。現役に任せて、OB会としての意見は出さね——当たりめえの結論出して、理事会は解散よ」

吉岡は座敷に腰を下ろして、胡座《あぐら》をかいた。

「で、皆、何とした？」

「もう誰も来ねえす。来るわけね」

片田は茶碗酒をあおる。空の茶碗を畳へと置き、まくし立てるように話し始めた。

「そもそもの始まりだば、小柴さんの説明会欠席だす。千葉サプライに軽く見られたと思って、皆、腹を立ててたす。それが、なんと誘拐。しかも、解放と同時に、『行かねばなんね』だす。皆、気も萎《な》えるす。んだもんで、普段の生活さ戻っちまったす」

「まあ、仕方あんめ。俺達ゃ、こんなもんだべ」

「んだすな。四十年、引きずってきて、ようやく片付いたんだすな」

「ああ、片付いた。長《な》げえこと、かかったけんど」

空《から》になった茶碗を手に取る。

吉岡は茶碗に酒を注ぎ、一気に飲み干した。

7

海沿い丘陵《きゅうりょう》宅地
春めく日差し。段々畑の向こうに海が見えている。

岡野は足を止めて、汗を拭った。

「確か、この先やったよな」

初めてここに来たのは一年半前のこと。名誉顧問に呼び出され、緊張しつつ隠居宅を探した。その記憶をたどりつつ、狭い路地を進んでいく。突き当たりに平屋建ての古民家が見えてきた。

名誉顧問の隠居宅だ。

竹垣に沿って裏庭へと回った。三月下旬だというのに、庭隅の大きな桜は早くも満開を迎えている。早咲きの桜らしい。揺れる桜を見上げながら、竹垣の中央へ。裏庭をのぞき込む。

名誉顧問は縁側でお茶を飲んでいた。

「お体の具合はいかがですか」

「岡野か。これは珍しい」

名誉顧問は頬を緩めた。

「よく来てくれた。まあ、入ってくれ。退屈しとったところでな」

竹垣の枝折戸《しおりど》を開け、裏庭へと入る。縁側の前へと足を進め、周囲を見回した。どことなく、一年半前に来た時と雰囲気が違っている。

「なにやら、随分、静かになったような」

「以前は、来客や電話で騒がしかったからな。事件のおかげよ。わしゃあ、ようやく本物の隠居になれた。もう、誰も会社の話はせん。だから、どうなっとるかも、よく分からん。どうだ、会社はうまく回っとるか」

「回ってるみたいです。良《よ》かれ悪《あ》しかれ、事業統合プロジェクトが無くなりましたから。

ちなみに、これについては、秋田パルプもです。あれだけ騒がしかったOB達が静かになったようで。まあ、テレビで何度も流れましたから」

「テレビで流れた？」

「名誉顧問のお姿です。うつむいて荒い息をしながら『皆、待ってる。行かねばなんね』と仰《おっしゃ》ったところ。あれで、心動かなかったOBはいなかったんじゃないかと」

「そうか。それなら、もっと格好をつけておくんだったな。だが、感情が込み上げると、どうにもならん。すぐに、昔の言葉が出る」

名誉顧問は自嘲《じちょう》の笑いを漏らした。そして、自分を見つめ、目を細める。「苦労をかけたな」と言った。

「胃が痛くなったろう。すまなかったな」

「それが、事件の最中よりも、解決してからの方が困ったことに。田舎の親父から電話がかかってきたんです。『お前、何をしたんや』って。どうもテレビで、スクーターで喚《わめ》くところを見たみたいで。おかげで、最初から最後まで説明するはめになりました。で、そのついでに、ちょっとした実験を」

「実験？」

「電話口で、親父に名誉顧問と同じ言葉を言わせたんです――『行かねばなんね』。でも、同じようには聞こえませんでした。最初は言い慣れないせいかと思ったんですが、そうではありませんでした。原因は入れ歯だったんです」

「入れ歯？」

「親父も入れ歯なんです。それを外してしゃべると、ナ行の音が聞きにくい。なぜ、うちの親父は駄目で、名誉顧問は絵になったのか。あの二日前、犯人から入れ歯が送られてきました。あの時、名誉顧問の口の中に、入れ歯は無いはずなんです。つまり、ＯＢ達が心動かされるような台詞《せりふ》にはならないはずなんですが。不思議です」

名誉顧問は桜の木を見上げる。「いい親父さんだな」とつぶやいた。

「いくら息子の頼みごととはいえ、なかなかできんよ。そこまでの馬鹿には付きあえんもんだ」

「実は、もっと馬鹿なこと……いえ、いい思いをしました。歯医者受付の女の子と仲良くなったんです。全力で笑わせて、気楽な雰囲気を作り上げて、なんとか聞き出しました」

「ほう、何を？」

「やたらと、入れ歯を作る奇妙なジイさんの話です。入れ歯って、そう無くす物ではないと思うんですが。これも不思議です」

「確かに、奇妙なジイさんだな」

「入れ歯を巡る二つの不思議。これで徹底的に調べる気になりました。内部監査を名目に、総務の倉庫にこもったんです。古い株主名簿で、ある人の名を探しました」

一息ついて間を取る。その名を口にした。

「笠原雅和《まさかず》――会社裏手にある笠原歯科クリニックの若先生です。やたらと入れ歯を作った人でもあります。所有株数は、個人にしては、かなりの数でした」

「ほう、若先生が株主だったとは。しかし、そんなことを調べてどうする？」

「知りたかったのは、その先なんです。今、株券は電子化されてますけど、それまでは実際に厚紙で作られた『株券』が存在していて、裏に所有者が名前を書いて流通させる制度になってました。その株券番号をたどって、前所有者を確認すると、思った通り。前所有者は脇田構造《こうぞう》。千葉サプライの創業期の副社長。顧問と二人三脚で事業を軌道《きどう》に乗せた、盟友と言われた方です」

顧問は黙って話を聞いていた。

「付け加えると、備考欄に名義書き換え事由があって……相続でした。若先生の旧姓は『脇田』。若先生は婿養子《むこようし》なんです。診療所の待合室に掲《かか》げてある歯科医の資格書類を見れば分かります。養子入り前の『脇田』になってますから」

名誉顧問を見つめた。が、何の言葉も返ってこない。岡野は話を続けた。

「受付の子からは、ロマンチックな話を聞きました。奥さんは歯医者の一人娘。若先生は惚《ほ》れた人と一緒になるために歯医者を志《こころざ》し、その父親を納得させるために婿養子となった。それに感銘を受けたある人が、あの場所での開業に力を尽くしたそうです。当時、ある会社の社長さんだった人らしいんですが」

顧問の表情は変わらない。まるで世間話を聞いているかのようだった。

「組み合わせると……三人の姿が浮かんできます。覚えていらっしゃいますか。一年半前、ここで仰いました。事を為《な》すには三つのタイプの人間がいる。発想家、実務家、専門家。つまり、名誉顧問、沢上、若先生です」

顧問は茶碗を口元へとやり、茶をすすった。茶碗を戻すと、大きく息をつく。「沢上から聞いたよ」とつぶやいた。

「週末に、あの空き地で会ったそうだな」

「沢上の口からは、一切、名誉顧問の名前は出ていません。けど、沢上の頭の中は、常に、具体的な目的と手段。こんな馬鹿を思いつくわけがない。けど、事件の軸から、沢上は外せない。なら、考えられる事は……」

名誉顧問は手のひらをこちらへと向けて話を遮《さえぎ》る。「分かったよ」と言った。

「でっち上げの誘拐だった、と言いたいんだな。だが、わしの体はボロボロになった。今でも疲れは残っとる。医者には養生しろと言われとるしな」

「うまく嘘《うそ》をつく方法は一つ。できるだけ本当にやってみることです。相手は捜査のプロ。まともにやって、その裏をかくなんて、素人には不可能に近い。まず目立たないようにさっさと千葉に戻って、本当に薬を服用して意識朦朧《もうろう》となった。体の負担は相当なもんです。けど、傍《そば》で若先生が見守っていた。時々、公衆電話とかネット喫茶とかへ外出した時以外は。沢上は沢上で、千葉サプライ社員としては、事件対応に全力を尽くした。体の限界まで。あの姿を見て疑いを持つ者なんていません」

「ほう。なるほど」

「そして、犯人としての接触は極力、限定する。接触すればするほど、手掛かりを残すことになりますから。だから『一方通行』なんていう方法を考えた。考えついたのは、沢上のような気がします。いかにも、沢上っぽいですから」

「おもしろいな。お前の話は、実におもしろい。珍しく筋も通っておる。だが、肝心のところが抜けておる。何のために、わしがそんなことをせんとならん？　世間を騒がせて楽しむ——わしにそんな趣味は無いがな」

「そこなんです。名経営者と言われてきた人が、なんで今さら、こんなことをやるのか。さっぱり理解できませんでした。けど、落ち着いてきた社内の様子を見て、ようやく分かったんです」

裏庭を見回す。岡野は「これです」と言った。

「静かそのもの。以前なら、見舞いにかこつけて、意向伺いに来る者が何人もいたはずです。けど、もう誰も来ない。そりゃそうです。今回の件で社内の者は皆、後悔している。事の発端《ほったん》は、引退した顧問を現場に担《かつ》ぎ出したことにあるわけですから」

「今一つ、言いたいことが分からんな」

名誉顧問は大仰に首をかしげる。岡野は説明を追加した。

「今回の事件で、あるベテラン経済記者と知り合いになりました。その人の話によると、名経営者と呼ばれた人は皆、引退後に似たことで悩み始めるらしいです。引退しても、周囲は自分を頼ってくる。肩書きを捨てたくらいでは、何も変わらない。そこで、ある人は考えた。自分に報告も相談もできない。そんな状況を無理やり作り出せばどうか。それによって、いろんな事柄が一挙に片付くのではないか」

再び名誉顧問は茶碗を口元にやった。そして、うまそうに茶をすする。

岡野は話を続けた。

「改めて状況を見直してみると、不思議なくらい、いろんな物事が片付いとるんです。まずは名誉顧問への依存。事件の対応について、名誉顧問に相談することはできません。本人が誘拐されてるんですから。無事、帰ってきてからも、全員が引け目を感じてますから、相談にも報告にも来ない。わずか六日間で、長年の依存は消えて無くなりました」

「先程、いろんな物事と言ったな。ということは、他にもあるのかな」

「二つ目は、千葉サプライが設立以来、抱《かか》え続けてきたトラウマ、つまり再統合問題の解消です。『行かねばなんね』のおかげで、感情的なしこりも無く、きれいに片付きました。生き残りが危ぶまれてた秋田パルプは大企業の傘下《さんか》入り。当面、安泰《あんたい》です。そして、その買収負担で、丸藤物産はしばらく身動きがとれない。千葉サプライは邪魔されることなく、ゆっくりと路線を練り直すことができます」

縁側を桜の花びらが舞っている。名誉顧問は楽しげに話を聞いていた。

「三つ目は、関わった個人が、それぞれの課題に目処《めど》をつけたことです。沢上は家族のために必要な金を手にして、若先生は今までの恩義を返して貸し借り無し。名誉顧問は気になることを全部仕上げて、悠々自適《ゆうゆうじてき》を手に入れました」

改めて名誉顧問を見つめ直す。岡野は結論を口にした。

「金銭被害も人的被害もない、奇妙な誘拐事件のおかげで、全てに区切りがつき、会社も個人も前を向き始めたんです。どうでしょう、違ってますか」

名誉顧問は「さあな」と笑った。

「お前が思うとるよりも、事は大きいのかもしれんよ。かつ、もっといい加減なのかもな」

言葉の意味がよく分からない。が、問い返す間もなく、名誉顧問は「では、行くか」と言い、腰を上げた。

「一緒に警察に。実のところ、沢上の話を聞いて、お前がいつ来るかと待っておった。待ちくたびれたよ」

「いや、その気は無いんです」

「その気は無い？　では、なぜ、わしの所に来た」

「自分でもよく分かりません。敢《あ》えて言えば、自分の考えを確かめたかった、としか。けど、もう十分です。これ以上は考えてません」

「お前らしいな」

名誉顧問の視線が真正面から向かってきた。

「お前は別に捜査のプロではない。なのに、誰もが見逃す日常的な光景から、ここまで迫ることができる。だが、解釈して講釈し、そこで自己満足。渦中《かちゅう》の当事者にはなろうとはしない。仕事でも、プライベートでも。どうだ、違うかな」

岡野は顔をしかめた。問うていたはずが、いつの間にか、問われている。何なんだ、これは。そんな思いが通じたらしい、顧問は笑った。

「怒るな。まあ、酒でも飲め」

そして、縁側に手をつき、座敷にある盆を引き寄せる。庭へと向き直って、再び腰を下ろした。

「ちょうど秋田の酒があってな。いい酒よ。肴《さかな》は秋田名産の漬物『燻《いぶ》りがっこ』。抜群に合う。試してみんか」

名誉顧問の飄々《ひょうひょう》とした口調は変わらない。なにやら馬鹿らしくなってきた。ため息をつきつつ、縁側へと寄る。勧《すす》めに従って、盆へと手を伸ばして……。

岡野は手を止めた。

盆の上には日本酒の五合瓶《ごうびん》。そのラベルには見覚えがある。

『なまはげの恋』

説明会の前日、里佳子がホテルに持ってきたのと同じ銘柄……いや、同じ瓶ではないのか。瓶に残っている酒も、あの時、飲み残した量とほぼ同じ。確か、里佳子は言っていた――あの瓶、持って帰ったら、取られちゃって。

「そうか。何もかもか」

先程、名誉顧問は言った。「事は大きいのかもしれんよ」と。この言葉の意味は何か。頭の中に様々な顔が浮かんできた。まずは沢上と若先生。そして、吉岡の親父、更にはOB会の面々。そうだ、運転手の源さんも。事はもっと大きい――つまり、秋田側と千葉側、大勢の人達による命がけの大芝居ではなかったのか。いや、大芝居ではなく、プロジェクト。こちらの方こそ、四十年を締めくくる本当の『プロジェクト』だったのだ。そして。

「里佳子の役割は……俺の監視役やったわけですか」

付き合い始めから、不思議でならなかった。なぜ、里佳子のような女性が俺のような男の傍らにいてくれるのか。事件の間も、里佳子は傍らで支えてくれ、時には背を押してくれた。だが、それは同時に、計画の邪魔にならぬよう、俺を誘導することでもあっないか。そして、役割を終えた里佳子は別の男の元へと去った。

「あなたって人は、実の孫娘まで」

顧問は怪訝そうに、こちらを見つめた。そして「お前はあの子と」とつぶやく。

たかのように一人うなずき「なるほどな」と言った。

「説明しておこう。まず、あの子は孫ではない。わしの実の娘でな」

「そやかて、沢上が孫娘と」

「年の差などを考えると、いろいろ憚《はばか》りがあってな。沢上には孫ということにしておいた。まあ、子にせよ孫にせよ、身内を巻き込むようなことはせんよ。聡《さと》い子だから、薄々、感づいとったかもしれんがな」

飄々とした口振り。いったい、どこまでが本当なのか。分からない。もう何もかも分からない。口から言葉が漏れ出た。

「怪物や」

頭の中に、事件に翻弄《ほんろう》された者達の姿が浮かんできた。震えながら書類をめくる社長。電話に怯《おび》える若林。眉間《みけん》に皺《しわ》を寄せる柴田。そして、フロアを走り回る自分。

「まるで人をコマのようにして……なにが、名経営者や。あほたれや。あほたれで、大馬鹿の怪物や」

「なんだ、岡野。お前、泣いとるのか」

「泣いとるわけやないです。目から鼻水が出た」

「里佳子のことなら、わしは何も……」

「もうええんです。目から鼻水、それだけですから。愛想《あいそ》がつきてしまいました、名誉顧問に。ついでに、自分にも。愛想がつきすぎると、こうなるんです。もう止まらへん」

何を言っとるんや、俺は。

空を見上げた。空は青く澄《す》み渡っている。そんな空をキャンバスにして、桜の花びらが一枚、漂っていた。あてもなく、ふらふらと。

空と花びらが滲《にじ》んでいく。岡野は目をつむって唇を噛んだ。

# エピローグ

空港内を走りに走り、国際線ロビーへ駆け込む。

岡野は息を切らせつつ周囲を見回した。フロア隅に車椅子《くるまいす》を囲む家族の姿がある。

「沢上」

その声で気付いたらしい。沢上は壁際へと車椅子を寄せた。屈《かが》み込んで、千香ちゃんと何やら話し始める。しばらくすると、立ち上がって、こちらへとやって来た。

「どうして来たんだ、岡野。寛子とは会わせたくない。そう言っただろう」

沢上の表情が硬い。岡野は頭をかいた。里佳子のことで、うがちすぎた見方をしていた自分が恥ずかしい。だから、最後に、もう一度、きちんと会話を交わしておきたかった。が、とても、そんな胸の内は明かせない。

口に出せる理由なら、一応、用意してある。

「いや、その、最後に、お前に報告しとこうと思うたんよ。先週末、俺も退職願を出した。四月早々、週明けから有給休暇の消化や」

「退職って本気か？　どうして？」

「その、なんでかな。今回の事件で自分の限界を思い知ったというか」

「ちょっと待て。それは俺の言葉だろう」

もう一度、頭をかく。沢上は「撤回しろ」と言った。

「出したばかりなら、まだ間に合う。お前は自分の価値が分かってない。俺の代わりはいる。けど、お前の代わりはいないんだ」

「そら、逆やろ。誰が考えても」

「岡野、いいか」

沢上はいきなり肩をつかんできた。

「今回の事件で、俺は何度も社長と顔を合わせた。が、俺の前では、一度も社長は愚痴《ぐち》めいたことは口にしなかったし、困ったような表情さえ見せようとしなかった。が、お前は違う。社長はお前の前で、ありのままの表情を見せていた」

「それは、俺がどうでもええ存在やからで……」

「俺の話を聞け。お前の価値は、お前よりも俺の方が分かってる。ともかく取り下げろ。まだ、なんとかなる」

別れ際に、押し問答をしても仕方ない。岡野は沢上に向かって頭を下げた。

「ともかく、このことを言っておきたかったんや。邪魔して悪かった。元気でな。ほな」

「馬鹿。ここまで来て、そのまま帰るなんてあるか」

腕をつかまれた。そのまま引きずられるようにしてフロアの隅へ。千香ちゃんの前まで来て、ようやく沢上は足を止める。胸元から財布を取り出した。

「千香、売店で何か飲み物を買ってきてくれ」

「オーケー。何にする？」

「今日はぽかぽか陽気だし、冷たいのがいいな」

千香ちゃんがこちらを見上げる。そして、おかしそうに、おなかを撫《な》で「また出てるよ」と言った。

「おじさん、会うたびに、おなか膨《ふく》らんでいってる。無糖の飲み物にしとくね」

父親譲《ゆず》りの厳しい指摘。千香ちゃんは売店へと走って行く。沢上はそれを見届けると、車椅子の傍《かたわ》らに屈み込んだ。

「寛子、岡野が見送りに来てくれたんだ。懐《なつ》かしいだろ」

車椅子の中には、全身やせ衰《おとろ》えた寛子がいた。顔の輪郭《りんかく》に昔の面影《おもかげ》がわずかに残っている。唇《くちびる》だけがかすかに動いた。

沢上が耳を寄せる。「そう、そう」とうなずいた。

「岡野は無茶苦茶忙しいんだ。その合間を縫《ぬ》って、寛子に会いに来てくれたんだよ。次は、いつ会えるか分からないから」

沢上が屈んだまま振り向き、促《うなが》すように自分を見る。

その視線に応《こた》えるべく、話すべき事柄を探した。が、昔のことしか思い浮かばない。仕方ない。岡野は新入社員の頃に戻って話しかけた。

「昔、よう世界遺産の話をしたよな。一緒に行きたいくらいや。実は今、忙しいどころか、すっごい暇《ひま》やねん。まあ、暇なんは、昔からなんやけど。知っとるやろ」

寛子の表情がわずかに緩んだ。また、かすかに口が動く。沢上が立ち上がって、こちらを向いた。目が潤《うる》んでいる。

「笑ってる。こんなに笑うの、久し振りなんだ」

そう言うと、沢上は車椅子へと向き直る。寛子の手を取った。寛子の目も潤んでいる。

「ああ、最高の旅立ちだよ。嬉《うれ》しいな、最高だ」

自分には読み取れない、二人の間だけの笑み。やはり、沢上にはかなわない。自分が望んでも得られなかった家族の絆《きずな》がここにある。

目の前の二人が涙で滲《にじ》んでいく。岡野は目をこすった。

※　※

沢上を見送ったのは一昨日《おととい》のこと。今日は有休二日目。わびしく一人、アパートで時間を潰《つぶ》している。だが。

岡野は首をかしげつつ、机の上の固定電話へと寄った。

留守録のランプが点滅している。先程、コンビニに買い出しに出た。その間に、電話があったらしい。レジ袋を机に置いて、再生ボタンを押した。

『岡野さん、ボクです。携帯の電源、入れて下さあい』

若林だった。

『大変です、大変。今になって、偉い人達、言い出してて――岡野君を辞めさせるなって。ボク、常務から説得しろって指示されて。あの、説得って、どうすればいいですか？　取りあえず、どこかでお話ししなきゃ。そうそう、プリン隊ファイブのコンサートなんてどうですか。今度の新曲、聞くと元気が』

若林は用件そっちのけで、プリン隊ファイブの魅力を力説し始めた。が、途中で電子音が響き渡る。留守録終了。大人しくなった電話機に向かい、胸内でつぶやいた。

あほ。

笑いを漏《も》らしつつ、レジ袋からペットボトルのお茶を取る。ベッドへと移動して、腰を下ろした。お茶を足元に置き、大きく背伸び。次いで、大あくび。涙目で部屋を見回し、つぶやいた。

「俺はもっと……あほや」

休暇初日の昨日は、思う存分に寝た。昼過ぎになってから起き出し、近くのコンビニで弁当と転職情報誌を買い、夕方早々からビールを飲み始めた。夜になって、電話で転職経験のある知人にアドバイスを求めると「転職先を決めずに辞めるなんて馬鹿」と評され「ごもっとも」で相談終了。ベッドに寝転がって、転職情報誌をめくっていると、いつの間にか眠ってしまっていた。目が覚めると、もう昼過ぎ。コンビニに出かけて戻ってくると、若林の留守録。かくして今、こうしてベッドに座り、ぼんやり部屋を眺めている。

「お茶でも飲も」

わざと声に出して独り言を言い、床上のペットボトルのお茶を手に取った。ボトルの底から、何か細い物が床へと落ちる。

ヘアピンだ。

ヘアピンを手に取り、間近で見つめた。里佳子のものに違いない。髪の短い里佳子は、いつ、どこで使っていたのだろう。分からない。この部屋にいる間は、ずっと見ていたはずなのに。情けない。

ドアチャイムが鳴った。

邪魔をするな。今はただ、この感傷に浸《ひた》っていたい。だが、そんな思いなど伝わるわけがない。またドアチャイムが鳴った。邪魔するなって……またまた鳴った。世間は無情だ。独り身が感傷に浸《ひた》る暇さえ与えてくれないらしい。

ため息をついて、ベッドから腰を上げた。が、その瞬間、何か物音がする。もしかして、鍵の音か。続いて、ドアが開く音がした。更には足音まで。

誰かが入って来る。部屋のドアが開いた。

「やっぱり、いた」

里佳子だった。

「携帯ずっと切りっぱなしって、どうしたのよ。固定電話にも出ないし。心配になって、来ちゃったじゃない」

里佳子は以前と変わらぬ様子で、部屋に入ってきた。そして、鞄《かばん》を床の上に置く。自分の目が信じられない。なぜ、里佳子がここにいる?

「お前、確か、アメリカに行ったって」

「行ったわよ。で、帰ってきた」

「いや、その、相手の天才物理学者は?」

「何、それ? 大学で物理学を教えてる普通の人よ。周囲の顔を立てて、二回程、会っただけ。でも、早合点《はやがてん》しちゃった人がいてね。二人して、いろんな所、頭下げてきたわけ。アメリカと日本の両方で、お詫《わ》び回りよ。もう大変だったんだから」

里佳子は「あれ」とつぶやいて、首をかしげた。

「ケンタロー、どうして知ってるの」

何と返せばいいのか分からない。言葉を探していると、里佳子は「ああ、そうか」と独り合点した。

「あのジイ様から聞いたんだ。ケンタローも気付いたんだね。で、あのジイ様、とっちめに行ったんでしょ」

「ほな、やっぱり」

「正確には分からないけど、どっかで、あのジイ様、糸を引いてたよね。もう、あの人っぽい匂いがプンプン。事件の終わらせ方だって、そう。ジイ様、わざと弱味を見せて、丸藤物産を誘い込んだのかも。あの人、大企業を手玉に取るの、好きだから。あ、もしかすると、沢上室長も手伝ってたのかな。あのジイ様、奇抜な発想はできても、緻密《ちみつ》なことは苦手だからねえ」

「あの、お前、監視役なんじゃ」

口ごもりつつ言うと、里佳子は首をひねりつつ「カイシャク？」と聞き返した。

「そう、私個人の解釈だけど。でもね、広報のＩＲ業務をしてると、こういうことに敏感《びんかん》になっちゃう。出来すぎた話は裏がある――そういう世界だから」

「いや、そうやなくて」

再び口ごもる。岡野は言葉を変えた。

「ほな、なんで会社を」

「私、しゃべっちゃいそうになるから。今回の件で、ケンタローもメディアの人達を相手にやりあって、分かったでしょ。激しくせめぎ合いつつ、お互い、貸しと借りがある世界。借りを感じすぎると、つい、しゃべっちゃいそうになるのよ。でも、そんなことしたら大変。もう誘拐事件どころじゃなくなっちゃうもんね」

里佳子はおかしそうに身を揺する。半ば唖然《なかあぜん》としつつ、その様子を見つめた。もしかして、里佳子はとてつもない大物なのではあるまいか。あの怪物ジイさんがかすんでしまうくらいの。

「ちょっと、どうしたの？　ぽかんとして」

慌てて目をそらす。岡野はすねたように「お前が悪いんよ」と返した。

「一言も説明せんと、行ってしまうから」

「仕方なかったのよ。事件は長引くし、飛行機の便は決まってるし。説明するとなれば、全部、話さないといけないしね」

「全部？」

「もう聞いたんでしょ。私、あのジイ様の娘なのよ。でも、このことが周囲に知られると、思いもしない所から見合い話が来る危険性があるわけ。下手すると、それがまた後継者話に結びつく。ジイ様はそれを警戒して、前もって危険性潰しに出たの。物理学者なら大丈夫と思ったんだろうねえ。今回だけじゃないんだよ。その前は絵描きさん。更に、その前は小学校の先生」

「ほな、それで」

「ジイ様の面子《めんつ》も立てなくちゃならなくてね。これまでは仕方なく、言うことを聞いてきたわけ。でも、今回みたいなことになっちゃうと、ちょっとねえ」

　胸のつかえが下りていく。俺は何を悩んでいたのか。安堵《あんど》と同時に、目が熱くなってきた。里佳子が滲んでいく。

　里佳子は「もう十分」とつぶやき、肩をすくめた。

「ジイ様のわがままに付き合うのは、もう、ここまででしょ。今回、ケンタローを一人残して行っちゃって、私自身、不安になっちゃったし。でも、まあ、ケンタローの良さは私にしか分からない。大丈夫かなって」

「大丈夫なんかやない」

　子供の駄々こねのように返した。

「里佳子はもう戻ってこんと思うた。俺は、俺は……病院の廊下で、お前が顔をそらして行ってしもうてから、あれやこれやと。ほんま、いらんことばかり考えて。自分でも情けないくらい、ずっと」

「だって」

　だが、言葉は続かない。里佳子は言葉を飲み込んで、うつむいた。何度か話し出そうとしては、そのたびに言葉を飲み込む。うつむいた顔から、突然、何かが足元に落ちた。涙だ。

「だってね」

涙でくぐもった声が聞こえてきた。

「あのジイ様にずっと反発して、私、育ってきたんだよ。こんな人、父親なんかじゃないって。恩はあっても、父親とは認めないって。けど、病院のベッドで、やつれた顔を見てると、胸に何か込み上げてきて……」

里佳子は再び言葉を飲み込んだ。うつむいたまま、腕で目を拭《ぬぐ》う。大きく息をつき「見せたくないの」と言った。

「弱い自分なんて、絶対、嫌。そんな姿、ケンタローに見せたくない」

里佳子が鼻をすする。自分の胸にも何かが込み上げてきた。長い間、辛《つら》い思いをしてきたことだろう。それをこらえて、元気よく振る舞っていたのだ。その胸の内を察せなかった自分が情けない。だが、これからは違う。

里佳子へと寄った。腕を伸ばして、そっと引き寄せる。里佳子は細かく震えていた。震えが自分にも伝わってくる。

「我慢せんでええよ」

自分も鼻をすする。

「泣きたい時は、泣いてええ。俺も一緒に泣く。泣き虫ケンタローなんやから。けど、心配すんな。泣きながらであっても、絶対、支える」

「なんだか、格好良すぎ。ケンタローらしくない」

胸の中で、里佳子がようやく顔を上げた。泣いている。そして、笑ってもいる。震える腕を肩へと回し、しがみついてきた。

――でも、うれしい。

体が揺れる。咽奥《のどおく》から声を絞《しぼ》り出し、ほんまか、と聞き返した。里佳子は更に強くしがみつく。そして「聞き返すな」と言った。

「ケンタローは、もっと自信を持て。私に関しては、もっともっと、自信を持て」

分かった、と返して、うなずいた。涙が止まらない。頰《ほお》を伝わり首筋を伝っていく。そして、里佳子の涙も止まらない。涙と涙。二つが一つになっていく。

「もう、どこにも行くな」

岡野は里佳子を強く抱きしめた。

# あとがき

この作品には、元となった作品があります（『本日の議題は誘拐』二〇一〇年三月刊行）。その文庫化のお誘いを受けたのは三年程前のことです。

悩みました。作品の背景が大きく変わってしまっているのです。執筆時はリーマンショック間もない頃で、様々な金融商品が破綻し、多くの不正や不祥事が表面化していました。そんな頃に「内部統制」という聞き慣れない制度が会社に義務化されたのです。ですが、具体的に何をすれば良いのか誰も分からず、会社の担当者は右往左往していました。当時は「内部統制」なる言葉に、ある種の「疎《うと》ましさ」が付いて回っていたように記憶しています。

しかしながら、それから長い年月が経ちました。目新しかった制度は浸透し、全ては当たり前のことになっているはずなのです。今になって、当時の時代背景を持ち出しても、読者の方は困惑なさるだけでしょう。悩みに悩み、結局、大学時代の恩師に相談してみることにしたのです。返ってきた言葉は意外なものでした。

「なるほど。で、いったい、何が変わったんです？」

確かに、目に触れる制度や規制は変わりました。しかし、相も変わらず不正や不祥事は頻発しています。ということは……一見、変わったように見えても、根底は変わっていないのかもしれない。

心を決め、筆をとりました。この作品も、それに合わせれば良い。時代の流れ同様、目に触れる描写や構成は変えてしまいました。その一方で根底に関わる部分は変えていません。企業実務に関わる部分もそのままです。枠組みは変わっても、内実は変わっていない――そのことを、よりお分かりいただけるのではないかと思ったためです。

このような、やや風変わりな経緯をもって、この作品は出来上がりました。こんな方法で作品を仕上げたのは初めてのことです。迷いに迷った分、祥伝社の皆様方にはご迷惑をおかけいたしました。改めて、お詫びと御礼を申し上げます。

ただ、仕上げ終わった今も、ある思いが頭から離れないのです。では、逆に、変わったこととは何なのか。いえ、時代の流れなどの話ではありません。この十年近い年月で、自分の何が変わったのか――ずっと自身に問い続けています。ですが、結論は書けそうにありません。

残念ながら、今もなお、答えは見つかっていないのです。

二〇一八年一二月

木宮条太郎

（この作品は、二〇一〇年三月に朝日新聞出版より刊行された単行本『本日の議題は誘拐』を改題し、著者が刊行に際し加筆・修正したものです。また本書はフィクションであり、登場する人物、および団体名は、実在するものといっさい関係ありません）

弊社より誘拐のお知らせ

一〇〇字書評

切り取り線

| **購買動機**（新聞、雑誌名を記入するか、あるいは○をつけてください） | |
|---|---|
| □（　　　　　　　　　　）の広告を見て | |
| □（　　　　　　　　　　）の書評を見て | |
| □ 知人のすすめで | □ タイトルに惹かれて |
| □ カバーが良かったから | □ 内容が面白そうだから |
| □ 好きな作家だから | □ 好きな分野の本だから |

・最近、最も感銘を受けた作品名をお書き下さい

・あなたのお好きな作家名をお書き下さい

・その他、ご要望がありましたらお書き下さい

| 住所 | 〒 | | | | |
|---|---|---|---|---|---|
| 氏名 | | 職業 | | 年齢 | |
| Eメール | ※携帯には配信できません | 新刊情報等のメール配信を　希望する・しない | | | |

この本の感想を、編集部までお寄せいただけたらありがたく存じます。今後の企画の参考にさせていただきます。Eメールでも結構です。

いただいた「一〇〇字書評」は、新聞・雑誌等に紹介させていただくことがあります。その場合はお礼として特製図書カードを差し上げます。

前ページの原稿用紙に書評をお書きの上、切り取り、左記までお送り下さい。宛先の住所は不要です。

なお、ご記入いただいたお名前、ご住所等は、書評紹介の事前了解、謝礼のお届けのためだけに利用し、そのほかの目的のために利用することはありません。

〒一〇一‐八七〇一
祥伝社文庫編集長　坂口芳和
電話　〇三（三二六五）二〇八〇

祥伝社ホームページの「ブックレビュー」からも、書き込めます。
http://www.shodensha.co.jp/bookreview/

祥伝社文庫

弊社《へいしや》より誘拐《ゆうかい》のお知《し》らせ

平成30年12月20日　初版第1刷発行

著　者　木宮条《もくみやじよう》太郎《たろう》

発行者　辻　浩明

発行所　祥伝社《しようでんしや》

東京都千代田区神田神保町3-3

〒101-8701

電話　03（3265）2081（販売部）

電話　03（3265）2080（編集部）

電話　03（3265）3622（業務部）

http://www.shodensha.co.jp/

印刷所　萩原印刷

製本所　積信堂

カバーフォーマットデザイン　芥 陽子



Printed in Japan ©2018, Jotaro Mokumiya ISBN978-4-396-34479-5 C0193

# 祥伝社文庫の好評既刊

五十嵐貴久　**For You**

叔母が遺《のこ》した日記帳から浮かび上がる三〇年前の真実——彼女が生涯を懸《か》けた恋とは？

五十嵐貴久　**リミット**

番組に届いた自殺予告メール。〝過去〟を抱えたディレクターと、異才のパーソナリティとが下した決断は⁉

五十嵐貴久　**編集ガール！**

出版社の経理部で働く久美子《くみこ》。突然編集長に任命され大パニック！　問題ばかりの新雑誌は無事創刊できるのか⁉

五十嵐貴久　**炎の塔**

超高層タワーに前代未聞の大火災が襲いかかる。最新防火設備の安全神話は崩れた——。究極のパニック小説！

伊坂幸太郎　**陽気なギャングが地球を回す**

史上最強の天才強盗四人組大奮戦！　映画化され話題を呼んだロマンチック・エンターテインメント。

伊坂幸太郎　**陽気なギャングの日常と襲撃**

華麗な銀行襲撃の裏に、なぜか「社長令嬢誘拐」が連鎖——天才強盗四人組が巻き込まれた四つの奇妙な事件。

# 祥伝社文庫の好評既刊

歌野晶午
そして名探偵は生まれた
〝雪の山荘〟〝絶海の孤島〟〝曰《いわ》くつきの館〟圧巻の密室トリックと驚愕の結末とは？　一味違う本格推理傑作集！

歌野晶午
安達《あだち》ヶ原《はら》の鬼密室
疎開先から逃げ出した少年は、不思議な屋敷で宿を借りる。その夜、二階の窓に〝鬼〟の姿が……!!

江波戸哲夫
集団左遷
無能の烙印を押された背水の陣の男たちが、生き残りを懸け大逆転の勝負に挑む！　経済小説の金字塔。

太田靖之
産声《うぶごえ》が消えていく
産科医・菊池堅一《きくちけんいち》が見たのは日本医療の過酷な現実。現役医師が、医療崩壊の実態をスリリングに描く！

恩田　陸
不安な童話
「あなたは母の生まれ変わり」――変死した天才画家の遺子から告げられた万由子。直後、彼女に奇妙な事件が。

恩田　陸
puzzle〈パズル〉
無機質な廃墟の島で見つかった、奇妙な遺体！　事故？　殺人？　二人の検事が謎に挑む驚愕のミステリー。

# 祥伝社文庫の好評既刊

恩田 陸
## 象と耳鳴り
上品な婦人が唐突に語り始めた、象による殺人事件。彼女が少女時代に英国で遭遇したという奇怪な話の真相は？

恩田 陸
## 訪問者
顔のない男、映画の謎、昔語りの秘密――。一風変わった人物が集まった嵐の山荘に死の影が忍び寄る……。

梶尾真治
## 壱里島奇譚《いちりじまきたん》
商社マンの翔一《しょういち》は、常務からの特命で壱里島へ飛ぶ。しかしそこでは、奇妙な現象が次々と起こっていた……!!

梶尾真治
## アラミタマ奇譚
九州・阿蘇《あそ》山に旅客機が墜落。唯《ただ》一人生還した大山知彦《おおやまともひこ》は、消えた婚約者を捜し始める。そこに怪現象が……！

川崎草志
## 崖っぷち町役場
観光資源の開拓、新旧住民のトラブル、高齢者の徘徊……職員歴二年の沢《さわ》井《い》結衣《ゆい》、無我夢中の町おこし！

川崎草志
## 浜辺の銀河 崖っぷち町役場
総務省の美人官僚が、隣町の副町長に。過疎の町同士、サバイバルが始まる!? ご当地応援、お仕事ミステリー。

# 祥伝社文庫の好評既刊

機本伸司
## 未来恐慌
2029年、スパコンが弾き出すのはバラ色の未来予測のはずだった。ところが答えは「日本破産」⁉ 驚愕の経済SF。

楡 周平
## プラチナタウン
堀田《ほった》力《つとむ》氏絶賛！ WOWOW・ドラマW原作。老人介護や地方の疲弊に真っ向から挑む、社会派ビジネス小説。

楡 周平
## 介護《かいご》退職
堺屋《さかいや》太一《たいち》氏、推薦！ 平穏な日々を崩壊させる〝今そこにある危機〟を真正面から突きつける問題作。

楡 周平
## 和僑《わきょう》
プラチナタウンが抱える人口減少という未来の課題。町長が考えた日本をも明るくする次の一手とは？

法月綸太郎
## 一《いち》の悲劇
誤認誘拐事件が発生。身代金授受に失敗し、骸《むくろ》となった少年が発見された。鬼畜の仕業は……誰が、なぜ？

法月綸太郎
## 二の悲劇
自殺か？ 他殺か？ 作家にして探偵の法月綸太郎に出馬要請！ 失われた日記に記された愛と殺意の構図とは？

# 祥伝社文庫の好評既刊

原　宏一

## 床下仙人

洗面所で男が歯を磨いている。さらに妻と子がその男と談笑している⁉ 〝とんでも新奇想〟小説。

原　宏一

## 天下り酒場

居酒屋「やすべえ」の店主ヤスは、ある人物を雇ってほしいと常連客に頼まれた。現代日本風刺小説！

原　宏一

## ダイナマイト・ツアーズ

自堕落夫婦の悠々自適生活が急転直下、借金まみれに！　奇才が放つ、はちゃめちゃ夫婦のアメリカ逃避行。

原　宏一

## 東京箱庭鉄道

二十八歳、技術ナシ、知識ナシ。いまだ自分探し中。そんな〝おれ〟が鉄道を敷く⁉　夢の一大プロジェクト！

原　宏一

## 佳代《かよ》のキッチン

もつれた謎と、人々の心を解くヒントは料理にアリ？　「移動調理屋」で両親を捜す佳代の美味しいロードノベル。

原　宏一

## 女神めし　佳代のキッチン2

食文化の違いに悩む船橋《ふなばし》のミャンマー人、尾道《おのみち》ではリストラされた父を心配する娘――最高の一皿を作れるか？